SON EX AUX COURBES GÉNÉREUSES

UNE ROMANCE DE PETITE VILLE AVEC UNE HÉROÏNE AUX COURBES VOLUPTUEUSES

À LA RECHERCHE DU HÉROS LITTÉRAIRE PARFAIT

TOME HUIT

MARY E THOMPSON

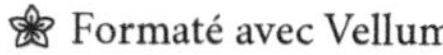 Formaté avec Vellum

À LA RECHERCHE DU HÉROS LITTÉRAIRE PARFAIT

Bon retour parmi nous, mon ami. C'est toujours un plaisir de te voir. Je suis ravi que tu aies pu passer à L'anse MacKellar pour une visite. Hudson a un verre prêt pour toi. Finley a préparé du gâteau et un nouveau livre. Et toute l'équipe veut te saluer.

LIVRE 8

<u>*Son Ex aux Courbes Généreuses*</u>

Sebastian

Je la détestais. De tout mon cœur détruit, je la détestais. Mais je l'aimais encore aussi.

Comment diable était-ce possible ? Détester quelqu'un à ce point et l'aimer en même temps ? Être incapable de lui résister et souhaiter qu'elle ne soit jamais revenue dans ma vie ?

S'il y avait une femme capable de me troubler, c'était bien

Zoey. Elle était la première fille que j'aie jamais aimée, celle avec qui je prévoyais de passer ma vie. Jusqu'à ce qu'elle prenne ses promesses vides et ses vœux d'amour pour épouser quelqu'un d'autre il y a toutes ces années.

Quelqu'un qui lui a fait ce qu'elle m'avait fait. Je voulais me réjouir qu'elle soit aussi brisée que moi, mais je n'y arrivais pas.

Zoey

Je détestais demander quoi que ce soit à Sebastian. Il avait plus que clairement fait comprendre qu'il ne voulait rien avoir à faire avec moi. Il valait mieux que je garde mes distances.

Alors pourquoi m'avait-il embrassée ?

Sa réponse n'était pas celle à laquelle je m'attendais. Je ne sais pas à quoi je m'attendais, mais *qu'il ne peut pas me résister* ? Non. Ça devait être une plaisanterie.

Mais ce regard. La façon dont il m'avait portée jusqu'à son lit et m'avait possédée. Sans mots.

C'était comme si les années n'avaient rien changé, mais elles avaient changé. Et il s'était assuré que je le sache avec ses derniers mots.

— *Nous n'allons pas nous remettre ensemble, Zoey.*

Message reçu.

Pour tous ceux qui espèrent une seconde chance...

ZOEY

Ce n'était qu'un été. Un seul été. Je me répétais ces mots en m'éloignant de la seule maison que mes enfants aient jamais connue, la seule que j'aie vraiment connue. Pittsburgh était une belle ville, mais elle ne contenait plus rien qui me donne envie d'y rester. Mon mariage était terminé, ma famille était partie, et je n'avais plus de raisons de m'accrocher.

Mais nous reviendrons. Ce n'était qu'un été. Un été que je pouvais offrir à mes enfants, rempli de plaisir et de famille au lieu de disputes. Un été où j'aiderais mon frère et sa future épouse à terminer quelques projets à l'auberge de L'anse MacKellar, celle que ma tante gérait jusqu'à ce que mon frère et sa petite amie la reprennent. À la fin de l'été, Gavin et Piper se marieraient, s'il trouvait enfin le courage de la demander en mariage. Ensuite, je remballer mes enfants pour retourner à Pittsburgh et reprendre la vie que j'y menais.

Parce que je n'avais nulle part ailleurs où aller.

Les sons métalliques des iPads qui divertissaient mes enfants parvenaient à mes oreilles et m'indiquaient qu'ils seraient tranquilles pour le trajet à travers New York jusqu'à L'anse MacKellar dans les Mille-Îles. C'était officieusement chez moi, et ça l'avait toujours été, mais j'avais ruiné la chance d'en faire mon foyer permanent des années auparavant. C'est pourquoi y retourner ne pouvait être que pour l'été. Et pourquoi je retournerais dans ma triste location solitaire à Pittsburgh à la fin.

J'ai franchi la frontière de l'État de New York et poussé un soupir de soulagement. Jusqu'ici, les enfants n'avaient pas dit un mot. Pas de disputes, pas de pauses toilettes, rien. Je savais que ça ne durerait pas longtemps, mais avec un trajet de six heures et demie, je prendrais ce que je pourrais obtenir.

Moins d'une heure plus tard, ma chance s'épuisa. À une cinquantaine de kilomètres au sud de Buffalo, ma fille de six ans annonça qu'elle devait faire pipi.

—Vraiment beaucoup, Maman. Maintenant !

J'ai réprimé mon gémissement et dit à Alexis que je l'emmènerais aux toilettes dès que possible. Cela faisait quelques kilomètres que j'avais dépassé une sortie, et j'étais à peu près sûre qu'un panneau indiquait qu'il n'y en aurait pas d'autre avant près de trente kilomètres.

Minute après minute, les kilomètres défilaient. La vidéo jouait dans ses écouteurs, mais je savais que la fin approchait rapidement.

Un panneau d'aire de service indiquait huit kilomètres. J'ai appuyé un peu plus fort sur l'accélérateur et prié pour que je puisse parcourir ces huit kilomètres sans accident sur la banquette arrière.

—Maman, j'ai vraiment besoin d'y aller, gémit Alexis une minute plus tard.

—On y est presque, ai-je promis, en accélérant encore un peu. Douze kilomètres au-dessus de la limite de vitesse n'allaient pas poser problème, n'est-ce pas ?

J'ai enfin aperçu le panneau de sortie. C'était bon. Nous y étions arrivés sans accident ni incident.

Puis j'ai entendu la sirène.

—Merde, ai-je soufflé.

—Maman, tu n'es pas censée dire ça ! a dit Cameron, mon fils de huit ans.

—Je sais, chéri. Je suis désolée. Je me suis rangée sur le côté à la sortie, espérant que ce serait un arrêt rapide quand il verrait les enfants et entendrait les supplications d'Alexis concernant les toilettes.

—J'ai vraiment besoin d'y aller, Maman, dit Alexis, presque comme sur commande.

—Je sais.

L'agent est venu à la fenêtre et a frappé. J'étais attentive aux enfants et j'ai sursauté. J'ai baissé la vitre et plaqué un sourire sur mon visage. —Bonjour, monsieur l'agent.

—Permis de conduire et carte grise, s'il vous plaît.

—Je suis désolée, monsieur l'agent. Je sais que j'allais un peu vite, mais ma fille a vraiment besoin d'aller aux toilettes et j'essayais de l'y emmener.

—Permis de conduire et carte grise, madame.

J'ai soupiré et accepté que j'allais devoir m'arrêter pour nettoyer du pipi après qu'elle ait eu un accident sur son siège. Il n'était pas disposé à me laisser partir avec un simple avertissement. Je lui ai remis les documents, et il les a emportés dans son véhicule.

—Maman, je ne crois pas que je peux me retenir plus longtemps, gémit Alexis, l'air souffrant. Elle était forte. Elle n'avait pas eu d'accident depuis des mois. Elle savait qu'en avoir un était mauvais, mais j'étais à peu près sûre que la série était terminée.

—Je sais, ma puce. Je suis désolée. J'ai essayé. J'espère qu'il sera rapide et qu'on pourra t'emmener aux toilettes. Tu vois ce bâtiment juste là ?

—Oui.

—C'est là qu'on doit aller. Si tu peux tenir encore quelques minutes, on va courir, courir, courir jusque là-bas et tu pourras aller aux toilettes. D'accord ?

—Je vais essayer.

—C'est bien, ma petite fille.

J'ai fixé l'agent toujours dans sa voiture. J'avais envie de sortir et de lui crier de se dépêcher, mais cela n'aurait fait qu'allonger l'arrêt. Quand il est finalement revenu avec mon permis, ma carte grise et une contravention, j'ai dû me retenir de lui dire ses quatre vérités.

—Maman, je n'ai pas pu me retenir, dit Alexis alors que l'agent commençait à s'éloigner. Elle s'est mise à pleurer.

Il l'a regardée puis m'a regardée, ses yeux trahissant qu'il pensait que je mentais, mais le mal était fait. Le PV était déjà le mien, et nous savions tous les deux qu'il ne pouvait rien faire d'autre.

—C'est bon, ma puce. Maintenant qu'on peut partir, on va te changer et faire ce qu'on peut pour sécher ton siège. J'ai lancé un regard noir à l'agent et redémarré la voiture. Je n'ai pas attendu qu'il retourne dans sa voiture avant de m'engager sur la rampe vers la sortie de service.

Alexis a pleuré jusqu'à ce que je la sorte de son siège. Son short et sa culotte étaient trempés. Et son siège auto était également complètement mouillé. J'ai fouillé dans sa valise pendant qu'elle restait debout à côté de la voiture en pleurant, jusqu'à ce que je trouve des vêtements de rechange et une couverture à mettre sur le siège.

J'ai pris les vêtements propres d'Alexis et emmené les deux enfants aux toilettes. Je les ai fait passer aux toilettes tous les deux, j'ai changé Alexis et nous sommes retournés à la voiture. J'ai étalé une couverture sur le siège d'Alexis et l'ai recouverte d'un sac poubelle que j'ai trouvé dans une poche latérale. Ce n'était pas parfait, mais c'était à peu près sec.

Super début pour notre voyage.

J'ai fait le plein pendant que nous étions là et nous avons repris la route. Nous étions presque à mi-chemin, alors j'espérais que nous pourrions faire le reste du trajet sans avoir à nous arrêter à nouveau.

Plus nous approchions de L'anse MacKellar, plus mon cœur battait fort. J'étais anxieuse quand nous avons quitté Pittsburgh, mais ce n'était rien comparé à ce que j'ai ressenti quand j'ai dépassé le panneau indiquant *Bienvenue à L'anse MacKellar*.

Domicile de Sebastian Parks, ai-je ajouté dans ma tête.

Sebastian Parks était censé être l'homme avec qui je passerais le reste de ma vie. Je suis tombée amoureuse de lui quand j'étais trop jeune pour vraiment savoir ce qu'était l'amour, et j'ai brisé son cœur avant de l'apprendre. Je l'ai traité plus mal que n'importe qui d'autre que j'aie jamais connu, et je méritais d'être malheureuse à cause de ça.

Je détestais que mes enfants paient le même prix.

Nous nous sommes engagés dans l'allée du Auberge L'anse MacKellar, et j'étais partagée entre le soulagement d'être arrivée et l'anxiété de revoir Sebastian. Je savais qu'il n'était pas loin, et même si j'étais également certaine que Tante Gina lui avait dit quand nous arriverions, il était tout à fait possible qu'il soit dans les parages.

—Est-ce que Sebastian va être là ? a demandé Alexis. Lisait-elle dans mes pensées ? Elle l'avait rencontré lors de notre visite à Noël et était tombée sous son charme aussi vite et intensément que moi quand j'étais jeune.

—Je ne suis pas sûre. Probablement pas ce soir.

—Mais je veux le voir, a-t-elle boudé.

—Je sais, ai-je dit, essayant de ne pas être frustrée par elle. Elle n'avait aucune idée à quel point c'était difficile pour moi de voir Sebastian, mais il avait fait forte impression sur elle et elle l'adorait.

—Peut-être que Tante Gina peut l'appeler pour moi.

—Je suis sûre qu'elle serait heureuse de le faire, lui ai-je dit, sachant que Tante Gina ferait n'importe quoi pour mes enfants.

J'ai garé la voiture et me suis assurée que personne d'autre n'était dans le parking avant de dire aux enfants de courir jusqu'à la porte et d'entrer. Je savais que quelqu'un à l'intérieur les divertirait pendant que je démontais le siège auto pour qu'il puisse être lavé et séché, prêt à être utilisé à nouveau quand nous aurions besoin de sortir.

—Besoin d'aide ? a demandé Gavin une minute plus tard.

J'ai reculé et serré mon grand frère dans mes bras. C'était embarrassant d'admettre que cette étreinte était le contact physique le plus intime que j'avais eu avec un autre adulte depuis que je l'avais serré pour lui dire au revoir près de six mois auparavant.

—Whoa, ça va ? a-t-il demandé, se reculant quand il a réalisé que je pleurais.

J'ai secoué la tête et dit, «Oui. Tu m'as juste vraiment manqué.»

—C'est pour ça que tu devrais simplement déménager ici. Comme ça je ne te manquerai plus.

—Tu sais pourquoi je ne peux pas.

Gavin a hoché la tête, mais le sourire malicieux sur son visage n'a pas disparu. Il avait quelque chose derrière la tête.

—Qu'est-ce que tu as fait ?

—Je n'ai rien fait. Allons te déballer. On commence par quoi ?

—Prends les sacs dans le coffre. Je dois m'occuper du siège d'Alexis. Elle a eu un accident, et j'ai reçu une contravention.

—Sérieusement ?

—Ouais. Super sympa. Je suis vraiment contente d'être ici.

Gavin rayonnait. «Moi aussi, frangine.»

J'AVAIS CHAUD, j'étais en sueur et je me sentais encore plus crasseuse quand j'ai fini de nettoyer le siège auto et l'arrière de la voiture. J'ai complètement démonté le siège et mis le rembourrage à laver avec la couverture et les vêtements qu'Alexis portait, puis je me suis assise juste un moment. La climatisation faisait du bien, et la chaleur extérieure la justifiait amplement.

—J'ai entendu que tu as eu un trajet mouvementé, a dit Tante Gina, me rejoignant dans le salon avec un verre de limonade. «Bois ça.»

—Merci, Tante Gina. J'ai pris le verre qu'elle me tendait et savouré une gorgée. C'était acidulé, frais et délicieux.

Elle s'est assise en face de moi, son regard évaluateur me scrutant. Je savais qu'il ne faudrait pas longtemps avant d'avoir son jugement, bien que venant de Tante Gina, c'était toujours bienveillant et constructif. Conçu pour aider, avec un encouragement subtil qui me faisait sentir que ses paroles étaient parole d'évangile.

—Ça a été une longue année, n'est-ce pas ?

J'ai ricané. —Interminable.

—Des nouvelles de ton travail ?

J'ai secoué la tête. —Pas encore. L'école devrait me tenir au courant bientôt.

—Tu n'es pas inquiète ?

—Je le suis, mais j'y ai travaillé presque toute l'année. Je pense que ça va jouer en ma faveur. Servir les repas à la cantine scolaire n'est pas glamour, mais ça me permettait d'être disponible pour les enfants, d'avoir les mêmes jours de congé qu'eux, et ça payait suffisamment pour qu'on puisse vivre avec la pension alimentaire et les versements de Trevor.

—Alors je dirais que tu t'en sors bien.

J'ai forcé un sourire pour ma tante parce que l'alternative aurait été de lui avouer, et de m'avouer à moi-même, que j'avais l'impression que toute mon existence se défaisait aux coutures. J'avais accepté ce travail parce qu'il m'évitait de rester assise toute la journée à attendre que mes enfants rentrent à la maison. Je me sentais inutile. Quand Trevor et moi nous sommes mis ensemble, il m'avait convaincue de ne pas chercher de travail tout de suite. D'abord, c'était pour que je puisse planifier notre mariage. Puis, pour que je puisse tomber enceinte. Puis élever les enfants. J'avais toujours prévu de commencer à travailler une fois qu'Alexis serait à l'école, mais à ce moment-là, Trevor et moi avions des problèmes, et je ne voulais pas agiter les eaux.

Maintenant, j'avais trente-deux ans avec l'expérience professionnelle d'une adolescente. Mon diplôme ne comptait que sur le papier puisque je ne l'avais jamais utilisé. Et personne n'embaucherait quelqu'un qui avait terminé ses études depuis une décennie sans aucune expérience dans le domaine où elle prétendait être experte.

—Tu te souviens de l'ancien jardin ? a demandé Tante Gina, m'arrachant à mes pensées.

Celui plein de nuits chaudes et étouffantes, de premiers amours, et de découvertes de tout ce que deux personnes qui s'aimaient pouvaient faire ensemble.

La première fois que j'ai rencontré Sebastian, c'était dans ce vieux jardin. J'étais en train de lire un livre quand il l'a traversé, s'arrêtant pour sentir une rose. Ça m'a fait rire, et ce rire a attiré son attention. Nous avons commencé à discuter, et avec le temps, le jardin est devenu l'un des nombreux endroits de l'auberge où nous passions du temps ensemble.

Et l'endroit où je me suis enfin donnée à lui lors d'une nuit d'été après mes dix-huit ans. Une nuit qui figurait toujours en première place dans mon top dix des moments les plus romantiques.

—Oui, bien sûr, j'ai finalement réussi à articuler, sachant que Tante Gina attendait une réponse.

—J'ai finalement décidé de le remettre en état cet été. C'est devenu un tel désordre depuis la mort d'Oncle Rob. C'était lui qui l'entretenait toujours. Ça me manque de m'asseoir là-bas et de regarder les bateaux.

—C'était toujours si beau. J'adorais y être quand je venais en visite.

Tante Gina a hoché la tête et a croisé les mains sur ses genoux. L'ombre d'un sourire relevait ses lèvres. —Oncle Rob et moi avions l'habitude de nous y asseoir et de parler pendant des heures. Le jardin a toujours été si spécial. J'ai toujours espéré que toi ou Gavin vous y marieriez.

—Eh bien, peut-être que ton souhait se réalisera cet été, ai-je murmuré, sachant que la demande en mariage de Gavin était un secret. Bien que, s'il ne se décidait pas bientôt, toute la ville allait le dire à Piper. Les secrets ne duraient pas longtemps à L'anse MacKellar.

—Je l'espère, a dit Tante Gina. Son sourire radieux et heureux a eu l'effet inverse sur moi.

Le jardin était l'endroit où j'avais promis à Sebastian que je reviendrais. Où nous avions parlé de nous marier. Être aux côtés de mon frère pendant qu'il se mariait était quelque chose auquel j'aspirais, mais le faire dans le jardin où j'avais autrefois pensé me marier allait être un défi.

—Tu devrais aller le voir, a suggéré Tante Gina. —Peut-être que tu pourrais aider avec la conception. Je ne me déplace plus aussi facilement qu'avant. Je pense que tu connaissais ce jardin presque mieux que moi.

J'ai fini ma limonade et hoché lentement la tête. —J'aimerais bien, Tante Gina. Je veux aider de toutes les façons possibles pendant que je suis ici. Je ne veux pas être juste trois bouches de plus à nourrir. Je veux payer ma part.

—Tu sais que la famille ne paie pas ici, m'a réprimandée Tante Gina.

—Je sais, mais Piper et Gavin possèdent l'auberge maintenant. Je ne veux pas que Piper s'inquiète d'être coincée avec la petite sœur profiteuse de Gavin.

—Piper ne dirait jamais ça, ni ne le penserait. Elle est merveilleuse, et elle t'adore. Elle est avec Alexis et Cameron en ce moment, en train de planifier des activités amusantes pour l'été.

—Ah bon ? Je pensais qu'ils seraient avec Gavin. Je ne voulais pas qu'ils dérangent Piper.

Tante Gina a balayé mon inquiétude d'un geste de la main. —Piper n'est pas dérangée. Je t'assure. Va voir le jardin, puis prends une douche et défais tes valises avant le dîner. Tu te sentiras mieux.

J'ai regardé le tee-shirt que j'avais enfilé ce matin et le short en coton conçu pour que quelqu'un puisse courir dedans, une activité que je ne faisais jamais volontairement. J'étais un peu en désordre, je sentais probablement l'urine, et j'avais définitivement besoin d'une douche. Avant d'effrayer les clients, j'ai décidé que Tante Gina avait raison.

— Tu peux garder un œil sur les enfants ? Au cas où ils auraient besoin de quelque chose ?

— Bien sûr. Mais je suis certaine que Piper s'en sortira très bien avec eux.

— Merci, Tante Gina.

Je rapportai le verre à la cuisine et le mis dans le lave-vaisselle. J'avais hâte de faire la connaissance de Piper, mais j'étais nerveuse à cette idée. Elle allait, je l'espérais, épouser mon frère, elle avait acheté l'auberge de ma famille, et maintenant elle s'occupait de mes enfants. Je n'imaginais pas que sa perception de moi soit particulièrement bonne.

Mais je n'allais pas m'en préoccuper immédiatement. Je poussai la porte arrière et sortis dans la lumière du soleil et la chaleur du début d'été. Si on approchait déjà les vingt-sept degrés fin juin, ce serait insupportable en août. La brise venant de l'eau aidait, mais je préférais le temps du printemps et de l'automne, quand je pouvais m'envelopper dans une couverture et m'asseoir près d'un feu réconfortant.

Je descendis le sentier menant à la maison familiale. Je souris en moi-même tandis que les souvenirs d'étés lointains me revenaient. J'allais faire tout mon possible pour offrir un été formidable à mes enfants. J'avais résisté à tout ce que L'anse MacKellar représentait quand j'y étais venue pour la première fois, mais j'étais tombée amoureuse de tout ce que cette petite ville avait à offrir à la fin de ce premier été. Presque vingt ans plus tard, je savais que ma vie aurait été différente si j'avais fait un peu plus confiance à cet amour.

Mais je n'avais pas été assez forte pour ça. J'avais laissé la peur dicter mes actes. Je ne pouvais pas dire que je regrettais les choix que j'avais faits, mais si je pouvais revenir en arrière et en faire de nouveaux, je ne pouvais pas non plus affirmer avec certitude ce que je ferais.

Je contournai la maison et souris quand le jardin apparut devant moi. Des treillis couverts de plantes grimpantes fleuries créaient un mur entre le jardin et la maison, cachant quiconque se trouvait à l'intérieur. Tous les deux mètres, il y avait une ouverture dans le treillis, avec une entrée vers le jardin et un nouveau sentier à l'intérieur.

En m'approchant, j'entendis des voix. Si Tante Gina voulait que je l'aide avec la conception, je me disais que je devrais aller rencontrer les jardiniers. C'était un travail assez important pour qu'elle ait certainement engagé une équipe dédiée.

Je passai par l'ouverture la plus proche et sentis tout mon corps se détendre. L'eau dérivait paresseusement, heurtant doucement le rivage à chaque vague. Les sentiers du jardin étaient intacts, mais les plantes étaient envahissantes et mourantes. Il fallait beaucoup de travail pour lui rendre sa splendeur d'antan.

Un rire détourna mon attention de l'eau vers les personnes que j'avais entendues. Je fis un pas vers ce rire, un sourire se dessinant sur mes lèvres quand je reconnus l'amie de Piper, Sofia. J'ouvris la bouche pour l'appeler quand je vis la personne à qui elle parlait. L'homme avec qui elle riait. La seule et unique personne que je voulais éviter pour l'été.

Celui avec qui je venais de promettre à Tante Gina de travailler.

Sebastian Parks.

Je fis demi-tour et m'enfuis en courant.

SEBASTIAN

Sofia rejeta la tête en arrière et éclata de rire. À mes dépens, bien sûr. Elle m'aidait dans le jardin parce qu'elle savait que Zoey et ses enfants arrivaient ce jour-là. Et Sofia faisait de son mieux pour me distraire.

Le soleil nous brûlait de ses rayons, et quand j'ai laissé tomber l'une des rares plantes survivantes sur le sol et que toute la terre a éclaboussé comme une scène de crime, Sofia a craqué.

J'ai ramassé un morceau de terre et l'ai lancé dans sa direction. Elle a poussé un cri aigu et s'est baissée pour l'éviter, riant tout du long.

—Tu es censée m'aider, pas faire traîner les choses, ai-je grogné.

—Je t'aiderai aussi à nettoyer, a-t-elle proposé. Et peut-être même que je reviendrai aider un autre jour.

Elle a ri et s'est concentrée sur la section devant elle. Je me suis arrêté, les mains pleines de terre sur les hanches, et j'ai regardé autour de moi. Je me disais que je ne cherchais pas Zoey, mais je l'ai trouvée quand même.

Tout l'air de mes poumons s'est enfui comme la première fois où je l'avais remarquée, vraiment remarquée. Le soleil de fin d'après-midi frappait ses cheveux brun doré et les faisait briller. Elle portait un t-shirt ample et un short qui ne mettaient pas du tout en valeur sa silhouette pulpeuse. Ses cheveux virevoltaient autour de son visage, masquant son regard.

Et puis elle s'est enfuie.

Je savais qu'elle m'avait vu, mais avant que je puisse dire ou faire quoi que ce soit, elle avait disparu. Elle s'était éclipsée entre les treillis, retournant vers la maison ou l'auberge ou n'importe où où je n'étais pas.

Mes poumons ont crachoté et calé avant de recommencer à fonctionner. J'ai inspiré douloureusement, douloureux parce que j'avais arrêté de respirer, pas à cause de Zoey. J'avais cessé de l'aimer il y a longtemps, et je n'allais pas me laisser retomber amoureux d'elle.

—Tu vas me faire faire tout ça toute seule ? a demandé Sofia.

Je l'ai regardée agenouillée sur le sol. Sa tête était baissée, et elle se concentrait sur les fleurs en décomposition devant elle. Elle a incliné son visage vers le mien, et j'ai compris qu'elle avait vu ce qui venait de se passer. La façon dont je m'étais figé à la vue de Zoey et la façon dont elle s'était enfuie à ma vue.

Sofia a levé un sourcil et n'a rien dit à ce sujet. C'était une bonne amie. Elle ne me poussait jamais à partager plus que ce que j'étais prêt à dire, ce qui n'était généralement pas grand-chose. Sofia était le genre de femme que je devrais vouloir dans ma vie. Quelqu'un qui me comprenait et qui faisait toujours des efforts pour être là pour moi. Mais il n'y avait jamais eu cette étincelle entre nous. Nous avions instantanément eu l'impression de nous connaître depuis toujours, comme si nous avions été frère et sœur ou meilleurs amis ou quelque chose comme ça depuis toujours.

J'ai jeté un regard là où Zoey avait disparu et je me suis avoué que c'était pour le mieux. Elle était là pour l'été, et nous pouvions simplement nous éviter. Elle avait déjà commencé. Je n'avais qu'à faire pareil. Garder la tête baissée et travailler, et rester loin de la famille Holbrook.

—Ouais, j'arrive, ai-je dit à Sofia. Je me suis laissé tomber à genoux à quelques pas d'elle et j'ai repris l'arrachage des fleurs mortes.

Sofia et moi avons travaillé côte à côte pendant encore trente minutes avant qu'elle n'annonce que son dos la tuait et se lève. —Je vais à un cours de yoga demain matin avec Willow. Tu devrais venir avec moi.

La note taquine dans sa voix m'a fait lever les yeux au ciel. —Tu sais ce que je pense du yoga.

Elle a ri. —Je sais. Mais un jour, je pourrais te faire changer d'avis.

—Peu probable. Je tenterais ma chance avec Zoey à nouveau avant d'essayer le yoga.

Sofia a pouffé. —Peut-être que tu devrais faire les deux.

Le regard noir que je lui ai lancé aurait dû suffire à arrêter le cours de ses pensées, mais il n'était visiblement pas assez fort. Elle a continué à parler.

—Je dis juste que tu as peut-être besoin de tourner la page. Elle est partie avant, sans un mot. Au moins cette fois, tu sais qu'elle s'en va. Mais avec Gavin ici, elle reviendra. Tu vas la croiser encore et encore. Je n'aime pas te voir si bouleversé.

—Tu es vraiment une fille, ai-je rétorqué. C'était ma réplique habituelle quand elle disait quelque chose qu'aucun de mes amis mecs n'aurait jamais dit.

—Merci beaucoup. Je ne pensais pas que quelqu'un l'avait remarqué. Elle m'a tiré la langue.

Sofia s'est étirée, puis est retombée à genoux une fois de plus. Encore une fois, j'espérais que c'était la fin de cette conversation. Et encore une fois, j'avais tort.

—Piper a dit que Zoey a failli ne pas venir cet été à cause de toi.

—Pourquoi est-ce que ça t'intéresse tant ? ai-je lancé.

Elle m'a regardé avec un sourcil levé, un gentil *va te faire foutre* dans les yeux. Je me comportais comme un connard, mais Sofia avait une tolérance illimitée pour ça. Elle ne bronchait jamais et ne ripostait pas. Elle me laissait toujours évacuer ma frustration, puis m'aidait à comprendre d'où ça venait. Il y avait des moments où je ne l'aimais vraiment pas.

—Je me soucie de toi, Sebastian. Zoey semble assez sympa, mais c'est toi mon ami.

—Est-ce que tu... est-ce que tu... Je ne savais pas comment lui demander ce que j'avais besoin de savoir.

—Je ne suis pas intéressée par toi. Je ne reste pas éveillée chaque nuit en souhaitant que tu me regardes comme tu le fais maintenant quand elle s'est enfuie. Je t'adore, mais comme un frère qui a besoin qu'on lui botte les fesses pour garder la tête froide. Pas quelque chose de plus.

J'ai soupiré profondément. J'étais ce fils de pute désespéré qui posait toujours la question. Elle ne s'interrogeait jamais sur notre amitié, mais je m'inquiétais continuellement qu'elle soit intéressée par plus qu'une simple amitié.

—Nous nous comprenons, a-t-elle poursuivi. Je n'ai pas beaucoup de gens à qui je parle ou avec qui je suis proche. Piper était ma seule amie pendant longtemps. Les gens de mon immeuble sont formidables, mais j'entre chez eux pour réparer des choses. On ne traîne pas ensemble. Tu es mon ami. Quand tu n'es pas un con.

J'ai éclaté de rire. Elle avait raison. —Tu sais que c'est mon état habituel.

—Crois-moi, je le sais.

J'ai ri avec elle, et nous nous sommes remis au travail. Le jardin allait prendre la majeure partie de l'été pour retrouver sa forme, surtout que je ne pouvais y travailler qu'après ma journée au phare. Sofia m'aidait quand elle avait un après-midi libre, mais nous n'en étions encore qu'à la première section principale.

—Tu sais que tu vas devoir faire appel à plus d'aide quand les choses avanceront, n'est-ce pas ?

J'ai acquiescé et me suis levé. Le jardin formait un demi-cercle qui encadrait une partie du rivage. Une fontaine trônait autrefois au milieu, mais elle s'était cassée il y a des années et avait été jetée. Au cours des cinq dernières années environ, le jardin s'était lentement dégradé jusqu'à atteindre son état actuel.

—La première chose à faire est de finir d'arracher tout et d'établir un plan. Mais oui, planter tout ça va être presque impossible.

—Surtout pour faire tout ça en quelques mois seulement.

Sofia était sceptique quant au projet dès le départ, mais je ne pouvais pas dire non. Gina était la seule personne au monde que je considérais comme ma famille, même si nous ne l'étions pas par le sang. Je ferais n'importe quoi pour elle, y compris remettre en état ce jardin qui me faisait penser à Zoey à chaque centimètre de plantes.

—À quoi ressemblait le jardin avant ? Quand il était entretenu ? a demandé Sofia.

J'ai regardé autour de moi et j'ai vu le jardin dans mes souvenirs. La fontaine en était la pièce maîtresse, mais tout autour, des chemins gazonnés serpentaient à travers le vaste espace. Les enfants utilisaient autrefois le jardin pour jouer à cache-cache grâce aux bancs et aux bains d'oiseaux, mais aussi grâce aux plantes de différentes hauteurs qui créaient des cachettes parfaites.

—C'était presque magique avant. J'ai travaillé ici quand

j'étais jeune. Je déjeunais souvent ici. Les treillis créaient un monde à l'intérieur du jardin où l'on avait l'impression que rien de mal ne pouvait arriver. Cet endroit, ce jardin, a été le théâtre de tant de moments importants de ma vie.

—Vraiment ?

J'ai hoché lentement la tête avant de réaliser ce que j'avouais. Sofia ne me jugerait pas, pas comme d'autres pourraient le faire, mais il y avait encore beaucoup de sujets dont nous ne parlions jamais. Nos parents et notre enfance étaient les plus importants. Aucun de nous ne posait de questions, et aucun de nous n'offrait d'informations.

—De toute façon, je sais que le jardin est important pour Gina, et je sais que Gavin veut que tout soit prêt pour le mariage, s'il finit par la demander en mariage, alors nous ferons de notre mieux.

Sofia a essayé de capter mon regard, mais je l'ai évité. Je savais qu'elle verrait la vérité dans mes yeux. La vérité que d'être dans ce jardin était plus difficile que je ne voulais l'admettre. Que se tenir là m'arrachait un morceau de moi-même. Le jardin avait apporté du bon et du mauvais dans ma vie. La plupart du temps, entremêlés. Comme rencontrer Zoey et la perdre en étant là. Trouver un endroit qui me donnait l'impression d'être chez moi et perdre le seul foyer que j'avais connu. Le jardin faisait partie de moi, et je ferais tout mon possible pour qu'il redevienne ce qu'il était autrefois.

Sofia n'a pas posé d'autres questions. Elle a travaillé avec moi jusqu'à ce que son téléphone sonne pour un locataire qui avait besoin de son aide. Elle a promis de revenir le lendemain soir. —J'apporterai le dîner.

J'ai secoué la tête. —Tu sais que Gina va péter un câble si on ne dîne pas à l'auberge. Surtout un vendredi soir.

Gina avait cédé l'auberge à Gavin et Piper, mais elle

travaillait toujours en cuisine. Elle adorait cuisiner et était fière de nourrir autant de personnes que possible. Je dînais chez elle le vendredi soir depuis si longtemps que je ne me rappelais plus d'une époque où ce n'était pas le cas. Sofia avait également été intégrée à cette tradition au cours des derniers mois.

—Oh, j'avais oublié quel jour on était. D'accord, dîner d'abord. Ensuite, on terminera cette section.

—Ça me va. Merci. J'apprécie ton aide.

—Quand tu veux. Assure-toi de manger quelque chose ce soir aussi.

J'ai croisé le regard de Sofia et j'ai hoché la tête. Nous savions tous les deux que je n'irais pas à l'auberge pour dîner. Pas avec Zoey et sa famille dans les parages. Normalement, j'y prenais la plupart de mes repas, mais tout avait changé. Absolument tout.

J'ai continué à creuser et travaillé encore trente minutes après le départ de Sofia. Le soleil s'estompait, et je savais que ce n'était qu'une question de temps avant que Gina ne vienne me chercher, alors j'ai terminé et je suis rentré chez moi pour la soirée.

Le cottage que j'appelais mon foyer était simple, mais le plus important, c'était qu'il était tranquille. J'aimais ma tranquillité et mes moments de solitude. Cela signifiait que je pouvais avoir mes pensées sans que personne ne s'y immisce.

Dommage que les gens puissent s'immiscer dans mon cottage.

Je venais juste de sortir de la douche et de finir de m'habiller quand quelqu'un a frappé à la porte. Je n'avais manqué aucun appel ni message et je recevais rarement des visiteurs. À cette heure de la nuit, peu de personnes s'aventuraient jusqu'à ma cabane.

J'ai allumé la lumière extérieure et ouvert la porte, m'attendant à moitié à ne trouver personne. Au lieu de cela, Gina et Alexis se tenaient sur mon porche.

—Sebastian ! s'est écriée Alexis avant de se jeter sur moi. Ses petits bras ont entouré mes cuisses et sa tête a heurté ma hanche. —Tu m'as manqué !

—Elle a insisté pour venir te voir ce soir. Zoey a essayé de la convaincre d'attendre jusqu'à demain, mais j'ai dit que je voulais t'apporter quelque chose à manger et j'ai proposé de venir ici avec elle, a expliqué Gina.

—Vous êtes venues à pied ? Vous ne devriez pas être dehors dans le noir comme ça, ai-je demandé, en les faisant entrer toutes les deux.

Gina a secoué la tête et est entrée dans mon cottage. Elle est allée directement à la cuisine et a posé le plateau couvert sur l'îlot. —J'ai pris le chariot paysager. Il a de beaux phares bien brillants.

J'ai secoué la tête face à Gina. Cette femme était intrépide. Elle avait aussi près de quatre-vingts ans, ce qui m'inquiétait constamment. Elle pensait que j'étais ridicule de ne pas vouloir qu'elle se promène la nuit, mais c'était pour sa propre sécurité. Quelque chose que Zoey devait apprendre si elle était prête à laisser sa tante et son enfant partir seules après la tombée de la nuit.

—Zoey n'aurait pas dû vous laisser venir ici toutes seules.

—Penses-tu qu'elle aurait pu m'en empêcher ? m'a défié Gina. L'étincelle dans ses yeux disait qu'elle savait exactement pourquoi j'étais contrarié, et que cela n'avait rien à voir avec sa sécurité et tout à voir avec mon agacement envers Zoey.

J'ai marmonné une réponse et me suis tourné vers la fille de Zoey. Alexis me rappelait sa mère. Tellement que ça me faisait mal d'être près d'elle parfois. Quand Zoey et moi nous sommes rencontrés, elle traînait autour de moi de la même façon. Pendant le premier ou les deux premiers étés, je me disais qu'elle était une gamine agaçante, mais au troisième été, je me suis avoué que je l'aimais bien. C'était une adolescente, et bien trop jeune pour moi, mais je me suis surpris à attendre avec impatience le temps que nous passions ensemble. Nous parlions comme je n'avais jamais parlé à personne d'autre. J'ai partagé avec elle des choses que je n'ai jamais avouées depuis.

Et elle a pris tout ça et m'a tourné le dos.

—Comment s'est passé ton trajet ? ai-je demandé à Alexis. Je ne pouvais pas penser à une meilleure question.

—Pas amusant. J'ai eu un accident et Maman a dit un gros mot quand le policier lui a donné une contravention.

J'ai regardé Gina pour confirmation. Un rapide haussement de sourcils fut ma seule réponse, accompagné d'un léger haussement d'épaules résigné. Il y avait certainement plus à cette histoire, mais ce n'était pas mon affaire. Rien de tout cela ne l'était.

—Alors, tu as passé un bon après-midi ? C'est agréable d'être ici ?

Alexis a haussé les épaules. —Je suppose. Maman ne m'a pas laissée te chercher. Je voulais venir te dire bonjour quand on est arrivées, mais elle a dit que tu étais occupé.

—J'étais occupé. Tante Gina me fait travailler dur dans le jardin.

—On avait un jardin avant. Quand on vivait avec mon papa. Mais il l'a gardé quand on est parties. Maman dit que son jardin lui manque.

J'ai hoché la tête, ne sachant pas quoi dire d'autre. La dernière chose dont j'avais besoin, c'était que quelqu'un invite Zoey à m'aider dans le jardin.

—Je vais dîner à la maison demain soir. Mon amie, Sofia, vient aussi. Tu y seras ?

Alexis a hoché la tête et bâillé en même temps. —Oui. Tu t'assiéras à côté de moi ?

—Bien sûr. Je pense que ce sera amusant. Sofia sera contente de te revoir aussi.

—Sofia est ta petite amie ?

J'ai envisagé de lui mentir parce que je savais qu'elle raconterait toute notre conversation à sa mère, mais il était hors de question de mettre Sofia dans cette position.

J'ai secoué la tête. —Non, elle ne l'est pas. C'est juste une très bonne amie.

—Ma maman dit que mon papa a beaucoup d'amies maintenant qu'ils ne sont plus mariés. Elle ne nous laisse pas rester chez lui parce que ses amies aiment dormir là-bas. Est-ce que Sofia dort ici avec toi ?

Aïe. Même si je voulais penser que Zoey méritait ce qui lui arrivait pour avoir épousé cet imbécile au lieu de moi, j'étais quand même désolé pour elle.

—Non, Sofia ne dort pas souvent ici. Elle a son propre appartement.

—Tu n'es pas seul ici tout seul ? Je pourrais dormir ici parfois pour te tenir compagnie. Ou ma maman pourrait.

—Ça va. Merci, lui ai-je dit. La dernière chose dont j'avais besoin, c'était que ma maison sente comme Zoey ou me la rappelle.

—Je pense qu'il est temps de t'emmener au lit, petite demoiselle, a dit Gina, intervenant pour mettre fin à la conversation.

—D'accord. Bonne nuit, Sebastian. Je te garderai une place demain soir.

J'ai raccompagné Alexis et Gina jusqu'à la porte. Alexis m'a serré fort une fois de plus. Je lui ai tapoté le dos, essayant de ne pas succomber au charme de cette adorable petite fille qu'il était impossible de ne pas aimer. Gina m'a embrassé sur la joue et a appelé Alexis pour qu'elle ralentisse et ne s'éloigne pas trop dans l'obscurité. Je les ai regardées jusqu'à ce que Gina démarre la voiturette de golf et reparte vers l'auberge avant de disparaître au sommet de la colline.

Je suis rentré et j'ai réchauffé le dîner que Gina m'avait apporté. Peu de temps après, mon dîner terminé, je commençais à m'assoupir, essayant de ne pas rêver d'une adorable petite fille et de sa mère qui ne pourrait plus jamais être mienne.

3

ZOEY

— **J**e comprends. Merci de votre appel, ai-je répété pour la troisième fois. Je voulais simplement mettre fin à l'appel. Mais il continuait à parler.

—J'aurais vraiment souhaité pouvoir faire quelque chose, Mademoiselle Holbrook. J'ai essayé, mais il n'y a pas de postes disponibles dans d'autres écoles du district. Je vous fournirai une bonne référence. J'espérais vraiment pouvoir vous garder. Christian était un homme gentil et un bon patron, mais il n'était pas un faiseur de miracles. Malheureusement pour moi.

—Merci pour ça. J'apprécie.

—Me ferez-vous savoir où vous trouverez un emploi ? J'aimerais vraiment savoir que vous retombez sur vos pieds.

—Bien sûr, je vous tiendrai au courant.

—Merci, Mademoiselle Holbrook. Et je suis vraiment désolé.

—Merci.

J'ai finalement réussi à raccrocher et j'ai fermé les yeux. Ma poitrine était serrée et mes poumons trop pleins. Je sentais un picotement au fond de ma gorge, étrangement similaire à ce que je ressentais quand je pleurais.

Ce n'était pas que j'étais tellement déçue de perdre l'emploi temporaire que j'avais occupé pendant plus de la moitié de l'année à la cantine de l'école. C'était un bon travail, et un travail important, mais je ne pouvais pas dire que je sentais que c'était ce que je voulais faire pour toujours. Néanmoins, c'était un emploi. Un emploi qui payait décemment et me permettait de travailler pendant que mes enfants étaient à l'école et d'être à la maison chaque fois qu'ils y étaient aussi. C'était presque parfait.

Et maintenant, c'était fini.

La pension alimentaire et la prestation compensatoire que je recevais chaque mois couvraient la plupart de nos dépenses, mais pas tout. Après quelques mois, je m'étais endettée, c'est pourquoi j'avais pris le poste à la cantine. Cet argent nous aidait à payer les plaisirs de la vie, comme les sorties au cinéma, le football de Cameron, la danse d'Alexis, et tous les livres que les enfants pouvaient désirer. Cela signifiait aussi que nous ne mangions pas des nouilles instantanées ou des macaronis au fromage tous les soirs.

Sans ce travail, je ne pouvais pas subvenir aux besoins de mes enfants comme je le souhaitais.

La sensation râpeuse dans ma gorge fit couler une larme sur ma joue. Je l'essuyai, mais une autre suivit juste après. Je fermai les yeux et cédai à l'écrasant sentiment de déception envers moi-même. Les choix que j'avais faits il y a dix ans pour éviter cette situation me revenaient en pleine figure, me replongeant exactement dans la situation que j'avais essayé d'éviter depuis le début.

Sauf que cette fois, j'avais deux enfants impliqués. C'est drôle comme l'histoire semblait se répéter. Ou, vous savez, pas drôle du tout.

La voix de Gavin parvint à mes oreilles avant que ses pas

lourds ne résonnent dans l'escalier. J'enfouis toutes mes émotions et effaçai toute trace de mes larmes. Finalement, je lui dirais ce qui se passait, mais pas encore. J'avais besoin de trouver une solution avant de commencer à en parler à tout le monde.

Au moment où il frappa à ma porte, j'avais la main sur la poignée et m'apprêtais à sortir. J'affichais le meilleur faux sourire que je pouvais rassembler et j'ouvris la porte. —Salut. Qu'est-ce qui se passe ?

Il pencha la tête sur le côté. Il me connaissait trop bien et voyait quelque chose, mais il voyait aussi le faux sourire derrière lequel je me cachais et n'insista pas. —Je venais juste voir si tu voulais sortir avec moi et les enfants. Ils veulent faire une bataille de ballons d'eau. Je suis en infériorité numérique. J'ai besoin de toute l'aide possible.

Je ris et hochai la tête. —Oui, c'est vrai. Ils sont coriaces.

—Et rusés, ajouta-t-il. Il me fit un clin d'œil et me conduisit vers l'escalier puis dehors, où les enfants nous attendaient en embuscade.

Le premier ballon explosa contre la rambarde du porche à côté de moi. Je criai et m'écartai d'un bond. —Qu'est-ce que c'est que ça ?

—Ils ont de l'aide ! Gavin s'éloigna de moi tandis que le suivant éclatait à mes pieds.

Je ris et descendis la dernière marche, scrutant la cour à leur recherche. Le grand espace ouvert n'offrait pas beaucoup d'endroits où se cacher, mais des gloussements me révélaient où chercher.

Derrière le camion de l'auberge.

—La partie est lancée ! cria Gavin, courant vers le camion avec un ballon dans chaque main.

Piper cria, —Courez ! Il est armé et dangereux !

Cameron et Alexis poussèrent des cris perçants et s'élancèrent vers l'herbe. Ils portaient tous les deux des ballons aux couleurs vives qu'ils avaient oubliés. Les sourires sur leurs visages et le rose de leurs joues me faisaient sentir comme si mon cœur allait éclater comme l'un des ballons d'eau.

C'était pour ça que nous étions venus.

Gavin fit éclater un ballon sur la tête de Piper, et elle rit aux éclats. Elle lui tendit un ballon, et ils se lancèrent tous deux à la poursuite des enfants. Je m'appuyai contre la rambarde écaillée du porche et regardai les quatre courir, rire et jouer.

Je me sentais comme eux quand j'étais petite et que je rendais visite à L'anse MacKellar. Je riais et je m'amusais. Je savais que la vie pouvait être ainsi. Oncle Rob plaisantait avec Gavin et moi, tout comme Gavin le faisait maintenant avec mes enfants.

Cela semblait il y a une éternité que je me sentais ainsi. J'imaginais que ma vie serait comme ça. Un travail difficile pour gérer l'auberge, mais beaucoup de moments heureux et ludiques pour l'équilibrer. Je voulais ça pour moi et mes enfants.

J'aurais pu l'avoir aussi, mais j'ai tout changé avant de pouvoir le réaliser. Et mes enfants en ont fait les frais. Au lieu que tous leurs étés soient comme celui-ci, nous n'aurions qu'un seul été de plaisir. Une fois de retour à Pittsburgh, je devrais trouver un emploi, probablement un qui signifierait qu'ils iraient à un programme parascolaire et au camp pendant les vacances scolaires et l'été. Je m'étais laissée emporter par le monde fantaisiste de ce qu'est la vie quand on a de l'argent, et j'apprenais enfin le prix de ce choix.

—Viens jouer, maman ! appela Alexis.

Je simulai un autre sourire et marchai derrière elle. Elle évita un ballon lancé dans sa direction et s'enfuit. Tous les quatre zigzaguaient dans la cour, restant à l'écart de l'anse et du jardin.

J'arrachai mes yeux du jardin et essayai d'oublier Sebastian. Je voulais qu'il soit heureux. Ce n'était pas juste de souhaiter que les choses soient différentes.

Un ballon d'eau m'a frappée sur le côté et a trempé mes vêtements. Le ruisseau d'eau a coulé le long de ma jambe et s'est infiltré dans ma chaussure. J'ai poussé un soupir exaspéré et j'ai cherché le coupable du regard, sachant avant même de repérer mon frère qu'il était le seul capable de faire ça.

Si je n'allais avoir qu'un seul été amusant avec les enfants, autant essayer d'en profiter. J'ai attrapé un ballon et je suis partie à la recherche d'une cible.

APRÈS LA BATAILLE de ballons d'eau, nous nous sommes tous douchés et préparés pour le dîner. Tante Gina était exigeante pour les dîners du vendredi soir, alors nous étions tous bien habillés et prêts à aller à l'auberge à l'heure. Même Cameron portait une chemise à col et un short kaki. Il se plaignait, mais il les portait quand même.

Alexis sautillait devant nous pendant le trajet vers l'auberge. Elle était clairement pressée de dîner. La bataille de ballons d'eau l'avait épuisée plus que je ne l'avais réalisé. J'espérais que cela signifiait que je pourrais coucher les enfants tôt et commencer à chercher du travail tout de suite.

Alexis disparut dans l'auberge, nous laissant Cameron et moi la suivre. Ses épaules affaissées n'étaient pas très loin des miennes et me rappelaient à quel point il grandissait vite.

—Merci d'avoir nettoyé les ballons d'eau tout à l'heure. Tu as été d'une grande aide.

Il haussa ces épaules trop grandes pour son âge sans rien dire. Le CM1 allait apporter beaucoup de changements. J'espérais que l'un d'eux ne serait pas de perdre mon aîné.

—Pourquoi Papa n'est pas venu avec nous ? demanda Cameron quand nous sommes arrivés à la porte.

Je m'arrêtai et retirai ma main de la poignée. —Tu sais que Papa et moi ne sommes plus mariés.

—Je sais qu'il ne vit plus avec nous, mais je ne sais pas vraiment pourquoi. Pourquoi je ne peux pas vivre avec lui ?

La douleur qui traversa ma poitrine aurait été comique si elle n'avait pas été si affreusement blessante. Je me forçai à sourire. —Papa travaille de longues heures et n'est pas souvent à la maison. Tout comme quand il vivait avec nous. Nous avons décidé qu'il valait mieux que toi et Alexis viviez avec moi.

—Je ne pense pas que ce soit mieux. Je voulais le voir cet été. Il a dit qu'on pourrait aller à un match de baseball.

Combien de fois Trevor lui avait-il fait des promesses sans les tenir ? Bien sûr, c'était toujours moi qui devais jouer le rôle de la méchante et soit briser le cœur de Cameron, soit trouver une excuse quand Trevor le faisait. Je n'ai jamais voulu que Cameron se sente comme s'il n'était pas important pour son père. C'était un sentiment horrible, que je ne souhaiterais à personne.

—Nous ne sommes pas si loin de Pittsburgh. On trouvera un moyen d'aller à un match de baseball.

J'en avais assez d'être celle qui décevait mon fils. Je devais rendre l'été amusant. Je le devais.

Cameron haussa les épaules et entra dans l'auberge. Je pris une profonde inspiration et le suivis, espérant que tout s'arrangerait.

La cuisine sentait divinement bon. Tante Gina transférait les légumes de la poêle sur la cuisinière à un grand bol. Quand elle me vit, elle me fit signe de le porter dans la salle à manger.

J'embrassai la joue de Tante Gina et lui demandai comment s'était passée sa journée.

—Bien. C'est vendredi.

Je souris en souhaitant avoir ne serait-ce que la moitié de son enthousiasme pour la vie. Je pris le bol et me dirigeai vers la salle à manger. Je scrutai la pièce à la recherche de mes enfants, sachant qu'ils devaient être quelque part. Cameron traînait près de Gavin, mais Alexis était... Où était Alexis ?

Je posai le bol et traversai la foule. Une petite partie de moi me disait qu'il ne lui était rien arrivé et qu'elle était en sécurité dans l'auberge, mais la plus grande partie de moi avait tendance à être paranoïaque et anxieuse quand mes enfants n'étaient pas en vue.

Je continuai à traverser la salle à manger principale qui débordait de gens bavardant et riant. Elle n'y était pas. Je me dirigeai vers la salle à manger supplémentaire, celle qui était toujours ouverte au cas où il y aurait beaucoup de monde pour le dîner. Enfin. Vers le fond de la pièce se trouvait une petite table, et à cette table étaient assis Alexis, Sebastian et Sofia.

Super.

Mon soulagement fut de courte durée, mais la rencontre était inévitable. Cela faisait vingt-quatre heures que nous étions arrivés, et je savais que je n'attendrais pas longtemps avant de devoir dire bonjour à Sebastian. Après l'avoir vu avec Sofia dans le jardin la veille, j'avais encore moins envie de lui parler, mais visiblement, ma fille n'avait pas les mêmes inquiétudes.

—Alexis, je te cherchais, dis-je, adressant un sourire d'excuse à Sofia et évitant habilement le regard de Sebastian. Il était plus facile de m'excuser auprès de sa petite amie que de m'adresser à l'homme lui-même.

—Sebastian a dit que je pouvais dîner avec lui et Sofia.

—Mademoiselle Sofia, la corrigeai-je. J'avais perdu la

bataille pour qu'elle appelle Sebastian Monsieur Sebastian, mais elle n'allait pas être trop familière avec sa petite amie.

—Elle a dit que je pouvais l'appeler Sofia, argumenta Alexis.

Je jetai un coup d'œil à Sofia et surpris sa grimace avant qu'elle ne me sourie. —Je suis désolée. Je ne savais pas que c'était un problème.

—Ce n'est pas grave, lui dis-je, forçant un autre sourire. Je n'étais pas fâchée contre elle, ni contre Alexis, mais toute cette situation était plus que troublante.

—Voulez-vous vous joindre à nous ? demanda Sofia.

J'ouvris la bouche pour répondre, mais rien n'en sortit. Je la refermai alors que mon regard dérivait vers Sebastian. Il regardait au-delà de moi, comme si je n'étais même pas là. Je le méritais, mais cela faisait tout de même mal. Il ne m'avait pas du tout reconnue. Pas que je lui aie parlé, mais c'était sa petite amie.

—J'ai Cameron aussi. Et je suis sûre que vous deux voulez un dîner tranquille en tête-à-tête, dis-je, espérant que mon sourire n'était pas aussi fragile que mon cœur.

—Ce n'est pas nécessaire. Pourquoi n'allez-vous pas chercher une autre chaise et vous pourrez tous vous asseoir avec nous ? J'aimerais beaucoup mieux vous connaître, insista Sofia.

Je ne savais pas comment m'en sortir et je me suis retrouvée à accepter. —Je vais aider Tante Gina. Je reviens tout de suite. Alexis, reste ici.

—Je le ferai, Maman. Sebastian m'a dit que je ne pouvais pas me lever parce qu'il ne voulait pas que tu t'inquiètes. Je ne le quitterai pas. Alexis sourit à sa personne préférée. Mon regard suivit le sien et se heurta à celui de Sebastian. Son regard me tint prisonnière pendant un long moment, me rendant incapable de détourner les yeux ou de réfléchir. Ses yeux s'assombrirent, presque imperceptiblement, puis se fermèrent, brisant l'emprise qu'il avait sur moi. Quand ils s'ouvrirent à nouveau, il ne me regarda pas, me congédiant sans un mot.

Je remerciai Sofia et Sebastian discrètement en m'éloignant rapidement. Un dîner entier avec eux ? C'était le minimum que je méritais. Je le savais sans aucun doute tandis que je les laissais derrière moi. L'été allait être long.

TANTE GINA REMERCIA TOUT le monde d'être venu et nous présenta, Cameron, Alexis et moi, à la foule. Tout au long du dîner, les invités s'arrêtèrent à notre table pour nous saluer et nous souhaiter la bienvenue pour l'été. C'était agréable d'avoir cette distraction face à la situation inconfortable dans laquelle nous nous trouvions.

Cameron bouda pendant la majeure partie du dîner, ne disant pas grand-chose ni à Sofia ni à Sebastian. Je voulais m'excuser pour lui, mais mon comportement n'était pas vraiment meilleur. Je ne savais pas quoi dire à l'un ou à l'autre, et je ne pouvais certainement pas poser les questions qui me brûlaient les lèvres.

Depuis combien de temps étaient-ils ensemble ?

Étaient-ils heureux ?

Pourquoi avais-je été si stupide de le laisser partir ?

Pendant des années, je me suis dit que j'espérais que Sebastian soit heureux. Que j'espérais qu'il ait tourné la page et qu'il se soit construit une vie. Quand j'ai découvert que ce n'était pas le cas, je me suis sentie mal pour lui, mais j'ai aussi ressenti un petit espoir. Ce n'était ni juste ni correct, mais c'était là. Mon mariage était déjà terminé, et pendant un instant, je me suis demandé si j'aurais une seconde chance avec Sebastian.

Au final, j'ai eu exactement ce que je méritais. J'ai essayé de créer une vie meilleure pour moi et ma famille en courant après quelque chose qui n'était pas réel, et j'en payais maintenant le prix. Au lieu d'accepter l'amour et de croire que cela suffirait, je me suis laissée éblouir par l'éclat et la fortune. J'aurais dû savoir que ça ne durerait pas, mais j'étais jeune, insouciante et pensais faire ce qu'il fallait.

—C'est sympa que vous ayez l'été libre et que vous puissiez venir ici pour si longtemps, Zoey, dit Sofia, me ramenant dans la conversation qu'elle avait avec Alexis.

J'acquiesçai et ouvris la bouche pour approuver quand Alexis répondit à ma place.

—Maman travaille à la cantine de mon école. Elle me sert le déjeuner tous les jours. C'est trop cool.

Je me forçai à sourire pour elle et serrai les lèvres. La laisser croire que j'avais toujours ce poste n'était pas correct, mais je n'étais pas prête à partager cette nouvelle avec qui que ce soit.

—C'est vraiment cool. C'est agréable de pouvoir passer du temps avec les enfants pendant la journée. Et vous êtes juste là s'ils ont besoin de quoi que ce soit.

—C'est agréable. J'ai beaucoup aimé ça.

Le sourire de Sofia faiblit devant mon ton neutre et ma réponse fermée. Je ne laissais aucune place pour qu'elle puisse poursuivre la conversation. Ce n'était pas entièrement conscient, mais je me sentais mal à l'aise avec elle.

—Je peux y aller ? demanda Cameron.

—Où vas-tu ? lui demandai-je.

—J'ai fini. Je veux aller jouer à un jeu.

—J'adore les jeux, dit Sofia. —À quel jeu vas-tu jouer ? Je peux jouer avec toi ?

—C'est un jeu en ligne.

—Oh, eh bien, je ne serais probablement pas très douée pour ça. Sofia jeta un coup d'œil à Sebastian et tenta de maintenir son sourire. Je me demandais comment elle faisait.

Comment pouvait-elle paraître si sereine face à tant d'impolitesse de ma part et de celle de mon fils ?

—Je suis désolée pour son attitude. Il avait des projets avec son père pour l'été, et je les ai gâchés en venant ici, expliquai-je, espérant que Sofia pardonnerait nos attitudes.

—Je comprends. Voyager est difficile pour un enfant. Tu as une idée de ce que l'été sera, mais ce n'est jamais tout à fait comme l'image que tu as dans ta tête. Mon père faisait toujours de grands projets pour l'été. En général, ça signifiait que j'étais plus ou moins livrée à moi-même. C'était dur, dit Sofia avec un sourire bienveillant pour Cameron.

—Mon père allait m'emmener voir un match des Pirates. Il me l'avait promis.

—Sympa. Je suis plutôt fan des Yankees, dit Sofia avec une lueur dans les yeux.

—J'aime bien les Yankees aussi. J'ai joué au baseball l'été dernier. Je n'étais pas vraiment très bon, cependant.

—Peut-être qu'on pourra trouver un gant et une balle quelque part par ici et jouer à se faire des passes un de ces jours. Un de mes amis jouait pour son équipe universitaire. Il pourrait peut-être te donner quelques conseils. Sofia lui fit un clin d'œil.

Cameron sourit pour la première fois depuis que nous étions arrivés de la maison. Il hocha la tête, et j'eus envie de l'embrasser. Pas étonnant que Sebastian l'ait choisie. Elle était gentille, attentionnée et prête à se mettre en quatre pour un enfant qu'elle connaissait à peine. Bon sang, j'avais envie de sortir avec elle.

—Merci, murmurai-je à son intention quand Cameron ne faisait pas attention. Il avait oublié son jeu vidéo et finissait son dîner.

—Je vous en prie. Je pensais vraiment ce que j'ai dit aussi. Je serais ravie de jouer à la balle, de taper dans un ballon de foot ou n'importe quoi pour passer du temps avec lui. Vous avez deux enfants formidables.

Je lui adressai un sourire reconnaissant, les yeux humides. Peu de gens me disaient cela. Trevor passait plus de temps à se plaindre de tout ce que je devrais faire plutôt que de tout ce que j'avais fait pour les enfants. Il voulait que Cameron soit plus dur et qu'Alexis parle moins. Il n'était pas prêt à voir que ses enfants développaient leur personnalité juste sous nos yeux, et que nous devrions les aider à devenir qui ils étaient destinés à être. Mais Sofia comprenait. La nouvelle petite amie de mon ex comprenait. Que pouvais-je dire ? « Merci. »

endant tout le week-end, j'ai chassé de mon esprit toute pensée concernant un nouveau travail, Sebastian et Sofia, pour profiter du temps passé avec mes enfants. Si Cameron allait être contrarié parce que son père était un con, malheureusement, il devrait aussi apprendre à lâcher prise, car Trevor n'allait probablement pas changer. Alexis était toujours aussi pétillante, mais elle demandait toutes les cinq minutes si nous pouvions aller voir Sebastian.

Tant pis pour l'idée de l'effacer de mon esprit.

Dimanche après-midi, je regrettais presque ce voyage. Cameron était toujours de mauvaise humeur, Alexis me rendait un peu folle, et j'avais l'impression de ne pas pouvoir simplement m'asseoir et me détendre parce que nous n'étions pas chez nous. C'était mon rôle de divertir mes enfants, et j'échouais lamentablement.

— Que fais-tu ce soir ? demanda Piper en me rejoignant dehors où les enfants jouaient à chat.

Je les désignai d'un geste. — Probablement encore ça. Pourquoi ? Tu as besoin de quelque chose ?

— Oui. J'ai besoin que tu m'accompagnes au club de lecture.

Je secouai immédiatement la tête. — Non, je ne pourrais pas.

— Pourquoi pas ? Tu connais au moins Blake et Sofia. Et tu seras ici tout l'été. Tu ne peux pas rester assise ici tous les dimanches soir sans venir. C'est amusant. Et tout le monde sera ravi de te voir.

— Je ne sais pas. Les enfants sont difficiles en ce moment, et je ne suis pas sûre que notre séjour ici va fonctionner. Et je... je ne suis pas sûre d'avoir bien fait de venir ici pour l'été. J'ai failli admettre que je devais trouver un nouveau travail, mais je ne pouvais pas en parler à Piper avant d'en avoir parlé à Gavin. Il serait blessé.

— Alors tu dois absolument venir. Avec un peu de chance, nous pourrons te faire changer d'avis sur ton séjour, mais sinon, tu dois venir voir tout le monde avant de partir.

— Je ne sais pas. Je regardai mes enfants. Alexis souriait, mais Cameron commençait à avoir l'air de s'ennuyer. Je voulais qu'ils passent un bon été. Cela ne faisait que quelques jours, mais si nous étions à la maison, ils auraient des amis à retrouver et tous leurs jouets et leurs affaires. Nous pourrions aller à la piscine du centre communautaire, faire des promenades et trouver des choses à faire. Au lieu de cela, ils s'ennuyaient déjà.

— Gavin va s'occuper des enfants ce soir. Viens avec moi. Je te promets que ce sera amusant.

— Qu'est-ce qui sera amusant ? demanda Gavin. Il entoura Piper de ses bras et l'embrassa rapidement.

— J'essaie de convaincre Zoey de venir au club de lecture avec moi. Elle dit qu'elle pourrait retourner à Pittsburgh parce que les enfants ne s'amusent pas.

— Va au club de lecture et amuse-toi. Je m'occuperai des

enfants et nous trouverons des choses amusantes à faire cet été, dit Gavin.

— Je ne peux pas te laisser t'occuper de mes enfants tout l'été, lui ai-je répondu.

— Pourquoi pas ? Ce sont deux de mes personnes préférées sur la planète, et ils me manquent.

— Oui, mais tu as une auberge à gérer. Tu as des clients. Tu es occupé.

— Je ne suis jamais trop occupé pour eux. Sors et amuse-toi. Je m'occuperai d'eux pour le reste de la journée. Il se dirigea vers les enfants avec ses bras au-dessus de sa tête, les mains recourbées en griffes, grognant et grondant comme s'il était un monstre. Alexis poussa un cri aigu et s'enfuit, mais Cameron se contenta de rire. Gavin se dirigea vers Cameron jusqu'à ce qu'il commence à rire et s'enfuie.

— Tu vois ? Ils sont entre de bonnes mains, dit Piper. — Viens avec moi. Ce sera bon pour toi d'avoir une soirée de libre. On dirait que tu n'en as pas beaucoup.

Je ricanai. — Je n'en ai aucune.

— Eh bien, maintenant si. Tous les dimanches soir.

J'ai finalement abandonné ma réticence et j'ai accepté. Ce serait bon pour moi de sortir et d'être entourée d'autres adultes, même si ce n'étaient pas des adultes que je connaissais bien. Et cela me donnerait l'occasion de faire connaissance avec Piper avant qu'elle ne devienne ma belle-sœur.

— Attends. Je n'ai pas lu le livre. Quel livre est-ce ?

Piper secoua la tête. — Ne t'inquiète pas. La moitié d'entre nous ne lit jamais le livre. C'est plutôt une occasion de se retrouver, de manger du gâteau et de parler des hommes.

Je gémis intérieurement. Ce n'était peut-être pas une si bonne idée. J'allais sûrement plomber l'ambiance. Mais il était trop tard pour faire marche arrière.

PIPER ME REJOIGNIT dans le salon quand il fut l'heure de partir. Gavin avait emmené les enfants quelque part, et il m'avait assuré qu'il s'occuperait de les coucher à une heure raisonnable, avec les dents brossées et en pyjama. Il avait toujours été celui qui s'amusait, mais il respectait quand même l'heure du coucher. Dieu merci.

Piper conduisit et parla pendant tout le trajet. C'était un court voyage, mais elle a réussi à me parler de tous leurs projets pour l'auberge. Y compris les projets pour le jardin. Je ne pouvais m'empêcher de me demander si elle savait à quel point ce jardin était spécial pour moi, mais j'en doutais. Personne à part Sebastian ne le savait, et il était là à le mettre en pièces, donc clairement, cela n'avait plus la même signification pour lui.

Nous nous sommes garées près de Petits ami du Livre Illimité, et Piper a frappé à la porte. Nous avons attendu que quelqu'un nous ouvre, et Piper a souri largement quand ce fut Finley Jameson. J'avais encore du mal à croire que ces femmes étaient mes amies. Ou du moins qu'elles étaient prêtes à m'accueillir dans leur cercle. Finley et Blake étaient les filles que je voyais quand je venais en visite et à qui je souhaitais ressembler à leur âge. Je souhaitais toujours leur ressembler davantage, mais maintenant j'avais un aperçu de ce que cela signifiait d'être comme elles.

Finley serra Piper dans ses bras, puis moi, et dit, — Je suis si heureuse que tu sois venue. Piper a dit que tu étais en ville pour l'été. Nous espérions toutes que tu te joindrais à nous.

— Elle m'a convaincue.

— Eh bien, j'espère qu'il ne sera pas si difficile de te convaincre de revenir.

Le sourire de Finley était sincère et vrai, quelque chose dont je n'avais pas eu assez depuis bien trop longtemps. Je ne me souvenais pas de la dernière fois où quelqu'un avait voulu de ma présence. Ce sentiment me nouait la gorge et m'empêchait de répondre par autre chose qu'un hochement de tête.

— Karissa a apporté un gâteau au chocolat pour ce soir. Ça te tente ? demanda Finley.

— Tu m'as convaincue avec le mot chocolat. Ou gâteau. L'un ou l'autre et je suis partante, lui dis-je.

Finley a ri et a passé son bras sous le mien. Je l'ai laissée me conduire à l'arrière où tout le monde était assis sur des chaises et discutait.

J'ai affiché un sourire et accepté l'accueil que les autres m'ont réservé. Piper était assise à côté de Melody Holland. Blake m'a tirée sur le siège vide à côté d'elle. Elise m'a tendu un morceau de gâteau. Je me sentais comme l'une des leurs.

— Toujours pas de demande en mariage ? a demandé Blake à voix basse.

J'ai jeté un coup d'œil à Piper et secoué la tête. — Non. Je ne sais pas ce qu'il attend.

— Nous non plus. Ça me tue. Et s'il veut organiser le mariage pour la fin de l'été, il doit s'y mettre, a dit Elise.

— Quand est-ce que tu te maries ? lui a demandé Blake.

Elise a pouffé. — Je ne suis pas sûre que nous le ferons un jour. On en parle constamment, mais je ne sais pas.

— Tu ne veux pas te marier ? lui ai-je demandé.

— Mon copain de fac était violent, a dit Elise.

Je me suis reculée et figée. — Wow. Je suis désolée.

— Merci. J'ai appris au cours de l'année dernière à pouvoir dire ça sans me sentir coupable. Mais bref, quand j'étais avec lui, je me sentais sans valeur. Je l'ai quitté et j'ai décidé que je n'allais jamais me marier, ni même sortir avec quelqu'un d'ailleurs. Mais Colin... il est incroyable. Je n'avais jamais imaginé quelqu'un comme lui dans mon avenir. Je sais qu'il veut se marier, et je me sens mal de l'avoir fait attendre.

— Si ce n'est pas le bon moment, tu ne devrais pas te marier. Crois-moi, lui ai-je dit.

Elise a secoué la tête. — C'est le bon moment. Je l'aime. Je veux passer le reste de ma vie avec lui. J'ai juste besoin de lâcher prise sur cette dernière part de peur. Je lui dis sans cesse d'organiser un voyage quelque part pour qu'on puisse s'enfuir et se marier, mais il ne veut pas. Il veut que je sois d'accord et qu'on planifie vraiment. Pas qu'on doive faire un grand mariage, mais l'impulsivité ne fait pas partie de sa nature.

— Je ne suis pas très impulsive non plus, ai-je avoué. — La seule fois où je l'ai été, ça ne s'est pas bien terminé.

— Que s'est-il passé ? a demandé Blake.

— J'ai épousé mon ex. Maintenant, c'est mon ex.

Elles ont ri comme si c'était une blague, mais j'étais sérieuse. Accepter un rendez-vous avec lui avait été une décision impulsive basée sur la peur et l'incertitude. Si j'avais pris une minute pour réfléchir, je ne lui aurais jamais dit oui. C'était trop tard maintenant.

J'ai pris une bouchée de mon gâteau et laissé Blake essayer de convaincre Elise d'épouser Colin. J'étais sur le point de poser une question quand Finley est revenue après avoir fait entrer quelqu'un d'autre, suivie par Sofia.

J'ai failli m'étouffer avec mon gâteau tout en essayant de rester cool. Sofia a balayé la pièce du regard jusqu'à ce qu'elle aperçoive la chaise vide à côté de moi. J'avais envie de lui dire qu'elle était réservée pour quelqu'un d'autre, que j'y avais renversé quelque chose, n'importe quoi pour l'empêcher de s'asseoir à côté de moi.

Mais je ne pouvais rien dire. Sofia a pris le siège, et j'étais coincée avec elle. Encore une fois.

— Salut, Zoey. Je ne savais pas que tu venais ce soir.

J'ai souri et avalé la bouchée de gâteau qui m'avait fait m'étrangler. — Piper m'a invitée.

— Bien. C'est agréable de te revoir.

J'ai souri et enfourné davantage de gâteau dans ma bouche pour ne pas avoir à lui parler. Mon Dieu, j'étais vraiment une gamine.

— Comment avance le jardin ? a demandé Blake.

— C'est un gros projet, a dit Sofia. — Sebastian est méticuleux avec chaque plante. Si elle peut être sauvée, il veut la sauver. Il a dit que le jardin est un endroit spécial, et qu'il mérite d'être traité comme tel.

Ma tête s'est tournée brusquement vers elle, me demandant si j'avais bien entendu. Il était impossible que Sebastian considère encore le jardin comme spécial.

— Il travaille là-bas depuis longtemps. Il a probablement beaucoup de souvenirs du jardin et de comment il était avant, a dit Blake. — Je pense que ce doit être difficile de laisser partir tout ça.

Sofia a hoché la tête. — Oui, il a vraiment du mal à lâcher prise. Il adore ce jardin. Il veut s'assurer de faire tout ce qu'il peut pour qu'il redevienne ce qu'il était.

— Excusez-moi, ai-je dit en me levant. — Y a-t-il des toilettes ?

Blake a pointé vers le couloir du fond. — Première porte à gauche.

— Merci, ai-je dit en me précipitant dans cette direction.

Je suis entrée dans la pièce sombre et ai allumé la lumière avant de fermer la porte. Je ne pouvais pas rester assise là à écouter Sofia parler du jardin comme elle le faisait. Comme si c'était une chose vivante que Sebastian aimait. Pas quand je savais qu'il préférerait le détruire, raser cet espace et ne plus jamais avoir à le regarder.

J'ai pris une profonde inspiration pour calmer les émotions qui se déchaînaient en moi. J'ai humidifié une serviette en papier et tamponné mon visage et mon cou. Puis j'ai inspiré profondément encore une fois et expiré lentement. Je ne pouvais pas partir, mais j'allais avoir du mal à revenir.

J'ai déverrouillé la porte et l'ai ouverte, seulement pour m'arrêter net quand j'ai trouvé Sofia juste devant.

— Désolée, ai-je dit, baissant la tête et m'apprêtant à la dépasser.

— En fait, je voulais te parler.

— Oh ?

— Oui. Écoute, je sais qu'on dirait que Sebastian et moi sommes ensemble. Beaucoup de gens le pensent. Mais ce n'est pas le cas. Ça ne l'a jamais été. Nous sommes amis. Nous sommes très similaires et nous nous comprenons, mais c'est tout.

—Je ne comprends pas pourquoi tu me dis ça.

Sofia haussa un sourcil omniscient et hocha la tête. — Juste au cas où tu serais curieuse. Il ne sort avec personne en ce moment. Il se consacre entièrement à redonner au jardin son aspect d'autrefois. De quand il l'aimait tant. Parce qu'il l'aime toujours. Et qu'il veut qu'il soit heureux.

—Il veut que le jardin soit heureux ? ai-je demandé.

Sofia hocha la tête. —Il le veut. Vraiment beaucoup.

Je comprenais ce qu'elle essayait de dire, mais je savais aussi que ce n'était pas vrai. Sebastian savait que j'avais eu ce que je méritais quand mon mariage avait implosé. Il savait que c'était justice pour ce que je lui avais fait. Et il n'y avait aucune chance qu'il veuille que je sois heureuse.

—D'accord, eh bien, merci, je suppose.

Sofia acquiesça, puis me dépassa pour aller dans la salle de bain. Je suis restée là un long moment avant de retourner à ma place.

—... passionnant ! Je n'arrive pas à croire tout ce que tu as accompli, disait à Finley une femme que je ne connaissais pas.

—Merci, Goldie. Je n'aurais jamais pu faire tout ça sans ton aide, répondit Finley.

—Quand est la séance de dédicace ? demanda Elise.

—Dans trois semaines. Et nous en avons une autre à la fin de l'été. Et j'ai un salon du livre juste avant la rentrée, pendant le week-end de Labor Day, lui dit Finley.

—C'est intelligent d'inviter des auteurs qui ont des liens avec la région à venir pour une dédicace. Et de s'associer à d'autres événements qui se déroulent en ville. Il y aura déjà plus de passage, et ça devrait t'aider à savoir que tout va bien se passer, dit Blake.

Finley hocha la tête. —J'espère. Ces derniers mois ont été stressants. Si ces événements rapportent ne serait-ce que la moitié de ce que Goldie prévoit, je serai tranquille pour un moment. Assez longtemps pour me permettre de passer l'hiver.

—Est-ce qu'on parle des séances de dédicace ? demanda Sofia en reprenant sa place à côté de moi.

—Oui. Goldie a des projections qui sont vraiment bonnes. Si bonnes que ça me rend anxieuse. Je n'aurais pas pu faire tout ça sans toi, dit Finley à Goldie.

—C'est toi qui fais la majeure partie du travail. Je te donne juste des idées et des dates à considérer. C'est toi qui fais que tout cela arrive, répliqua Goldie.

—Vous formez une bonne équipe toutes les deux, dit Blake. —Nous te sommes toutes très reconnaissantes de ton aide.

Goldie secoua la tête. —C'est moi qui suis reconnaissante. Vous avez toutes été si disposées à m'aider avec tous les événements de la ville et à promouvoir tout ce que nous faisons au centre de tourisme. Vous me faites toutes paraître bien.

—Je ne pense pas que ce soit difficile à faire, dit Finley. —

Tu attires beaucoup de monde, et nous en profitons tous. Je ne vais pas me plaindre. Mais je ferai tout ce que je peux pour que tu réussisses.

—C'est tout ce que j'essaie de faire. Que tout le monde réussisse. J'espère que ça marche.

—J'ai eu un tas de nouvelles inscriptions sur mon appli, donc ça m'aide vraiment, dit Karissa.

—Ça ne te met pas en colère ? demanda Finley d'un ton taquin.

Karissa haussa les épaules. —Avant, oui, mais je l'accepte maintenant. Beaucoup de gens ne sont pas prêts à passer par toute la configuration juste pour un plan d'un soir, donc je ne pense pas que ce soit si grave. Du moins, je l'espère.

—C'est quoi ton appli ? ai-je demandé. Je ne pensais pas qu'aucune d'entre elles le savait, mais j'avais un diplôme en informatique. J'avais envisagé de développer des applications à un moment donné, mais ce n'était pas une base de connaissances que j'avais à l'époque. Je ne l'avais toujours pas, et mon diplôme datait de presque dix ans, mais les ordinateurs m'intéressaient toujours.

—Karissa a une application de rencontres en ligne, dit Blake. —Tu devrais t'inscrire. Même si tu n'es là que pour l'été, c'est un bon moyen de rencontrer des gens du coin.

—Ne l'écoute pas, dit Goldie. —L'application est maudite. Toutes ces femmes ont rencontré leur petit ami ou leur mari sur cette appli.

—Ce n'est pas tout à fait vrai, dit Blake. —Je connaissais Ian avant, mais l'appli nous a donné un nouveau moyen de communiquer.

—Et ça a failli ruiner tes chances, dit Elise.

—Seulement parce que j'étais stupide, rétorqua Blake. —Tu peux parler. À la Recherche du Héros Littéraire Parfait t'a présentée Colin et tu l'as rejeté.

—Oui. Je n'étais pas prête pour lui, admit Elise.

—Ça a aidé à donner une seconde chance à Ramsey et moi. Je suis totalement pour, dit Melody.

—Si je peux dire quelque chose, intervint Karissa. La pièce se calma et tout le monde se tourna vers elle. —Je l'ai conçue pour aider les gens à trouver l'amour. C'est une application de rencontres, mais aucune photo n'est autorisée sur l'appli. Les vrais noms ne sont pas utilisés. Tu ne peux pas envoyer de message à quelqu'un jusqu'à ce que vous acceptiez tous les deux le match. C'est basé sur les romans d'amour, les petits amis de livres. Nous avons tous nos préférés, donc tout est conçu pour te mettre en relation avec quelqu'un qui ressemble à ton héros de roman préféré.

—C'est... différent, ai-je dit.

Karissa rit. —C'est vrai. Et c'était intentionnel. Nous étions toutes assises ici à discuter de comment nous souhaitions que les hommes dans la vraie vie soient comme les hommes dans les livres que nous lisions. J'ai décidé de trouver un moyen de trouver ceux qui le sont. Quel est ton roman d'amour préféré ?

—De tous les temps ? ai-je demandé.

Karissa hocha la tête. —De tous les temps.

—Le Temps n'est rien, ai-je avoué.

— Wow. D'accord. Excellent choix, triste, mais un livre incroyable. Qu'est-ce que tu aimes chez Henry ?

— Il est débrouillard. Il peut faire pratiquement n'importe quoi. Et il adore Clare et ferait tout pour elle.

— Donc, tu veux quelqu'un sur qui tu peux compter. Quelqu'un qui te choisira.

La simplicité de ses mots me transperça le cœur. Je n'avais jamais vu les choses sous cet angle, mais elle avait raison. J'avais épousé Trevor parce qu'il me faisait sentir protégée, mais mis à part le soutien financier, il n'avait jamais été là pour moi. Pas comme-

— Oui, je suppose que c'est vrai, lui répondis-je.

— Tu serais associée à des hommes, ou des femmes si tu choisis cette option, qui sont loyaux et qui recherchent l'engagement. Des personnes qui sont ouvertes à l'aventure mais qui veulent partager cette aventure avec quelqu'un d'autre, dit Karissa.

— Tu devrais remplir un profil, m'encouragea Blake. — Même si tu ne rencontres jamais personne, tu devrais le faire. Ton divorce est définitif, n'est-ce pas ?

— Oui, depuis presque un an maintenant.

— Alors tu devrais le faire. Commence doucement et sans pression.

— Je ne sais pas. Je suis venue ici parce que mon frère me manquait, et parce que mon ex ne s'implique pas avec les enfants. Je veux qu'ils passent un bon été, surtout Cameron. Trevor lui a fait des promesses qu'il n'allait jamais tenir, et maintenant Cam est encore plus déçu. Je veux juste qu'ils profitent de ces quelques mois. Si nous restons.

— Vous devez rester. Il y a tellement de choses qui se passent cet été. Et il semble que vous ayez tous besoin d'une pause. Vous devriez rester, dit Blake.

— Amber adorerait se retrouver avec Alexis, dit Melody.

— Et Ian peut emmener Cameron faire un tour en bateau. Pour pêcher peut-être, suggéra Blake.

— Nous vous aiderons tous à faire de cet été un moment incroyable pour toi et tes enfants. Donne-nous une chance, dit Elise avec un sourire suppliant.

Je regardai autour de la pièce ces femmes que je connaissais à peine et m'avouai que je voulais mieux les connaître. Je voulais être là. Et je voulais offrir à mes enfants l'été qu'elles disaient toutes que nous pourrions avoir à L'anse MacKellar.

— D'accord, nous resterons.

— Bien. Alors inscrivons-toi parce que toi aussi, tu dois t'amuser cet été, dit Blake.

Je laissai échapper un rire moqueur et secouai la tête, mais je lui tendis mon téléphone. Je n'étais pas obligée d'en accepter un seul. Mais peut-être que je rencontrerais quelqu'un qui me ferait croire à nouveau en l'amour.

48

5

SEBASTIAN

J'ai arraché une autre plante morte du sol et l'ai jetée dans la brouette à côté de moi. J'ai fouillé la terre à la recherche de racines ou de morceaux restants, faisant de mon mieux pour m'assurer que rien de l'ancien jardin ne subsiste.

Zoey et ses enfants étaient en ville depuis presque une semaine et, ironiquement, le jardin était le seul endroit où j'avais l'impression d'avoir un répit. Elle occupait toujours mes pensées quand j'y étais, mais je restais du côté opposé. Près de l'eau et loin des bancs et de la partie herbeuse que nous appelions la nôtre.

Plus rien n'était à nous désormais, et ne le serait plus jamais. Le jardin était un cadeau pour Piper et Gavin. C'était un souvenir pour Gina de ce qu'il avait été autrefois. C'était un bel endroit pour s'asseoir et regarder l'eau. Mais il n'appartenait plus à Zoey et moi. Plus maintenant.

La porte arrière de la maison claqua, me crispant les dents. Gina était toujours si discrète et la présence d'autres personnes commençait à me peser. La saison hivernale me manquait, quand je pouvais être dehors et complètement seul. Au lieu de ça, il y avait des gens partout.

J'ai arraché une autre plante tout en écoutant qui sortait précipitamment de la maison. Plus que probablement, je n'aurais pas à leur parler, mais je ne voulais pas non plus que quelqu'un me surprenne.

Le pas rapide d'une course se dirigea vers moi. Puis le déchirement de vignes ou de racines. Le léger bruit mat de la plante heurtant le sol me fit me retourner pour voir qui m'aidait à arracher le jardin.

—Il y en a plein d'autres par ici si tu cherches quelque chose à arracher, ai-je dit quand j'ai aperçu Cameron à l'autre bout du jardin.

Il leva les yeux rapidement vers moi, surpris d'être pris sur le fait. —Je suis désolé. Je ne voulais rien abîmer.

J'ai secoué la tête. —Tu n'as rien abîmé. Je suis en train d'arracher à peu près tout. Pourquoi ne viens-tu pas en arracher quelques-unes par ici ?

Il hésita pendant une longue minute, puis finit par traîner les pieds jusqu'à l'endroit où j'étais agenouillé sur l'herbe.

—Prends la plante près du sol et tire lentement pour tout sortir. Tu devras peut-être la secouer un peu si elle est tenace.

Il saisit la plante suivante et fit comme je lui avais indiqué. Les racines remontèrent avec les tiges, ne laissant rien derrière qui pourrait ruiner le jardin plus tard.

—Bien. Jette-la dans la brouette pour qu'on puisse les mettre à la poubelle plus tard.

—Tu les jettes simplement ?

—Elles sont mortes, alors oui. Tante Gina veut que tout le jardin soit replanté cet été. Je me suis redressé sur mes talons et j'ai regardé autour de moi. Il restait encore énormément de travail à faire. Je n'avais arraché qu'environ un tiers des plantes, peut-être un peu moins. J'estimais qu'il me faudrait encore deux ou trois semaines pour tout enlever. Les plus grands buissons et les arbres qui avaient cessé de fleurir depuis des années nécessiteraient de l'équipement pour être enlevés. L'été serait à moitié terminé avant que je puisse commencer à remettre des plantes en terre.

Cameron et moi avons travaillé côte à côte en silence pendant une vingtaine de minutes. Il arrachait les plantes du sol et les jetait dans la brouette, son humeur se dégradant à chaque plante.

—Qui t'a mis en colère ? ai-je fini par lui demander.

—Personne, a-t-il grommelé.

—Moi aussi, je claque les portes et j'arrache des plantes quand je suis heureux.

Il me regarda avec un regard curieux. Il savait qu'il était pris au piège, mais il ne voulait pas dire ce qui s'était passé. C'était compréhensible.

Nous avons continué à travailler jusqu'à ce qu'il soupire lourdement. Pour un enfant de huit ans, il maîtrisait ce son à la perfection.

—Mon père a promis de m'emmener à un match de base-ball cet été.

—Et ça a changé ?

—Évidemment. Il n'est pas là. Et nous ne sommes pas à Pittsburgh. Ma mère n'aurait jamais dû nous amener ici.

Je n'allais pas discuter ce point avec lui. —Tu ne peux pas y retourner en visite ? Ce n'est pas si loin.

—Ma mère a dit qu'on pourrait, mais maintenant elle n'est plus sûre. Mon père a promis, et ma mère ne me laisse pas y aller.

Je ne connaissais certainement pas leur dynamique familiale, mais d'après le peu que Gavin m'avait dit, Zoey protégeait probablement Cameron pour qu'il ne découvre pas que son père était un crétin sans valeur.

—Pourquoi ta mère te tiendrait-elle éloigné de ton père ? Est-ce que ton père a déjà été méchant avec toi ?

—Non. Comment ça ?

—Tu fais beaucoup de choses avec ton père ?

—Pas vraiment, je suppose. Je veux dire, on essaie, mais il travaille beaucoup.

—Ouais, c'est le truc difficile pour les adultes. Qu'est-ce que tu as fait avec ton père l'été dernier ?

—On devait aller voir un match de baseball, mais il avait un voyage d'affaires. Il nous a emmenés, ma sœur et moi, dîner une fois. On est restés chez lui parfois. Il est juste très occupé. Son ton frustré m'a indiqué de laisser tomber.

—J'en suis sûr. On dirait qu'il a un travail vraiment important. Est-ce qu'il aime son travail ?

—Je suppose. Il travaille tout le temps. Pourquoi travaille-rait-on beaucoup si on n'aimait pas ça ?

J'ai haussé les épaules. —Parfois les adultes n'ont pas le choix. On a des factures à payer et des personnes à prendre en charge. Même si ton père n'aime pas son travail, il pour-rait continuer à le faire parce que ça aide votre famille. Ce n'est pas une mauvaise chose.

—Est-ce que tu aimes ton travail ? m'a demandé Cameron.

J'ai hoché la tête, mes lèvres s'étirant en un sourire tandis que je regardais l'eau. —Oui. Tu vois ce phare là-bas ?

—Dans l'eau ?

—Ouais. C'est moi qui entretiens ce phare. Il y a un endroit peu profond dans la rivière. Du phare jusqu'à la rive où nous sommes, c'est trop peu profond pour beaucoup de navires, donc le phare s'assure qu'ils restent dans les eaux plus profondes. S'il ne fonctionne pas, les bateaux pourraient s'échouer. J'y vais tous les jours pour m'assurer que tout fonctionne correctement.

—Et en hiver ?

—En hiver aussi.

—Ce n'est pas froid ?

J'ai ri doucement. —Extrêmement. Mais ça ne me dérange pas. Je travaille seul, je peux assurer la sécurité des gens et je suis bien payé pour ça. Je suis heureux.

—Ma mère n'est pas heureuse. Elle doit trouver un nouveau travail.

—Quel était son ancien travail ?

—Elle travaillait à la cantine de mon école. Elle m'a dit qu'elle allait recommencer l'année prochaine, mais je l'ai vue chercher un autre travail en ligne.

—Peut-être qu'elle regarde juste s'il y a d'autres options. Comme quelque chose avec les ordinateurs.

—Pourquoi ferait-elle ça ?

J'ai froncé les sourcils. —Parce qu'elle s'y connaît bien en informatique. Zoey étudiait l'informatique à l'université quand nous étions ensemble. Elle était enthousiaste à propos des opportunités que cela lui offrirait.

—Elle ne connaît rien aux ordinateurs. C'est une maman.

J'ai serré les lèvres pour cacher mon sourire. Il était très catégorique et ne connaissait visiblement pas les compétences de Zoey.

—Eh bien, je suis sûr qu'elle trouvera quelque chose.

—Ouais. C'est ennuyeux. Je vais aller faire autre chose maintenant.

J'ai toussé pour masquer mon rire. —Je ne te blâme pas. C'est assez ennuyeux. Mais c'est mon travail pour le moment donc je dois continuer. J'espère que tu pourras voir un match de baseball cet été. Si j'en entends parler d'un, je te le ferai savoir.

Il a hoché la tête en partant en courant, les mains et les vêtements sales. Gina allait probablement me tuer, mais un peu de saleté était bon pour le gamin.

J'ai continué à travailler pendant encore une heure jusqu'à

ce que je termine la section sur laquelle j'étais. J'ai ratissé la terre et je l'ai retournée pour qu'elle soit meuble et pour m'assurer que nous n'avions pas manqué de racines. J'ai laissé tous les outils où ils étaient et je suis retourné à mon chalet pour une pause rapide et boire un peu d'eau.

Le soleil de fin d'après-midi était brûlant, et je cuisais sous sa chaleur. Il y avait une légère brise venant de l'eau qui rendait la chaleur de juillet supportable, mais il faisait quand même chaud.

L'heure du dîner approchait, et mon estomac gargouillait. J'ai pensé à monter à l'auberge pour dîner, mais je faisais de mon mieux pour l'éviter. Alexis insisterait pour que je m'assoie avec eux, et je ne pouvais pas supporter de dîner plus d'une fois par semaine avec Zoey. Pas encore. Peut-être jamais.

J'ai quitté mon chalet et suis retourné vers le jardin. Le soleil descendait plus bas dans le ciel, projetant une lueur orangée sur tout. Il illuminait l'auberge et me rappelait pourquoi le jardin était si spécial.

Au lieu de prendre le chemin que j'avais utilisé pour aller à mon chalet, j'ai emprunté celui qui serpentait vers la maison. J'ai marché lentement, sans me presser. Les clients allaient bientôt s'asseoir pour dîner, avec la famille de Zoey qui les rejoindrait. Je retournerais seul à mon chalet après avoir rangé les outils et m'être assuré que tout était sécurisé pour la nuit.

Je me suis tourné vers le jardin et j'ai entendu le son inconfondable de quelqu'un qui pleurait. Un gémissement, puis un sanglot, suivi d'un reniflement alors que la personne essayait de se ressaisir. J'ai pensé à faire demi-tour. Mon téléphone a vibré dans ma poche et, sans réfléchir, je l'ai sorti.

GINA

Viens dîner ce soir s'il te plaît. C'est important.

J'ai essayé de ne pas gémir. Je ne pouvais jamais lui dire non. Pas quand elle disait que c'était important. Elle ne me demandait pas grand-chose, pas vraiment. Je me précipitais pour l'aider, mais elle ne me le demandait jamais. Si elle voulait que je sois présent au dîner, j'y serais.

J'ai rapidement répondu par message que je serais là et j'ai continué à marcher. J'avais oublié la personne en pleurs jusqu'à ce que je réalise que je me dirigeais droit vers elle. Dès que je l'ai vue, j'ai su que j'aurais dû récupérer les outils plus tôt et éviter le jardin si tard dans la soirée.

Je voulais détester Zoey. Plus que tout au monde, je voulais la détester. Je voulais détester ses enfants aussi. Je voulais sentir qu'elle avait eu ce qu'elle méritait quand son mari avait choisi son travail plutôt qu'elle, plutôt que leur famille. Mais tout ce que je ressentais, c'était de la douleur.

Sa douleur était la mienne. Et la voir assise sur le banc en pleurant m'a presque déchiré en deux. L'observer de loin et savoir qu'elle était sortie pour avoir un peu d'intimité afin de laisser ses émotions s'exprimer me tuait. C'était ironique qu'elle doive aller dehors, à l'air libre, pour avoir de l'intimité, mais le banc était éloigné des chemins principaux. C'était relativement privé.

Il fut un temps où c'était notre banc.

Ce banc était celui où nous nous étions assis la première fois que nous avions eu une conversation. C'était là où nous étions assis la première fois que je l'avais embrassée. C'était là où nous étions assis quand je lui avais dit que je l'aimais, et où elle m'avait dit qu'elle reviendrait à L'anse MacKellar pour que nous puissions être ensemble.

Quand j'ai découvert qu'elle avait épousé quelqu'un d'autre, j'ai voulu arracher le banc du sol et le jeter dans la rivière. Le laisser couler au fond et mourir, comme je pensais que je le ferais sans elle dans ma vie. Au lieu de cela, j'ai laissé le banc là comme un rappel pour ne pas oublier ce qui s'était passé.

J'ai arrêté de marcher près du banc. J'avais presque oublié qu'il était toujours là. Je ne suis pas sûr de ce qui m'a poussé à passer par là, mais dès que je l'ai vue, j'ai su que je ne pouvais pas l'ignorer. Je ne pouvais pas continuer sans m'arrêter pour lui parler.

—Ça va ? ai-je demandé.

Ma voix était rauque et peu aimable. Elle a sursauté en l'entendant et a rapidement essuyé les larmes de ses yeux. Elle a hoché la tête et fixé l'eau qui coulait au-delà de moi, alors même que son corps tremblait encore sous l'effet de l'émotion qui la traversait.

—Tu ne vas pas bien. Que s'est-il passé ?

—Tu n'as pas envie d'entendre parler de mon ex-mari. Je vais bien aller.

—Ah, ai-je dit, en reculant d'un pas. Tu es donc toujours amoureuse de lui.

Elle a ricané. Pas le moins du monde. J'ai été invisible pour lui pendant des années. Il ne mérite pas mes larmes.

—Alors pourquoi es-tu assise ici à pleurer pour lui ?

—Je ne pleure pas pour lui. Je pleure parce qu'il refuse de passer du temps avec Alexis et Cameron. Il était un père merdique quand nous étions mariés, et il se révèle être encore pire maintenant que nous sommes divorcés.

—Il vit assez loin. Ça ne doit pas être facile de faire le trajet.

Elle a pouffé et m'a lancé un regard furieux. J'ai aperçu la fille que j'avais connue autrefois, la femme que j'avais connue. Le feu avait disparu depuis longtemps quand elle était revenue à L'anse MacKellar, éteint par l'homme qui me l'avait volée.

Non, ce n'était pas juste. Elle était une adulte. Elle avait fait ses propres choix. Il ne l'avait pas volée. Elle l'avait choisi.

—Tu es sérieusement de son côté ? Du côté de mon mari qui refuse de prendre un week-end de congé pour passer du temps avec nos enfants ?

J'ai secoué la tête. Je ne prends pas parti. Je n'ai aucun intérêt dans cette histoire. Tu t'en es assurée il y a longtemps.

J'ai commencé à m'éloigner, mais elle s'est levée et s'est plantée devant moi avant que je ne fasse deux pas. Comment oses-tu ! C'est fini entre nous depuis des années. Une vie entière. Tu n'as aucun droit de juger ma vie ou de me faire sentir que j'ai fait quelque chose de mal.

—Alors pourquoi me demandes-tu, Zoey ? Pourquoi diable te soucies-tu de ce que je pense ?

Elle a fermé la bouche et a fait un pas en arrière. Elle a emporté sa chaleur avec elle, cette chaleur dont je n'avais même pas réalisé qu'elle s'était infiltrée dans mon corps jusqu'à ce qu'elle la retire. La chaleur qui m'enflammait. La chaleur que je désirais encore de tout mon être.

—Je suis désolée, a-t-elle dit. De retour à la soumission.

—Pourquoi ? Pourquoi es-tu désolée ? Es-tu désolée parce que tu m'as détruit il y a toutes ces années ? Es-tu désolée parce que tu es tombée amoureuse de quelqu'un d'autre ? Es-tu désolée parce que tu n'étais pas vraiment amoureuse de moi ? Es-tu simplement désolée parce que tu t'es dressée contre moi ? Ou que tu m'as tenu tête ? Ou défendu tes choix ? De quoi es-tu désolée, Zoey ?

Elle a inspiré avec difficulté et fermé les yeux. Tout cela. Pour tout cela. Sauf une chose.

—Quoi ? Quelle chose ?

—J'étais amoureuse de toi. Tellement que ça me faisait peur. Mais nous devions cacher ce que nous avions. Tu pensais que les gens nous jugeraient, et ça... tu étais le premier garçon que j'ai aimé. Mon premier baiser. Mon premier tout. Le fait de cacher cela me faisait sentir que je n'étais pas aussi spéciale pour toi. Ou que nous faisions quelque chose de mal. Les choses étaient si différentes avec Trevor. Il m'emmenait sortir, me montrait. Il me faisait sentir que j'étais plus importante pour lui.

— Tu l'as épousé parce qu'il avait de l'argent ? ai-je craché.

Elle a secoué la tête. — Je l'ai épousé parce que je croyais qu'il m'aimait, et que je pensais que toi, tu ne m'aimais pas.

J'ai parcouru son corps du regard en essayant d'oublier la sensation de l'avoir dans mes bras. Des années s'étaient écoulées, mais mes souvenirs d'elle restaient gravés en moi. Si je fermais les yeux, je pouvais la sentir. Mais les souvenirs... les souvenirs ne me menaient que jusqu'à un certain point. Les souvenirs n'étaient rien comparés à la réalité. Et la réalité se tenait devant moi. La réalité me regardait avec ces grands yeux tristes qui me donnaient envie de conduire jusqu'à Pittsburgh pour détruire son ex pour l'avoir fait se sentir ainsi, puis le remercier de l'avoir fait revenir vers moi.

Je ne sais pas qui a bougé en premier, mais le petit cri de surprise qu'elle a laissé échapper indiquait que c'était probablement moi. Mes bras ont encerclé sa taille et j'ai attiré son corps contre le mien. Elle semblait différente, mais aussi identique. Comme un déjà-vu.

C'était peut-être tout ce que c'était. Mon esprit qui me jouait des tours. Me faisant croire que Zoey, ma Zoey, était de retour.

Puis elle a entrouvert ses lèvres sous les miennes et fait glisser ses mains dans mon dos, et j'ai su que ce n'était pas un rêve. Ce n'était pas un fantasme. C'était Zoey.

Au lieu de la jeune femme que j'avais connue des années auparavant, elle avait les courbes d'une femme adulte. Elle était plus expérimentée, plus désabusée, plus tout. Elle était différente, mais elle était la même.

Et je la détestais putain, mais je l'aimais encore aussi.

Et c'est pourquoi je me suis arraché d'elle et j'ai traversé la pelouse à grands pas, m'éloignant d'elle. Parce que je me détestais aussi.

6

ZOEY

J'ai regardé Sebastian s'éloigner et j'ai effleuré mes lèvres du bout des doigts. Elles étaient encore humides de lui, gonflées et endolories. Je les ai léchées, désespérée de le goûter une fois de plus.

Sebastian m'a embrassée tournait en boucle dans ma tête tandis qu'il ramassait la petite pile d'outils et disparaissait au loin. Il m'a embrassée. Je n'ai rien fait, mais il m'a embrassée.

Qu'est-ce que ça voulait dire, bordel ?

Sebastian avait tout fait pour me prouver que je ne représentais rien pour lui. Parfois il était en colère, mais la plupart du temps, il était indifférent. Il se tenait à l'écart et restait dans son coin, ce qui me convenait car c'était presque préférable au regard dédaigneux qu'il me lançait habituellement.

Mais il m'a embrassée.

C'est quoi ce bordel ?

Il a disparu de mon champ de vision, et j'ai enfin pu détacher mon regard de l'endroit où il s'était tenu. Je ne me souvenais pas de la dernière fois où j'avais été embrassée, sans parler de la dernière fois où j'avais fait l'amour ou m'étais sentie désirable. Trevor en avait fini avec moi depuis longtemps quand nous avons divorcé, et une partie de moi avait supposé qu'aucun homme ne me toucherait plus jamais.

Mais Sebastian *m'a embrassée*.

Si Sofia ne m'avait pas dit qu'ils n'étaient pas ensemble, j'aurais été en colère contre lui pour l'avoir trompée, mais sans penser à elle, j'étais simplement confuse. Il n'avait aucune raison de m'embrasser. Une minute nous nous disputions et la suivante, il avait ses lèvres contre les miennes, sa langue demandant l'entrée, et moi suspendue à un fil.

—Ça va ? La voix de Gavin me fit sursauter. Je n'avais pas entendu son approche.

—Quoi ? Oui.

—Tu es sûre ? Parce que j'ai appelé ton nom cinq fois. Tu étais complètement ailleurs. Est-ce qu'il t'a contrariée à ce point ?

—Tu as vu ? ai-je demandé. Je n'avais pas vraiment envie de ressasser toute l'histoire avec mon frère, mais ce n'est pas comme si j'avais d'autres amis à qui parler. Ou qui que ce soit, vraiment.

—Eh bien, j'ai plus entendu que vu.

—Pardon ?

—Tu parlais assez fort au téléphone. Je t'ai entendue crier sur Trevor, puis je t'ai vue sortir précipitamment par l'arrière. Je me suis dit que tu avais besoin de quelques minutes pour te calmer. Tu te sens mieux ?

Trevor. J'avais oublié l'appel avec lui qui m'avait fait sortir de la maison et m'avait jetée dans les bras de Sebastian en premier lieu. —Je vais bien. Enfin, je ne vais pas bien et ce n'est pas bien, mais je ne devrais pas être surprise à ce stade.

—Tu veux me dire ce qui s'est passé ?

J'ai regardé mon frère avec curiosité. —Avec Trevor ?

Il a ri doucement. —Bien sûr avec Trevor. De quoi d'autre pourrais-je parler ?

—De rien. Désolée. Il m'a juste énervée, je suppose. Il

avait promis d'emmener Cameron à un match de baseball cet été, mais il vient de me dire qu'il ne pouvait pas. C'était la première chose. Maintenant, puisque nous sommes ici, il ne prévoit pas de voir les enfants de tout l'été. Il ne va pas leur rendre visite, et il ne veut pas qu'ils viennent le voir.

—Ça te surprend vraiment ?

J'ai soupiré. —Non, mais ça me met quand même en colère. C'est lui qui voulait des enfants. Quand nous nous sommes mariés, il voulait des enfants tout de suite. Il ne voulait pas que je commence à travailler parce qu'il voulait que nous ayons des enfants. Et maintenant, il leur prête à peine attention.

—Écoute, je ne suis pas du genre à défendre Trevor, mais penses-tu qu'il a toujours su qu'il n'était pas celui avec qui tu voulais être ?

—Il ne sait rien au sujet de Sebastian.

—Peut-être qu'il ne connaît pas son nom, mais il sait peut-être qu'il y avait quelqu'un d'autre. Tu ne lui as jamais parlé de ton passé ?

—Non. Il ne voulait pas savoir. Il disait toujours que ce qui s'était passé avant que nous soyons ensemble n'était pas important. Ce qui comptait, c'était que nous étions ensemble et que nous construisions une vie ensemble. Pourquoi dirait-il tout ça pour ensuite faire cela ? Pourquoi punit-il nos enfants ?

—Je ne sais pas, Zo. J'aimerais avoir une réponse pour toi.

J'ai soupiré, souhaitant qu'il en ait une, lui aussi.

Gavin a traîné des pieds et regardé l'eau. Un de ses nombreux signes qu'il voulait changer de sujet mais ne savait pas comment s'y prendre.

—Qu'est-ce qu'il y a ?

Il m'a regardée avec un air coupable. —J'espérais un peu que tu pourrais m'aider. Mais maintenant, j'ai l'impression que je ne devrais pas te demander ça.

—T'aider à quoi ?

—J'allais, euh, demander Piper en mariage ce soir.

—Quoi ? C'est une excellente nouvelle. Il était temps. Je pensais que tu n'aurais jamais ton mariage d'été vu le temps que tu prends.

—C'est justement pour ça que je veux le faire maintenant. Je voulais que toi et les enfants soyez là, et Sofia va venir dîner ce soir, donc les personnes qui nous sont les plus proches seront présentes. Mais j'espérais que tu pourrais m'aider avec quelque chose. Tu peux dire non.

J'ai souri et j'ai passé mon bras sous le sien. —Bien sûr que je ne vais pas dire non. Piper et toi représentez tout ce que j'ai toujours voulu avoir avec Trevor. Vous êtes faits l'un pour l'autre. Et je suis honorée que vous nous vouliez ici, et que tu attendes quoi que ce soit de ma part pour que ça marche.

Il m'a serrée fort contre lui, et je l'ai senti trembler. —J'espère juste qu'elle dira oui.

J'ai ri. —Elle va dire oui. Elle t'aime.

—Je sais qu'elle m'aime. Moi aussi, je l'aime. C'est pour ça que je veux que tout soit parfait.

—Dis-moi ce que je peux faire.

GAVIN n'a pas dit grand-chose pendant le dîner. Une part de moi le plaignait, mais il était ridicule. Piper le regardait comme s'il était tout son univers. Il n'y avait aucune chance qu'elle ne dise pas oui. Avec enthousiasme.

Sofia semblait aussi être dans la confidence. Elle regardait Gavin avec un air rêveur et heureux. Ça me la rendait sympathique, même si je ne voulais vraiment pas qu'elle le soit. Ce n'était pas juste envers elle, mais elle était l'amie de Sebastian et peut-être sa partenaire de baise occasionnelle, et j'étais jalouse d'elle.

Voilà, je l'ai dit. Seulement à moi-même, mais j'ai quand même admis que j'étais jalouse de Sofia. Elle était mignonne, sympathique et probablement parfaite pour Sebastian. Elle ne craignait pas de se salir les mains, et elle travaillait à l'entretien, ce qui me disait qu'elle était intelligente, forte et n'avait pas peur de faire ce qu'il fallait pour que les choses fonctionnent.

Toutes des qualités que je ne possédais pas.

Elle parlait et riait avec Sebastian quand elle ne regardait pas Gavin et Piper. Elle était complètement à l'aise avec Sebastian, qui évitait de regarder dans ma direction. En quoi était-ce ma faute s'il m'avait embrassée ? Peu importait. Ça n'allait pas se reproduire. C'était clairement une erreur, et je n'avais pas besoin de savoir pourquoi il l'avait fait.

Je l'ai regardé à nouveau et j'ai vu la crispation autour de sa bouche et la tension dans ses épaules. Il mangeait et prétendait que tout allait bien, mais je pouvais le voir. Il était mal à l'aise.

Il a tourné son regard vers le mien, me surprenant en train de le fixer. Au lieu de détourner immédiatement les yeux, il m'a fusillée du regard. Impitoyable et méchant, un regard qui me donnait envie de me glisser sous la table et de me cacher jusqu'à ce qu'il soit temps de rentrer à Pittsburgh la queue entre les jambes. Un regard qui me faisait regretter d'être jamais revenue à L'anse MacKellar. Un regard qui disait qu'il me détestait.

J'ai arraché mon regard du sien et j'ai résisté à l'envie de frotter la douleur dans ma poitrine. Les larmes me piquaient les yeux, mais je refusais de les laisser couler. C'était ma faute. Pour l'avoir fait me détester au départ. Pour m'être immiscée à nouveau dans sa vie. Bon sang, peut-être que c'était moi qui l'avais embrassé. Vu la façon dont il était parti et me regardait maintenant, c'était peut-être ma faute.

—Si je pouvais avoir votre attention, a dit Gavin, me

forçant à mettre de côté mes pensées concernant Sebastian. C'était le moment. —Cet été est le premier été où je serai ici pour aider à gérer l'auberge de L'anse MacKellar. Cet endroit est spécial pour moi. Ma sœur et moi avons passé nos étés ici quand nous étions enfants et être de retour ici signifie énormément pour moi.

Le petit public que Gavin avait réuni émit des murmures d'approbation pendant qu'il prenait un moment pour se ressaisir.

—Je veux porter un toast à Tante Gina. Elle a été en charge de cet endroit depuis toujours, et elle va officiellement prendre sa retraite cet automne, devenir un oiseau migrateur, comme elle me l'a dit. Cet endroit ne sera pas le même sans elle.

—À Gina, ont dit les gens autour de la salle en levant leurs verres.

Je me suis levée, détestant la façon dont tous les regards de la salle se sont tournés vers moi, mais c'était pour Gavin. —Tante Gina a été le cœur et l'âme de cet endroit pendant des années, mais elle le laisse entre de bonnes mains. Gavin s'est éclipsé pendant que Piper me regardait. —Mon oncle et ma tante ont toujours fait en sorte que l'auberge soit comme un foyer pour tous ceux qui venaient ici. Beaucoup d'entre vous viennent ici depuis des années, et j'espère que ceux qui sont nouveaux reviendront et verront la prochaine génération prendre la relève. Mon frère et Piper aiment cet endroit autant que l'ont aimé Tante Gina et Oncle Rob. Ils rempliront ces murs de tout le bonheur et de toute la joie qui ont toujours été ici. Ils continueront à créer des souvenirs ici. À commencer dès maintenant.

Piper a penché la tête sur le côté et m'a lancé un regard confus. Je lui ai seulement souri, puis j'ai fait un signe de tête derrière elle.

Piper s'est retournée et a ri quand elle a vu Gavin dans l'embrasure de la porte. —Qu'est-ce que tu fais là-bas ?

J'ai sorti mon téléphone, j'ai lancé l'enregistrement et j'ai fait un signe de tête à Gavin.

Il a pris une respiration et a concentré toute son attention sur Piper. —Je n'ai jamais connu quelqu'un qui ait autant foi en moi. Qui soit prête à me tenir tête le jour et à m'aimer la nuit. Qui veuille les mêmes choses que moi et qui n'ait pas peur de me dire quand je suis ridicule. Et je ne veux jamais renoncer à ça.

Des larmes coulaient sur les joues de Piper. Il était clair qu'elle savait ce qui se passait, mais elle est restée immobile et a laissé mon frère dire ce qu'il avait à dire pendant que je m'assurais de tout capturer.

Gavin a levé le panneau qu'il avait fait faire pour qu'elle puisse le voir. —Il y a quelques choses dont nous n'avons pas parlé, mais j'ai fait faire ceci. On peut le changer si tu veux. Je voulais quelque chose qui rende notre partenariat plus évident pour quiconque passe la porte. Quelque chose qui dise que tu m'appartiens et que je t'appartiens.

J'ai pressé mes doigts sur mes lèvres pour empêcher un sanglot de s'échapper. Piper a lu le panneau à haute voix. —Auberge de L'anse MacKellar. Établie en 1977. Propriétaires Gavin et Piper Holbrook. Ses yeux se sont levés pour rencontrer les siens. —Gavin ?

—Je ne suis pas sûr de ce que tu penses de changer ton nom de famille, mais j'ai pris un risque.

—Pourquoi je changerais mon nom pour le tien ? a demandé Piper, son ton plein de défi et de sarcasme même si les larmes remplissaient ses yeux.

—Eh bien, c'est la prochaine chose que j'ai. Il s'approcha d'elle, laissant l'enseigne appuyée contre le mur. Il prit sa main et mit un genou à terre. —J'espère que tu rendras tout cela officiel. Que tu me laisseras revendiquer chacun de tes bonheurs, chacun de tes désirs, chacune de tes joies et chacune de tes émotions. Que tu me feras l'honneur d'être ton partenaire dans les affaires et dans la vie, en tant que mari, amant, ami et tout ce que l'avenir nous réserve.

Piper renifla et lui sourit. —Je ne voudrais rien d'autre.

Il glissa calmement la bague à son doigt, puis se leva et la souleva dans ses bras d'un seul mouvement. Elle rit et l'embrassa, prenant son visage entre ses mains tandis qu'ils murmuraient quelque chose que je ne pouvais pas entendre par-dessus les acclamations de la petite foule qui avait assisté à la demande de Gavin.

Gavin et Piper s'écartèrent l'un de l'autre en riant, et j'arrêtai l'enregistrement pour pouvoir les féliciter. Je les serrai tous les deux dans mes bras et leur dis à quel point j'étais heureuse pour eux avant qu'ils ne soient emportés par le reste de la foule. Gina versa du champagne pour tout le monde et des verres furent distribués pour célébrer Gavin et Piper.

Sofia et Piper s'extasiaient devant sa bague, et Gavin se tenait fièrement à côté d'elles, tel le héros conquérant qui avait gagné la femme de ses rêves.

Je repensai à mes propres fiançailles. Trevor m'avait emmenée dîner dans un joli restaurant. Rien de trop chic, mais correct pour des étudiants. Quand ils avaient apporté le dessert, il y avait une bague sur mon gâteau. Le personnel s'était attardé, nous observant.

—Alors, qu'en dis-tu ? avait demandé Trevor. Ses yeux brillaient de la certitude que je ne lui dirais jamais non. Que j'étais follement éprise de lui.

Je n'arrivais pas à dire oui. Le mot restait coincé dans ma gorge. Mais je savais qu'épouser Trevor était la meilleure option pour moi. Il me gâtait, il m'aimait et il me soutiendrait. Il prendrait en charge le fardeau financier de mon avenir et donnerait à mes parents un peu de répit bien mérité.

Tout ce que j'avais à faire, c'était renoncer au rêve que je chérissais depuis presque la moitié de ma vie.

Alors j'ai hoché la tête et accepté son baiser, sa bague et un avenir avec un homme qui, je le savais, prendrait soin de moi. Un homme que j'aimais, à ma façon. Un homme qui m'aimait, ou qui aimait l'idée de moi, je n'en étais toujours pas sûre.

J'ai souri aux invités et j'ai repris ma place. Piper et Gavin méritaient leur amour. Ils méritaient une vie heureuse ensemble, avec des enfants s'ils en voulaient et toutes les choses que je n'avais pas eues. Ils méritaient ce rêve parce qu'ils avaient attendu le genre d'amour qui dure éternellement. Contrairement à moi. J'avais cet amour, mais j'ai choisi autre chose. J'ai choisi ce qui était suffisamment bon parce que je ne croyais pas à l'éternité.

J'ai bu une gorgée d'eau et regardé autour de la pièce. La nuque me picotait, me mettant mal à l'aise. J'ai forcé mon sourire et cherché qui m'observait.

Je ne m'attendais pas à ce que ce soit Sebastian. Ni à ce que ses yeux soient si doux. À ce que son regard s'attarde sur moi. Il ne me voyait pas l'observer, et j'ai fait semblant de ne pas le remarquer alors que son regard caressait ma peau comme de grandes mains chaudes, me réchauffant. Tout mon corps se sentait brûlant. Entre mes jambes pulsait de désir.

La dernière chose dont j'avais besoin était de m'impliquer à nouveau avec Sebastian. Nous étions une mauvaise idée. Il me détestait, et je ne restais pas à L'anse MacKellar. Je devais simplement faire ce que je m'étais promis de faire depuis le début.

Rester loin de lui.

LES PRÉPARATIFS DU mariage se sont rapidement mis en place au cours de la semaine suivante. Cela aidait que le lieu soit déjà fixé et que Tante Gina insiste pour s'occuper elle-même du traiteur. Elle a accepté d'embaucher de l'aide pour une partie, mais Piper et Gavin voulaient un petit mariage, donc ce n'était pas beaucoup plus que ce que l'auberge pouvait gérer.

Piper était encore stupéfaite de voir comment Gavin avait réussi non seulement les fiançailles mais aussi le début des préparatifs du mariage sans qu'elle n'ait la moindre idée de ce qu'il faisait. Elle était radieuse et sur un petit nuage chaque fois que je la voyais, ce qui me semblait être bon signe.

Sofia passait plus de temps à l'auberge pour aider Piper avec la planification du mariage. Elles avaient officiellement fixé la date au troisième vendredi d'août, ce qui signifiait que nous avions environ six semaines pour tout préparer. La tâche la plus importante de Piper était de trouver une robe.

—Nous devrions simplement aller à Syracuse et chercher, lui dit Sofia au déjeuner.

Elles étaient assises à une table pour quatre dans la salle à manger, et Piper m'appela pour les rejoindre. Je n'avais aucune excuse pour refuser, alors je m'assis à côté de Piper et souris.

—Tu pourras peut-être m'aider, dit Sofia. —J'essaie de la convaincre d'aller à Syracuse pour trouver une robe. Elle n'arrête pas de dire qu'elle va porter quelque chose qu'elle a déjà.

—Je ne vais pas trouver quelque chose qui puisse être prêt à temps, gémit Piper. —Les boutiques n'ont pas de robes prêtes-à-porter dans ma taille.

—Et New York ? suggérai-je.

—Oh, oui, on pourrait totalement faire ça, dit Sofia.

—Je ne suis pas sûre que New York soit mieux. Trouver

une robe à la dernière minute, ça ne va pas arriver. Piper semblait plus déçue que je ne l'avais jamais vue.

—Et les petites annonces ? Ou en ligne ? Il y a toujours des robes disponibles en ligne, suggérai-je.

—N'est-ce pas porter malheur ? demanda Sofia. —Je ne voudrais pas d'une robe que quelqu'un a achetée sans finalement se marier ou a achetée pour finir divorcée ou quelque chose comme ça. Je pensais que les gens gardaient leurs robes de mariée.

Mes joues s'empourprèrent à ses paroles. Je savais qu'elle n'essayait pas d'être méchante, mais son ton sonnait comme une attaque. Comme si ma robe était la raison pour laquelle j'avais fini divorcée. —La mienne venait d'un magasin de dépôt-vente.

—Vraiment ? demanda Piper.

J'ai hoché la tête. —Oui, mais je suppose que Sofia a raison parce que je suis divorcée maintenant. Peut-être que si j'avais pris quelque chose de neuf, les choses auraient fonctionné. Excusez-moi.

Je forçai mes lèvres à esquisser un sourire auquel aucun de nous ne croyait et m'éloignai.

Peut-être devrais-je me sentir mal à propos de la façon dont je lui avais parlé, ou peut-être devrais-je me sentir mieux parce que Sofia n'était pas aussi parfaite que je le pensais. Peut-être cherchais-je simplement une excuse pour ne pas l'apprécier parce que je savais qu'elle était un meilleur match pour Sebastian que moi. Peut-être étais-je juste une garce qui avait besoin d'évacuer sa frustration.

Je sortis et me laissai attirer par le bercement des douces vagues contre la rive. Le léger vrombissement d'un moteur parvint à mes oreilles et détourna mon attention du fleuve et des bateaux anonymes qui passaient. Car ce moteur appartenait à un bateau qui transportait Sebastian.

Je le regardai amarrer le bateau et en descendre. Il longea

son ponton jusqu'à sa cabane nichée entre les arbres qui bordaient la rive. Il disparut à l'intérieur.

Une seule rencontre avait été suffisante. Je m'étais promis de rester loin de lui, et je savais que j'étais bouleversée à cause de ce que Sofia avait dit, mais malgré tout cela, mes pieds me portèrent jusqu'à sa cabane. C'était une très mauvaise idée, mais j'avais besoin de réponses. Je devais savoir pourquoi il m'avait embrassée. Et j'allais les obtenir. Ensuite, je pourrais tourner la page sur Sebastian Parks.

7

SEBASTIAN

Je venais juste de m'asseoir pour déjeuner quand quelqu'un a frappé violemment à ma porte. J'ai lancé un regard noir dans sa direction, espérant que celui qui se trouvait là abandonnerait au bout de quelques secondes et s'en irait.

Je me trompais.

Les coups ont continué, m'indiquant que celui qui se trouvait devant ma maison voulait vraiment entrer pour une raison quelconque.

J'ai posé mon sandwich et soupiré profondément. Je n'avais pas beaucoup de temps pour déjeuner, mais visiblement, j'allais en avoir encore moins.

Je me suis dirigé vers la porte à grands pas et l'ai ouverte brusquement, évitant de justesse de me faire frapper au visage quand Zoey a levé la main pour cogner à nouveau. Elle était essoufflée et en sueur. La colère dessinait des lignes sur son visage, autour de sa bouche et de ses yeux. Elle m'a fixé pendant une fraction de seconde, ses yeux plissés et voilés. Elle a regardé derrière moi dans la cabane que j'appelais maison depuis près d'une décennie, puis s'est frayé un chemin à l'intérieur comme si elle en avait le droit.

Mes yeux l'ont suivie, mon cerveau et ma bouche incapables de répondre. Elle n'avait rien dit, mais quelque chose la préoccupait clairement. Alors j'ai attendu.

—Pourquoi m'as-tu embrassée ? a-t-elle finalement demandé. Son ton était incisif, en colère, peut-être un peu confus.

Je m'attendais à cette question à un moment donné, mais comme cela faisait plus d'une semaine, j'ai presque pensé qu'elle ne viendrait pas. J'ai jeté un coup d'œil dehors pour voir si quelqu'un d'autre était dans les parages, puis j'ai lentement fermé la porte. Je me suis appuyé contre celle-ci, ne voulant pas avoir cette conversation avec elle, surtout quand elle avait l'air comme ça. Sa poitrine généreuse montait et descendait à chaque respiration forcée. Ses yeux révélaient une douleur enfouie sous la fureur. Et chaque muscle de son corps était tendu.

Putain, elle était magnifique. La Zoey que je connaissais autrefois était calme et réservée. Bien sûr, elle était curieuse et voulait tout savoir, mais elle ne défiait jamais personne. Elle se conformait à ce que tout le monde voulait, moi y compris. J'ai essayé de la pousser à me dire ce qu'elle voulait, pendant des années, mais elle insistait toujours sur le fait qu'elle était heureuse.

Cette Zoey ? Cette Zoey me rendait dur instantanément. Semblable, mais différente de la version plus jeune. Cette Zoey avait suffisamment de bagages pour paralyser un aéroport, mais elle n'avait pas peur de riposter.

J'étais dans le pétrin.

—Quelle différence ça fait ? lui ai-je demandé.

—Je veux savoir. J'ai besoin de savoir.

—Pourquoi ?

—Tu me détestes. Tu me détestes depuis des années. Pourquoi m'aurais-tu embrassée ?

J'ai haussé les épaules et me suis écarté de la porte. J'ai avancé vers elle. —Peut-être par nostalgie. Peut-être par désir. Peut-être que tu étais là, en train de pleurer, et que tu ne comptais pas assez pour que je me soucie de ce que tu pensais et je voulais juste te faire taire.

Les derniers mots ont eu l'effet que je voulais. Elle a tressailli, se repliant sur elle-même comme si je l'avais physiquement attaquée. Je voulais lui faire mal. Je voulais qu'elle connaisse la douleur qu'elle m'avait causée. Mais voir qu'elle souffrait réellement m'a fait quelque chose. Savoir que j'en étais la cause était encore pire.

—Est-ce que c'est vrai ? Sa voix était petite et effrayée. Battue. Maltraitée.

J'ai passé une main dans mes cheveux et sur ma barbe. J'avais envie de lui dire que oui. Que je la détestais comme elle l'avait dit. Qu'elle ne signifiait rien pour moi. Mais même moi, je n'étais pas si cruel.

—Non. Ce n'est pas vrai.

—Alors pourquoi, Sebastian ? Pourquoi m'as-tu embrassée ?

—Parce que je n'arrive toujours pas à te résister, d'accord ? Parce que te voir bouleversée me donne envie d'arranger les choses. Parce que tu m'as manqué pendant toutes ces années. Et te voir debout dans ma maison me donne désespérément envie de te jeter sur mon lit et d'explorer la femme que tu es maintenant. Peu importe à quel point je te déteste, je te désire encore.

—Quoi ? a-t-elle soufflé. Ce n'était visiblement pas la réponse à laquelle elle s'attendait.

—Tu m'as détruit, Zoey. Je n'ai jamais pu surmonter ça. Ou te surmonter, toi. Je n'ai jamais eu de réponses sur ce qui s'est passé et pourquoi tu n'es pas revenue. Et maintenant tu es là, exigeant de savoir pourquoi je t'ai embrassée. Quel droit as-tu de me demander quoi que ce soit ?

Elle fit un pas en arrière et se heurta à ma table. Ses yeux étaient hagards et égarés, comme si elle était piégée et effrayée. —Je n'aurais pas dû venir ici. J'étais tellement en colère. Et Sofia a dit que ma robe était maudite et Piper parlait de shopping. Et je... Elle leva les yeux vers moi. —Je suis désolée. Je ne te dérangerai plus.

Elle s'avança vers moi, vers la porte. Ma cabine était petite. Trop petite pour qu'elle puisse me contourner. Trop petite pour que je ne sente pas l'air se déplacer quand elle s'approcha. Trop petite pour que je ne respire pas son parfum. Elle s'arrêta devant moi, assez loin pour éviter tout contact mais assez près pour qu'il ne faille pas grand-chose avant que nous nous touchions.

Elle leva son regard vers le mien. Tout était là dans ses yeux. La douleur, le regret, tous les mots que j'avais attendus pendant des années. Elle ne les prononçait pas, mais je pouvais les sentir. Ce n'était pas suffisant. Mais c'était plus que ce que j'avais obtenu jusqu'à présent.

Et c'était Zoey. Ma Zoey. Dans mon logement, à quelques mètres de mon lit. Nous n'avions jamais eu que des moments volés et des instants d'intimité précipités. Pouvoir l'étendre sur un lit. Lui enlever ses vêtements et vénérer son corps. Lui montrer tout ce qu'elle avait manqué en épousant cet homme au lieu de revenir vers moi...

Je fis un pas vers elle et me penchai pour entourer sa taille de mes bras. Elle poussa un petit cri de surprise quand je la soulevai. Nos lèvres se rejoignirent tandis que je faisais un pas vers ma chambre. Je la détestais toujours, mais j'avais besoin d'elle. Je pourrais la détester après. Après avoir laissé mon corps l'aimer. Après l'avoir réclamée comme mienne. Après qu'elle soit partie et que je sois à nouveau seul.

Zoey me rendit mon baiser pendant que j'avançais, ses

mains plongeant dans mes cheveux en s'y agrippant fermement. Elle n'était plus la jeune femme timide que j'avais aimée. Elle était forte, intelligente et maîtresse d'elle-même. Elle savait ce qu'elle voulait, probablement ce qu'elle aimait, et n'avait pas peur de me le dire.

Je m'apprêtais à la déposer sur mon lit, mais elle garda ses cuisses serrées autour de mon corps et m'entraîna avec elle. Je tirai sur son t-shirt pour pouvoir sentir sa peau nue. Elle gémit et se cambra sous ma main. Nos mouvements étaient précipités, désespérés. Comme autrefois, mais différemment.

Zoey tira sur mon t-shirt et relâcha enfin ses jambes pour que je puisse l'enlever. Elle retira le sien pendant que j'ôtais le mien. Je reculai et déboutonnai mon jean, le poussant au sol tandis qu'elle se tortillait pour sortir de son short.

Je la regardai et dus me mordre l'intérieur de la joue pour résister à l'envie de dire quelque chose que je regretterais. Elle était magnifique. Certes, son corps avait changé, mais c'était une femme. Elle avait eu deux enfants. Elle avait vécu une vie depuis la dernière fois que nous étions ensemble. Même si je détestais que cette vie n'ait pas été avec moi, cela avait fait d'elle une version plus douce, plus ronde, plus complète de la fille dont j'étais tombé amoureux des années auparavant. Son ventre portait les marques de la grossesse et la peau détendue qu'elle avait laissée. Ses cuisses étaient plus épaisses que dans mon souvenir. Son soutien-gorge et sa culotte étaient simples et n'auraient pas dû être sexy, mais sur elle, le coton bleu était la chose la plus excitante qui soit.

Elle m'observait tandis que je la regardais. La panique se glissa dans ses yeux, comme si elle attendait que je dise ou fasse quelque chose de dur. Si elle avait la moindre idée de ce que je pensais, elle ne s'inquiéterait pas, mais je n'étais pas prêt à m'ouvrir à nouveau à elle. Le sexe était une chose, les émotions en étaient une autre.

J'enlevai mes bottes du bout des pieds et poussai mon jean

sur le côté, puis je me dirigeai vers ma table de nuit et pris un préservatif. Je me tournai vers elle et haussai un sourcil, lui demandant silencieusement si elle était prête.

Elle se lécha les lèvres et souleva ses hanches. Elle glissa ses pouces sur les côtés de sa culotte et la fit descendre lentement, comme si elle n'était pas sûre.

J'attendis, le souffle suspendu dans mes poumons, tandis qu'elle se dévoilait à moi. Elle laissa tomber sa culotte au sol, puis bougea pour s'installer correctement sur le lit. Sa tête reposait sur mon oreiller, comme si elle y appartenait. Son soutien-gorge resta en place, mais tout le reste était nu.

Ce n'était pas une scène romantique. Ce n'était pas une séduction. Ce n'était rien d'autre que du sexe entre deux adultes consentants. J'enlevai mon caleçon et déroulai le préservatif sans croiser son regard. Elle était là, et elle était nue. Je n'avais pas besoin de voir ses yeux observer mon sexe. J'avais juste besoin qu'elle écarte les cuisses et me laisse entrer.

J'étais un putain de menteur.

Je montai sur mon lit et me dirigeai vers elle. Elle écarta les jambes pour moi, sans la timidité ou la réserve dont je me souvenais. Je me positionnai à son entrée, utilisant chaque once de contrôle que je possédais pour ne pas m'enfoncer en elle d'un seul coup.

J'appuyai contre elle, sa chaleur serrée me défiant. Ma tête tourna et d'autres parties de mon corps se tendirent, mais je devais ignorer ces autres sensations. C'était du sexe, pas de l'amour. Cela n'allait pas se transformer en autre chose. Je l'utilisais pour un orgasme. Tout comme elle m'utilisait.

Son corps s'ouvrit pour moi à chaque lent coup de reins. Zoey ne dit pas un mot, se contentant de s'allonger et de gémir de temps en temps. Je voulais savoir ce qu'elle ressentait, si c'était comme faire du vélo et si c'était aussi bon pour elle que pour moi, mais je ne pouvais pas supporter qu'elle dise non, alors je n'ai pas demandé.

Ses pieds glissèrent le long de l'arrière de mes jambes, élargissant son entrée pour que je puisse m'enfoncer complètement en elle. Je gémis quand nos corps se rejoignirent, presque au bord de l'orgasme immédiat en la sentant autour de moi. Elle était serrée, comme si cela faisait un moment. Je ne voulais pas savoir. Je n'ai pas demandé. Ce n'était pas mon affaire.

Elle cambra le dos et accompagna chacun de mes mouvements. Ses mains restaient le long de son corps, se tordant et s'agitant contre mes draps. Je voulais qu'elles soient sur moi. Je voulais qu'elle ait besoin de me toucher comme j'avais besoin de la toucher. Désespérément. Douloureusement.

Je l'ai pénétrée brutalement, la faisant haleter et gémir. — Sebastian, a-t-elle chuchoté, sa voix tendue m'indiquant qu'elle ressentait exactement les mêmes choses que moi.

—Putain, Zoey, ai-je répondu. C'était tout ce que je pouvais dire. Tout ce que je me permettais de dire.

J'ai plongé profondément en elle à nouveau, nous rapprochant tous les deux de l'endroit où nous devions être. Sa tête s'est tournée d'un côté, puis de l'autre. Son visage se crispait de désir. Elle était proche, mais n'y arrivait pas encore.

J'ai changé notre position pour me mettre à genoux. Je l'ai soulevée avec moi, la touchant à un endroit différent tout en appuyant mon pouce contre son clitoris. En un instant, elle a explosé, criant son orgasme tandis qu'elle se contractait fortement autour de ma queue et exigeait que je la suive.

Putain de merde. J'ai perdu la tête. Je l'ai pilonnée, incapable d'empêcher mon corps de prendre tout ce dont j'avais besoin, tout ce qui m'avait manqué. Je grognais à chaque coup, mon pouce toujours pressé contre son clitoris, exigeant qu'elle jouisse à nouveau. J'étais proche, ma colonne vertébrale picotait et ma gorge se serrait. J'avais besoin qu'elle jouisse, qu'elle m'épuise complètement, qu'elle dise mon nom et me dise que c'était moi qui lui faisais tant de bien.

—Sebastian, a-t-elle gémi. —Oh, mon Dieu. Ses paroles sont devenues incompréhensibles jusqu'à ce qu'elle crie mon nom à nouveau et se laisse aller.

Elle était si belle. Ses yeux étaient fermement clos, tout son visage tendu. Son cou et sa poitrine étaient rouges et perlés de sueur. Son corps pulsait autour de moi, me forçant à basculer sans avertissement. Je me suis enfoncé brutalement en elle, mon orgasme si puissant que j'ai failli perdre connaissance. J'ai rugi ma délivrance, son nom mêlé à des remerciements à Dieu pour cette sensation si intense.

Et pour me l'avoir ramenée, bien que cette partie, je l'ai gardée pour moi.

Je me suis effondré sur elle un moment plus tard, toute mon énergie épuisée et mon corps incapable de se soutenir. Elle m'a entouré de ses bras et m'a simplement tenu. Nos corps se sont refroidis ensemble, nous ne faisions qu'un à cet instant.

J'aurais pu rester là toute la journée, à lui faire l'amour et à me rappeler les projets que nous avions pour notre avenir, mais cette pensée m'a envoyé à la salle de bain. Nous n'avions plus d'avenir commun. Nous aurions pu en avoir un, mais elle l'avait jeté. Il était trop tard pour nous, et je ne pouvais pas laisser un après-midi de sexe spectaculaire me faire oublier cela.

Elle était toujours sur mon lit quand je suis revenu. Étalée sur mes draps comme si c'était son lit. C'était à mon tour d'être en colère maintenant. Elle n'avait pas sa place là.

—Je dois retourner travailler, ai-je dit en attrapant mes vêtements.

—Oh, oui. Euh, désolée. Je n'y pensais pas.

Je n'ai pas répondu tandis qu'elle descendait de mon lit et

commençait à s'habiller. J'ai enfilé mes vêtements pièce par pièce, furieux contre moi-même de lui avoir cédé et furieux contre elle de s'être immiscée à nouveau dans ma vie. Elle n'était pas la bienvenue, et sa présence n'était pas permanente. La seule raison pour laquelle c'était arrivé, c'était pour me la sortir du système. Pour avoir une dernière fois ensemble afin que je puisse me libérer de l'emprise qu'elle avait sur moi.

Sauf que je la voulais déjà à nouveau. Je voulais la goûter et la toucher et la faire jouir encore et encore. Je voulais la regarder me chevaucher et la prendre par derrière. Je la voulais sous la douche, sur la table de la cuisine et devant la baie vitrée de mon salon. Je voulais tout avec elle.

—Tu es en colère contre moi ? a-t-elle demandé doucement, son ton calme résonnant fort dans la maison silencieuse.

—C'était juste du sexe, ai-je grondé. Peut-être un peu contre moi-même aussi.

—D'accord, a-t-elle répondu. Elle a traîné sur le mot, en faisant une question.

—Pas d'émotions, pas de déclarations. Du sexe seulement.

—Je comprends. Je ne suis pas venue pour ça.

—Peut-être pas, mais c'est toi qui t'es pointée chez moi et qui t'es imposée.

—Je... j'imagine que je n'aurais pas dû faire ça. J'avais juste besoin de savoir ce qui se passait entre nous.

—On ne va pas se remettre ensemble, Zoey.

—Je sais. La finalité de son ton m'a fait mal. Elle n'avait aucun intérêt à se remettre ensemble. C'était bien. C'était ce que je voulais.

—Bien.

Nous avons fini de nous habiller en silence. Il y a des années, il n'y avait jamais de silence entre nous. Nous parlions toujours de nos vies et de notre avenir. Nous partagions tout. Mais elle était une étrangère maintenant. Elle avait eu une vie dont je ne faisais pas partie, et j'en avais eu une sans elle.

Elle m'a regardé une fois complètement habillée et m'a souri à contrecœur. Je ne savais pas quoi lui dire. Un merci aurait donné l'impression qu'elle était une prostituée, mais ne rien dire semblait impoli.

Nous sommes arrivés à la porte et nous nous sommes tous les deux arrêtés. Elle s'est tournée vers moi à nouveau.

— Dis simplement ce que tu veux dire, lui ai-je dit.

Elle a soupiré et souri. — Je voulais juste te remercier, mais ça sonne bizarre.

— Tu vas laisser quelques billets sur la table aussi ?

Elle a rentré ses lèvres et hoché la tête brusquement. — Je n'aurais pas dû dire ça. Je suis désolée.

Elle a tendu la main vers la poignée, mais je savais que je ne pouvais pas la laisser partir comme ça.

— C'était méchant de ma part. Désolé. C'est... je ne sais pas ce que c'est. C'est gênant et étrange et...

— Vraiment bon, a-t-elle complété pour moi.

— Ouais, ai-je admis. — C'était vraiment bon. Mais je ne peux pas me laisser attirer dans ton orbite, Zoey. Tu retournes à Pittsburgh. Tu as des enfants avec un autre homme. Tu as une vie. Tu as déjà choisi quelqu'un d'autre. Je ne peux pas revivre tout ça.

— Je sais.

— Ça ne peut pas être plus que du sexe.

— Qu'est-ce que tu veux dire ? a-t-elle demandé.

— Je dis que si tu veux revenir un jour, je serais ouvert à ça. Mais on ne traîne pas ensemble, on ne sort pas ensemble, ni rien qui implique plus que juste du sexe. On ne sort pas ensemble. On ne se remet pas ensemble.

— Mais tu veux qu'on couche ensemble pendant l'été ?

J'ai haussé les épaules. Je voulais tout ce que je pouvais

obtenir d'elle, mais le sexe était tout ce que je pouvais gérer.

— On était bien ensemble. Très bien. Et tout ce que je dis, c'est que c'est tout ce que je peux t'offrir. Si ça ne t'intéresse pas, pas de problème.

— Ça m'intéresse, a-t-elle lâché. — Ça m'intéresse.

J'ai hoché la tête une fois. — Bien.

— Bien.

Nous nous sommes regardés longuement, puis avons ouvert la porte et sommes sortis. Je suis revenu au phare avant de réaliser que je n'avais jamais mangé mon déjeuner.

Mais ça en valait la peine.

8

ZOEY

Quatre jours après ma partie de jambes en l'air surprise avec Sebastian, j'essayais toujours de comprendre ce qui se passait entre nous. Je l'avais évité, allant jusqu'à sauter le dîner du vendredi soir en prétextant un mal de tête.

Le sexe avait été incroyablement bon, mais je n'étais pas sûre de ce que cela signifiait. Pour lui, le sexe n'était pas grand-chose. Pour moi, c'était énorme. Il n'était que le deuxième homme avec qui j'avais couché, et même si nous avions déjà été ensemble auparavant, je n'étais pas certaine de pouvoir garder mes sentiments à distance.

Alors à la place, je me suis simplement tenue à l'écart.

— Qu'est-ce qui ne va pas avec ce truc ? grommela Piper alors que j'entrais dans le hall. Elle fixait l'ordinateur d'un air renfrogné. Jamais bon signe.

— Qu'est-ce qui se passe ? demandai-je.

Elle leva les yeux vers moi et s'efforça de sourire. — Désolée. J'ai des problèmes informatiques. Je ne savais pas qu'il y avait quelqu'un.

— Tu veux que je jette un œil ?

Elle pouffa. — À ce stade, je laisserais même les enfants regarder. Je suis complètement perdue, et il n'y a aucun moyen d'empirer les choses plus que je ne l'ai déjà fait.

Je me plaçai derrière le comptoir tandis qu'elle s'écartait. — Quel est le problème ?

Elle retira l'élastique de ses cheveux châtain clair et les démêla avec ses doigts. Elle secoua la tête. — J'ai installé un nouveau logiciel il y a quelques semaines pour la gestion des réservations, et maintenant ça ne fonctionne plus. Un couple est arrivé il y a peu avec des emails confirmant leur réservation, mais je n'en avais aucune trace. Heureusement, nous avions la chambre disponible, mais je n'ai aucune idée s'il y a d'autres personnes qui vont se présenter à l'improviste.

Je naviguai dans le système et trouvai le logiciel dont elle parlait. J'allai dans les paramètres et vérifiai comment il avait été installé et ce qui s'était passé. C'était une correction simple, mais pas une que la plupart des utilisateurs auraient su chercher.

— C'est fait maintenant. J'ai mis à jour le logiciel lui-même, et j'ai modifié les paramètres en arrière-plan pour que tout soit envoyé au compte email de l'auberge et également enregistré sur le site de réservation en ligne. Cela signifie que les gens ne pourront pas réserver deux fois la même chambre, mais aussi que tu auras une trace réelle de tous ceux qui ont fait des réservations.

— Je pensais que tout ça était déjà configuré. C'est pour ça que j'ai acheté ce logiciel.

J'acquiesçai et parcourus encore quelques éléments pour m'assurer que chaque partie du logiciel était active. — C'est comme ça que c'était conçu, mais il y avait une période d'essai où tu pouvais tester le logiciel sans frais supplémentaires. Tu payais pour le système complet, mais il traitait ton système comme s'il était en période d'essai, ce qui signifie qu'il y avait une déconnexion.

— Comment as-tu su ça ?

— J'ai un diplôme en informatique.

— Sérieusement ? Je ne savais pas ça.

J'acquiesçai. — Je ne l'ai jamais utilisé, donc c'est plus sur le papier qu'autre chose, mais oui.

— Tout le monde commence sur papier. J'essaie de comprendre ce qui se passe depuis une heure. Je pensais devoir engager quelqu'un pour réparer ça. Merci.

Je souris. — De rien. Je suis contente que ce n'était pas trop compliqué.

— Moi aussi. Maintenant je peux voir toutes les réservations qui ont été faites sur ce système et les faire correspondre avec notre calendrier. Parfois je pense que la façon dont Gina le faisait était plus simple, mais je sais que la plupart des gens préfèrent réserver en ligne plutôt que d'appeler.

— Une fois que tu t'y seras habituée, tout ira bien. As-tu finalement décidé quoi faire pour ta robe ?

Elle plissa le nez. — Pas encore. Mais je voulais te dire que Sofia se sent mal à propos de ce qu'elle a dit. Elle ne voulait pas te blesser.

—Ce n'est pas grave. Mon mariage n'était pas fait pour durer. Mais je n'accorde pas beaucoup d'importance à toutes ces superstitions. Des gens se marient tous les jours sans suivre toutes ces règles supposées et leurs mariages sont réussis. La robe devrait être quelque chose qui te fait te sentir extraordinaire. C'est tout. J'ai maîtrisé ma frustration quand j'ai réalisé que je lui criais pratiquement dessus. —Désolée. Je voulais juste dire—

—Tu voulais dire que tu aimes ton frère et que tu crois en nous. Merci.

J'ai souri. —C'est vrai. Tu pourrais descendre l'allée dans ce que tu portes en ce moment et Gavin t'aimerait quand même et voudrait toujours passer le reste de sa vie avec toi.

La robe, c'est bien, mais ce n'est pas nécessaire. Tout ce qui compte, c'est que ce que vous décidez de faire vous convienne à tous les deux. Pas aux autres.

Piper a hoché la tête d'un air pensif. —C'est vrai. Je n'ai jamais été une de ces filles qui avaient de grandes idées pour leur mariage. Non pas que je pense qu'il y ait quelque chose de mal à faire ça, ce n'était simplement pas moi. Je n'étais pas sûre de me marier un jour jusqu'à ce que je sois adulte, et même alors, ce n'est qu'en rencontrant Gavin que j'en ai eu envie. Les robes de mariée sont grandes, lourdes et ne me correspondent pas du tout.

—Alors, ne prends pas une robe de mariée traditionnelle. Trouve une robe qui te fait te sentir bien. Ou porte un short et un tee-shirt. Ou ce que tu veux. Gavin n'est pas tombé amoureux de toi dans une robe. Il est tombé amoureux de toi.

Piper a souri joyeusement. Son visage entier rayonnait, et elle n'aurait pas pu avoir l'air plus heureuse. Elle a tendu les bras et m'a serrée fort. —Merci.

J'ai acquiescé et lui ai rendu son étreinte. —De rien. Je suis vraiment heureuse que vous vous soyez trouvés. Et qu'il ait réussi à arranger les choses après avoir tout gâché.

—Tout s'est bien terminé au final.

—C'est vrai.

—Maintenant, il faut juste te remettre avec Sebastian.

J'ai ricané. —Pas question. Il me déteste toujours.

—Je crois t'avoir vue sortir de son chalet la semaine dernière. C'était quoi cette histoire ?

Mes joues ont chauffé. J'ai serré les lèvres et secoué la tête pour gagner du temps que je n'allais pas avoir. —Juste pour mettre quelques petites choses au clair.

—Ah bon ? a demandé Piper, son regard curieux et omniscient.

Je n'allais certainement rien lui avouer. Elle serait encore plus impitoyable qu'elle ne l'était déjà. —Il ne se passe rien, alors n'insiste pas.

Elle a haussé les épaules. —Ce n'est pas l'impression que ça donnait, mais si tu le dis. Tu as eu des matchs sur l'application ?

L'application sur laquelle ils m'avaient inscrite. J'avais oublié ça. —Je ne suis pas sûre.

—Tu devrais vérifier. Peut-être que Sebastian changera d'avis s'il découvre que tu vois quelqu'un d'autre.

—Je ne vais pas jouer avec ses sentiments. Il mérite mieux que ça.

—C'est vrai, mais je pense qu'il s'intéresse encore à toi. J'ai vu comment il te regarde quand tu ne fais pas attention.

—Probablement avec colère et haine.

Piper a ri doucement. —Non. Ni l'un ni l'autre.

—Il a été très clair sur le fait qu'il n'est pas mon fan. Je vais lui laisser son espace cet été.

—Je pense—

—Oh, Zoey, Piper, parfait. Est-ce que l'une de vous peut apporter le déjeuner à Sebastian pour moi ? Je lui ai dit que je lui apporterais son déjeuner aujourd'hui puisqu'il travaille dans le jardin. Mais je ne veux pas quitter la cuisine maintenant, a dit Tante Gina. Son regard sombre passait de Piper à moi.

J'ai ouvert la bouche pour dire que je ne pouvais pas, mais Zoey m'a devancée.

—Je suis en train d'examiner ces réservations. J'en vois déjà une qui est doublement réservée. Je dois passer quelques coups de fil et voir ce que je peux faire pour ces clients. Zoey vient de réparer le système informatique pour moi, mais maintenant j'ai une tonne de choses à faire. Piper commença à reculer.

—Je pourrais faire ça pour toi, proposai-je.

—Oh, non, je ne peux pas te demander ça. D'ailleurs, c'est

mon erreur. Je ne peux pas te laisser en assumer la responsabilité. Je dois faire amende honorable.

Piper s'empara de l'ordinateur et passa dans la pièce de devant avant que je puisse ajouter quoi que ce soit. Je lui lançai un regard noir, puis me tournai vers Tante Gina, sachant que je n'avais plus d'excuse.

—Zoey, apporte le déjeuner à Sebastian. Il fait chaud dehors et je suis sûre qu'il a faim. Il me rend service en arrangeant les jardins. Nous lui devons au moins un repas. J'ai préparé un plateau. Viens le chercher.

—D'accord, dis-je. Merde.

J'ÉQUILIBRAIS le plateau en essayant de ne pas lui lancer un regard noir. Ce n'était pas la faute du plateau si je portais le déjeuner à Sebastian. Ni celle de Sebastian. C'était entièrement celle de Tante Gina. Ou de Piper. Peut-être qu'elles l'avaient comploté ensemble pour nous forcer, Sebastian et moi, à parler. Ou peut-être que j'étais juste paranoïaque et un peu folle. Probablement cette dernière option.

Sebastian était à genoux sur l'un des sentiers quand je l'ai aperçu. Il y avait un banc près de lui, alors je me suis dirigée vers celui-ci pour y déposer son plateau. Je pourrais le poser et partir sans lui parler. C'était le mieux à faire.

J'ai atteint le banc sans qu'il ne lève les yeux, mais quand j'ai posé le plateau, il s'est tourné pour me voir.

—Salut, dit-il, l'air surpris. Peut-être un peu content ?

—Salut. Euh, Tante Gina m'a demandé de t'apporter le déjeuner qu'elle a préparé. Donc, euh, voilà. C'est là.

—Merci.

Je me suis forcée à sourire de façon crispée et j'ai reculé pour partir.

—Tu ne te joins pas à moi ?

—Euh, non ? Pourquoi cela ressemblait-il à une question ?

—On dirait qu'elle a envoyé assez de nourriture pour nous deux.

Sebastian fit un signe de tête vers le plateau que je venais de passer les cinq dernières minutes à essayer de ne pas renverser. Je n'avais même pas remarqué qu'il y avait deux sandwichs, des bouteilles d'eau, des gobelets couverts avec de la limonade, des biscuits et des serviettes. C'est quoi ce bordel ?

—Tu n'as pas remarqué ?

J'ai secoué la tête et senti mes joues s'échauffer. Peut-être penserait-il que c'était à cause du soleil. Peu probable.

—Tu as mangé ?

J'ai à nouveau secoué la tête, me demandant si ma bouche allait finir par se joindre à la fête et fonctionner. Ce qui m'a amenée à penser à toutes les choses que je voudrais faire avec ma bouche plutôt que de lui parler.

Mon regard s'est posé sur ses lèvres. C'étaient de belles lèvres. Pleines et douces. J'aimais même sa barbe et la façon dont elle chatouillait ma peau quand il m'embrassait. Trevor était toujours pointilleux sur le fait d'être rasé de près, mais Sebastian m'avait fait apprécier un homme un peu plus rugueux. Plus viril. Un homme dont je n'avais pas à craindre qu'il prenne mon rendez-vous au salon pour me faire coiffer ou manucurer.

—Zoey, dit-il, voyant le mot sur ses lèvres avant qu'il ne s'enregistre dans mon esprit.

—Hmm ?

—Tu ne peux pas me regarder comme ça. Sa voix était rauque et dure et cela fit l'effet escompté.

J'ai fait un pas en arrière et détourné mon regard de sa bouche. Je me suis concentrée sur l'eau par-dessus son épaule droite et j'ai hoché la tête. —Désolée. Je devrais simplement partir.

Il a soupiré comme si j'étais un désagrément. —Mange ton déjeuner.

Ces mots étaient un ordre, donné sans me laisser la possibilité de discuter. Cela m'a hérissée. —Qui a dit que tu pouvais décider ce que je fais ?

— D'accord, ne mange pas. Je m'en fiche complètement pour le moment. J'ai chaud, je suis fatiguée, courbaturée et affamée. Donc je vais boire l'eau et la limonade et manger mon déjeuner. Si tu ne veux pas du tien, alors n'hésite pas à retourner à l'intérieur en courant et à te cacher de moi encore plus.

— Qui a dit que je me cachais de toi ?

Il renifla dédaigneusement et secoua la tête, puis se laissa tomber sur le banc à côté du plateau. Il attrapa l'un des sandwichs et y mordit à pleines dents, un quart du sandwich disparaissant dans sa bouche beaucoup trop séduisante.

Il posa son sandwich et ouvrit une bouteille d'eau. Il la porta à ses lèvres et en vida la moitié avant de reprendre son souffle et de revisser le bouchon. Puis il reprit son sandwich et y mordit de nouveau à pleines dents.

Il me regarda tandis qu'il mâchait, sans rien dire, m'observant simplement avec un sourcil haussé et un coin des lèvres amusé.

Je gémis, soupirai et finis par m'affaisser sur le banc de l'autre côté du plateau. Je pris mon sandwich et mordis dedans. Je mâchai lentement, observant l'eau plutôt que l'homme à côté de moi.

Sebastian termina son sandwich et son eau avant même que j'aie mangé la moitié du mien. Le silence entre nous était inconfortable. Nous n'avions jamais été à court de mots l'un avec l'autre. Même quand nous ne parlions pas, nous nous asseyions près l'un de l'autre, nous nous tenions dans les bras et laissions nos corps parler pour nous. Être assis en silence alors qu'il y avait tant de choses que nous aurions dû dire était gênant.

— Es-tu prête à me dire pourquoi tu m'évites ?

— Je ne... commençai-je, mais nous savions tous les deux que c'était un mensonge. D'accord. Après... l'autre jour, je me suis dit que tu voudrais un peu d'espace.

Il hocha lentement la tête et fixa l'eau derrière moi. — Donc, tu le regrettes.

Ce n'était pas une question. Il croyait sincèrement à ses paroles. Mais elles n'étaient pas vraies. — Non, me hâtai-je de dire. Je ne regrette pas. Je me sens coupable parce que... eh bien, pour beaucoup de raisons, mais je ne le regrette pas.

— Ce n'était pas bien ?

J'ai vraiment ri à ça. — Euh, non. Je ne peux pas dire ça non plus.

— Alors pourquoi me donnes-tu de l'espace ?

— Parce que tu ne m'aimes pas. Parce que je me suis imposée chez toi, qu'on a couché ensemble et que tu me détestes toujours.

— Tu pensais que tout allait changer juste parce qu'on s'est mis à nu ? Parce que je n'ai pas aimé toutes les femmes avec qui j'ai couché. Bon sang, certaines d'entre elles, je ne les connaissais même pas. Faire l'amour ne va pas me faire tomber amoureux de quelqu'un.

Peu importe le nombre de fois où j'ai prié pour que Sebastian trouve quelqu'un d'autre, le nombre de fois où j'ai espéré qu'il soit heureux et qu'il ait une belle vie, et le nombre de fois où j'ai souhaité qu'il passe à autre chose, entendre parler de toutes les autres femmes avec qui il avait couché était comme une gifle. Une gifle violente. Une que je méritais.

— Tu as raison, dis-je avec raideur. Il me fallut toute ma force pour retenir les larmes dans mes yeux au lieu de les laisser couler devant lui. Tu as raison. Tu l'as dit l'autre jour. Pas d'émotions, pas de sentiments, pas de connexion. Si ça se reproduit, c'est juste du sexe. Comme l'autre jour. Il n'y a plus rien entre nous et il n'y aura plus jamais rien.

— Exactement. C'est ce que nous voulons tous les deux. Le sexe est bon, alors nous devrions en profiter, mais c'est tout le reste entre nous qui est devenu compliqué et bordélique. Aucun de nous n'a besoin de ça maintenant.

— C'est vrai. Je posai le reste de mon sandwich et me levai. Je devrais y aller. Je peux revenir chercher le plateau plus tard si tu n'as pas terminé.

— Non, ça va, dit-il. Il enfourna la dernière bouchée de son cookie dans sa bouche et s'essuya les lèvres avec sa serviette. Il jeta la serviette sur le plateau et se leva. Merci de m'avoir apporté le déjeuner. Remercie aussi Gina.

Je soulevai le plateau. — Je le ferai. Au revoir.

— À plus, dit-il. Il remit ses gants de travail et retourna s'occuper du jardin.

Je m'éloignai rapidement, faisant de mon mieux pour ne pas laisser tomber le plateau ou renverser quoi que ce soit.

J'arrivai à l'auberge sans incident et remis le plateau à Tante Gina à l'évier. Elle me demanda si Sebastian avait aimé son déjeuner, et je l'assurai que oui.

— Tu as mangé, toi aussi ? demanda-t-elle, plus que légèrement suspicieuse.

— Oui. Mais je ne comprends pas pourquoi tu as envoyé de la nourriture pour moi sur le plateau. J'aurais pu manger ici.

Tante Gina agita la main, envoyant des bulles voler dans les airs. — Ce n'était pas nécessaire. Toi et Sebastian deviez parler.

— Il n'y a pas de « moi et Sebastian », Tante Gina.

Elle renifla dédaigneusement. — Aucun de nous ne croit ça, Zoey. Vous êtes toujours amoureux l'un de l'autre, et maintenant que vous êtes divorcés, vous pouvez avoir une seconde chance.

J'ai tristement secoué la tête. — Ça n'arrivera pas, Tante Gina. Sebastian me déteste, avec raison, et il n'y a aucune chance qu'il me donne une autre opportunité.

— Je n'en suis pas si sûre, ma chérie. Mais je vais laisser tomber pour l'instant.

— Mmm hmm.

Tante Gina sourit et m'ignora. Si seulement j'avais ne serait-ce qu'une fraction de son niveau de confiance. Cela dit, si j'avais sa confiance, beaucoup de choses seraient différentes dans ma vie.

9

SEBASTIAN

Je n'arrivais pas à effacer de mon esprit l'image de Zoey retenant ses larmes. Je détestais voir les femmes pleurer. D'habitude, elles laissaient volontiers couler leurs larmes pour obtenir ce qu'elles voulaient, mais c'était pire quand elles les retenaient. Quand elles essayaient de les arrêter. Je l'avais blessée.

Putain de merde. Je ne voulais pas la blesser. Peu importe le nombre de fois où j'avais imaginé comme ce serait bon qu'elle se pointe un jour et me voie heureux avec une autre femme, ça faisait mal de la voir pleurer et de savoir que c'était à cause de moi.

Peut-être que c'était mieux qu'elle reste loin. Peut-être que je devrais trouver quelqu'un d'autre. L'éviter comme elle m'évitait. Avancer réellement dans ma vie au lieu de souhaiter pouvoir le faire depuis une décennie sans vraiment donner sa chance à une autre femme.

Avant de perdre mon courage, j'ai ouvert cette stupide application de rencontres et j'ai accepté une poignée de matchs potentiels. J'étais certain que rien n'en sortirait, mais je devais être prêt à essayer. Même si Zoey et moi couchions à nouveau ensemble, sa vie n'était pas à L'anse MacKellar. Elle retournerait à Pittsburgh et passerait à autre chose. Elle trouverait quelqu'un d'autre. Quelqu'un qui n'était pas moi.

J'ai remis mon téléphone dans ma poche et je me suis remis au travail. Le jardin prenait enfin forme. J'avais passé un peu plus de temps dessus pendant le week-end pour arracher les dernières mauvaises herbes, et ça avait porté ses fruits. J'avais une meilleure idée de à quoi ressemblait l'espace, et d'ici la fin de la semaine suivante, j'espérais pouvoir commander toutes les plantes.

—Salut, ai-je entendu sur ma droite.

Je me suis redressé sur mes talons et j'ai regardé Cameron. Il a donné un coup de pied dans la terre et l'a regardée d'un air renfrogné. Il portait un jean et un t-shirt avec un personnage de jeu vidéo. Son regard a effleuré les mauvaises herbes devant moi, puis est revenu vers moi.

—Salut, ai-je répondu. —Tu veux aider ?

Il a haussé les épaules comme si ce n'était pas pour ça qu'il était là. —Je suppose.

J'ai réprimé mon sourire et j'ai hoché la tête comme si je ne savais pas que c'était pour ça qu'il m'avait rejoint. Je lui ai tendu une paire de gants supplémentaire que j'avais achetée pour lui après qu'il m'ait aidé la semaine précédente et j'ai désigné d'un signe de tête les mauvaises herbes que j'arrachais. —Celles-ci sont un peu plus coriaces. Je peux vraiment utiliser de l'aide.

Cameron a hoché la tête, ses cheveux blonds rebelles tombant devant ses yeux, et s'est agenouillé à côté de moi. —D'accord.

Je l'ai observé pendant une longue minute. Il a saisi la mauvaise herbe à la base comme je lui avais montré la semaine précédente. Il a tiré lentement, la secouant quand elle résistait. La terre s'est desserrée au fur et à mesure qu'il tirait jusqu'à ce que la mauvaise herbe jaillisse entre ses mains. De la terre a volé partout, nous arrosant tous les deux.

Cameron m'a regardé avec des yeux écarquillés pleins de peur. —Je suis désolé. Je ne voulais pas—

—Il n'y a aucune raison d'être désolé. Ça arrive.

—Mais je t'ai sali, a-t-il dit doucement. Il a baissé le menton et s'est mordu la lèvre.

En moins de deux heures, j'en avais fait pleurer deux. Il ne me restait plus qu'à trouver Alexis et lui voler son jouet préféré, et ma journée serait complète. Bon sang, j'étais un connard.

Ou l'ex de Zoey était un connard. Il était difficile d'imaginer que le gamin soit si bouleversé de m'avoir sali alors que j'étais à genoux dans la terre, mais en voyant ses épaules trembler, j'ai compris qu'il y avait plus derrière tout ça.

J'ai pris une poignée de terre, la saisissant juste sous son nez pour être sûr qu'il la voie. Son regard humide s'est levé avec ma poignée de terre. Il a regardé comment je l'ai soulevée au-dessus de ma tête et j'ai lâché la terre partout sur moi.

Ses yeux se sont écarquillés, me regardant comme si j'étais complètement fou. J'ai haussé les épaules comme si ce n'était pas grave, puis j'ai frotté mes gants sales sur mon visage et sur mes vêtements, m'assurant que la terre colle et ne se brosse pas simplement.

—Pourquoi tu as fait ça ?

—Parce que la terre, ça se lave.

—Mais mon père se fâche toujours quand je le salis.

J'ai serré la mâchoire si fort que ça faisait mal. Je l'ai forcée à se détendre et j'ai posé ma main sale sur son épaule. —Je ne connais pas ton père, mais quand je travaille dans la terre, je m'attends à me salir. Même quand je ne travaille pas dans la terre, je m'attends à me salir. C'est une partie de la vie, et si je me mettais en colère chaque fois que je me salis, je passerais tout mon temps à éviter les choses amusantes de la vie. Tu penses que c'est amusant de jouer dans la terre ?

Il a fait une pause, puis a hoché la tête avec hésitation.

—Moi aussi. Je pense aussi que c'est amusant de salir les autres. J'ai tendu rapidement la main et j'ai touché sa joue avec mon gant couvert de terre, laissant une ligne brune sur son visage.

Ses yeux se sont à nouveau écarquillés, puis se sont plissés en un sourire. Il a plongé ses mains dans la terre et s'est jeté sur moi, étalant sa main sur ma chemise.

J'ai ri avec lui et j'ai hoché la tête. —Bien joué. Je vais peut-être devoir laver cette chemise deux fois.

Cameron a gloussé, ressemblant pour la première fois à un enfant de huit ans. Il était trop jeune pour être si sérieux. Une raison de plus pour laquelle je voulais traquer Trevor et lui apprendre comment traiter les personnes qu'il était censé aimer.

Cameron et moi avons travaillé ensemble pendant presque deux heures avant qu'il ne commence à ralentir. Nous avons discuté de son jeu vidéo préféré, de l'école et un peu de sa famille. Il m'a dit qu'il ne voyait pas beaucoup son père et qu'il lui manquait, mais ça semblait aussi être peut-être l'inverse. C'était difficile à entendre parce qu'un enfant devrait aimer ses parents et leur manquer tout le temps.

Mes propres parents avaient pris leur retraite et déménagé à Hawaï il y a des années. Je n'étais pas très proche d'eux et ne l'avais jamais été. Je comprenais ce que Cameron ressentait pour son père parce que j'étais à peu près dans la même situation. Mes parents s'assuraient que j'avais ce dont j'avais besoin en grandissant, mais ils n'en faisaient pas plus. J'avais appris à l'accepter et je ne m'étais jamais senti à ma place jusqu'à ce que je rencontre Gina.

Je ne voulais pas la même chose pour Cameron. Il n'était

pas censé manquer son père si tôt. Il était censé avoir une relation avec lui et croire que son père serait toujours là pour lui.

—Je commence à avoir soif, ai-je dit alors que le soleil nous brûlait et que Cameron s'asseyait pour la troisième fois d'affilée.

—Ouais, moi aussi, s'est-il empressé d'approuver. J'admirais ce gamin qui ne voulait pas paraître faible ou incapable de suivre.

—Que dirais-tu d'aller chercher de l'eau et de faire une pause ? J'en aurais bien besoin. Et toi ?

—Ouais, je crois que j'aurais besoin d'une pause.

J'ai souri et me suis levé, attendant que Cameron fasse de même. Il m'a regardé tandis que je secouais la terre de mes cheveux. La plupart ne partait pas et s'était transformée en boue, mais Gina piquerait une crise si je n'essayais pas au moins d'être un peu plus présentable.

—Je peux t'aider encore ? a demandé Cameron avant d'arriver à l'auberge.

—Oui, bien sûr. Quand tu veux.

—Je sais que je suis lent, a-t-il dit d'un ton plein de regret.

—Moi aussi. Il fait chaud ici. C'est intelligent d'aller lentement pour ne pas surchauffer.

—Mais si j'allais plus vite, on aurait fini plus tôt.

J'ai haussé les épaules en essayant de ne pas lui montrer à quel point ses paroles me dérangeaient. —Certes, mais seulement si on ne s'évanouissait pas ou quelque chose comme ça. Tout dans la vie ne doit pas être fait rapidement. Certaines choses prennent du temps. Le jardinage en fait partie. J'y travaille depuis avant ton arrivée. Tu ne me ralentis pas. Tu m'aides beaucoup, et je serais ravi que tu te joignes à moi quand tu veux.

—Vraiment ? a-t-il demandé, partagé entre méfiance et espoir.

J'ai hoché la tête. —Absolument. Parfois Sofia m'aide, mais elle travaille beaucoup.

—C'est ta petite amie ?

—Non, juste une amie.

—Mon père a une amie qui est une fille.

—Ah bon ?

Cameron a hoché la tête. —Ouais. Mais ma mère n'a pas beaucoup d'amis. Elle travaille et reste à la maison avec nous. Elle dit qu'on est ses amis.

—C'est gentil, ai-je dit, ne sachant pas trop comment prendre ce qu'il disait.

—Je suppose. Mais ma mère aime les trucs de fille comme ma sœur. Aucune des deux n'aime faire les choses que j'aime faire.

—Comme quoi ?

Il a haussé les épaules. —Comme jouer avec des voitures ou sortir dehors.

—Eh bien, viens me chercher. J'aime ces choses-là.

—C'est vrai ?

J'ai hoché la tête. —Absolument. Je dois travailler, mais mon travail est dehors. Tu pourras m'accompagner au phare un de ces jours. Si ta mère est d'accord. Et tu peux m'aider dans le jardin quand tu veux.

—Et les voitures ?

—J'adore ça.

Cameron a souri, et j'ai eu l'impression d'avoir enfin fait quelque chose de bien. Quelque chose pour rendre quelqu'un de sa famille heureux. Ma poitrine s'est gonflée et je me suis senti haut comme trois pommes.

—Merci !

J'ai souri et ouvert la porte pour qu'il entre dans la cuisine avant moi. Au moins quelqu'un m'appréciait.

NEUF JOURS PLUS TARD, je contemplais le jardin vide en me demandant dans quel pétrin je m'étais fourré. J'avais mis des semaines à débarrasser tous les débris morts. David, du centre de jardinage, m'avait recommandé de tester le sol. Il m'avait dit qu'il était sain, mais il m'avait conseillé d'attendre une semaine ou deux avant d'essayer d'y planter de nouvelles plantes.

Bien sûr, je ne pouvais pas simplement le laisser reposer. Je devais travailler la terre pour qu'elle soit plus apte à accueillir les nouvelles plantes. Ce qui signifiait labourer tout le jardin au moins un jour sur deux et ajouter de la terre neuve dans les zones basses et de la chaux pour équilibrer le pH.

Ce n'était pas ce pour quoi j'avais signé.

—Tout est réglé ? me demanda David. Je l'avais déjà vu en ville mais je ne le connaissais pas avant d'avoir à commander une tonne de plantes. Il était plus âgé que moi, probablement d'au moins une décennie, avec des cheveux gris et une peau tannée et burinée par des années passées au soleil à la jardinerie.

Je soupirai et acquiesçai lentement. —Je suppose que je n'ai pas vraiment le choix. Les propriétaires se marient ici dans un mois. Je voulais que tout soit terminé en quelques semaines, alors je ferai ce qu'il faut pour y parvenir.

—Oh, vraiment ?

—Oui, pourquoi ? Y a-t-il une raison pour laquelle nous ne pourrions pas terminer d'ici là ?

—Non, c'est faisable, mais nous devons commander les plantes et planifier la livraison et la plantation si vous avez besoin de notre aide. Vous ne comptez pas faire tout ça tout seul, n'est-ce pas ?

C'était effectivement mon intention. Gina ne voulait pas dépenser une fortune en main-d'œuvre alors qu'elle déboursait déjà des milliers d'euros pour les plantes. Ça ne me dérangeait pas de fournir du travail gratuit, mais je ne pouvais pas demander à la jardinerie d'en faire autant.

—Je comptais le faire, oui. J'espérais pouvoir échelonner la livraison de tout ça pour avoir le temps de terminer une section après l'autre.

David regarda autour de lui et poussa un soupir. C'était un homme corpulent, pas aussi grand que moi mais presque. Il avait les cheveux courts et de larges épaules. Il semblait capable de porter un arbre du camion jusqu'au jardin sans même transpirer.

—C'est un grand jardin. Les plantes peuvent attendre un moment avant d'être mises en terre, mais si vous faites ça pour un mariage, vous ne voulez probablement pas risquer que quelque chose tourne mal.

Je secouai la tête. —Non, certainement pas. Pouvez-vous voir quand tout pourra être livré et si vous pouvez envoyer une équipe ici pour aider ?

David acquiesça. —Oui, bien sûr. Je vous établirai des prix pour tout. Si vous voulez que tout soit fait en une journée, je suggère cinq gars. Je vous enverrai un devis cet après-midi, et nous resterons en contact pour organiser tout ça.

J'acquiesçai, sachant que je n'avais pas vraiment le choix. Le mariage aurait lieu dans un mois, mais je voulais que les plantes soient installées au moins quelques semaines avant pour qu'elles ne soient pas trop fragiles quand les gens marcheraient dessus.

J'accompagnai David jusqu'à son camion et le remerciai d'être passé pour examiner le jardin. Entre les plantes qu'il avait suggéré d'ajouter à celles que j'avais déjà choisies et l'aide de son équipe, j'avais le sentiment que le jardin allait finir par coûter plus cher que ce que Gina avait prévu ou espéré.

Voulant prévenir Gina le plus tôt possible, je me dirigeai vers l'auberge pour la trouver. Dès que j'ouvris la porte, mon

téléphone vibra. J'entrai et le sortis pour voir une notification de À la Recherche du Héros Littéraire Parfait.

MamanDe2 m'avait envoyé un message. Nous avions
échangé des messages occasionnels au cours des deux
dernières semaines, et elle répondait à ma dernière question
sur le pire rendez-vous qu'elle avait jamais eu.

MAMANDE2

Mon ex pensait qu'un dîner d'entreprise
comptait comme un rendez-vous. C'était
notre anniversaire, et il m'avait demandé de
trouver une baby-sitter pour les enfants.
M'avait dit de m'habiller élégamment. J'ai
acheté une nouvelle robe et je suis allée au
salon de coiffure. Ça faisait un moment que
nous n'avions pas eu de vrai rendez-vous,
alors j'étais excitée. Il a été doux et
affectueux jusqu'à ce que nous entrions dans
le restaurant et que son patron et la femme
de son patron soient là. On nous a conduits
à une table pour six avec un client et sa
femme déjà installés. C'était horrible.

Je pouffai de rire et m'installai dans le salon pour lui
répondre.

SOISLALUMIÈRE

Tu l'as fait se rattraper au moins ?

MAMANDE2

Non. J'aurais dû, mais il n'a jamais vu ce
qu'il y avait de mal à ça. Il a même dit que
j'aurais dû être contente parce que c'était un
restaurant où je voulais aller depuis
longtemps. Il était complètement à côté de la
plaque.

SOISLALUMIÈRE

On dirait qu'il y a une raison pour laquelle
c'est un ex.

MAMANDE2

Plus d'une.

SOISLALUMIÈRE

Eh bien, mieux vaut avoir tourné la page que d'avoir encore à supporter des faux rendez-vous et des hommes qui ne savent pas quand ils se comportent comme des parfaits connards.

MAMANDE2

Tellement vrai.

Alors, à l'opposé. Quel a été ton meilleur rendez-vous amoureux ?

Zoey adolescente m'est apparue en pensée. Je l'ai aimée pendant des années avant de pouvoir la toucher, mais quand elle a eu dix-huit ans et que nous avons pu être ensemble, nous avons eu notre premier rendez-vous. Elle était douce et innocente et n'avait aucune idée à quel point elle me rendait fou.

On s'est retrouvés devant l'auberge parce qu'on n'était pas sûrs de la réaction de Gina face à notre relation. Elle est montée dans mon pick-up et a glissé sur le siège pour pouvoir me tenir la main. Elle portait une robe d'été bleue avec une jupe courte et légère qui se soulevait dans la brise quand nous avons marché près de la rivière plus tard ce soir-là.

La soirée aurait dû être innocente, mais elle était chargée de tension sexuelle et de cette alchimie folle qui n'existe que lorsqu'il y a une connexion profonde entre deux personnes. En quatorze ans depuis, je n'ai jamais rien ressenti de semblable.

C'est aussi cette nuit-là que Zoey et moi avons fait l'amour pour la première fois. La nuit où je lui ai dit que je l'aimais. La nuit où nous avons commencé à planifier notre avenir.

Un avenir qui ne s'est jamais réalisé.

SOISLALUMIÈRE

> Je dois y réfléchir. Je dois aller travailler maintenant. On se parle plus tard.

J'ai rangé mon téléphone sans attendre sa réponse. Parmi tous les matchs que j'avais eus ces deux dernières semaines, elle était la seule avec qui je parlais encore. L'une d'elles ne s'intéressait qu'à un coup d'un soir, ce qui aurait dû me convenir, mais qui me semblait inapproprié après avoir couché avec Zoey. Les autres ne m'avaient pas fait d'effet. Mais celle-ci, cette femme qui assumait pleinement sa personnalité, me faisait rire et me gardait intéressé.

Peut-être que tourner la page était possible.

Gina était dans la cuisine comme je l'avais imaginé. Elle fredonnait une mélodie et marmonnait quelque chose quand je suis entré. Elle s'est retournée en entendant la porte s'ouvrir.

—Oh, Sebastian, tu es là. Comment s'est passée la réunion avec David ?

—C'est justement pour ça que je voulais te voir.

Gina a posé ce qu'elle tenait et m'a accordé toute son attention. —Ça n'a pas l'air bon.

—Je ne sais pas encore à quel point c'est mauvais, mais ça va coûter plus cher.

—Combien de plus ?

J'ai secoué la tête. —Je ne sais pas. Il a fait quelques suggestions pour davantage de plantes. Il a dit que ce que j'avais commandé ne suffirait pas à remplir tous les espaces. Il voulait ajouter de la hauteur, de la couleur et de la texture à l'ensemble et a dit qu'il travaillerait avec ce que toi et moi avions déjà planifié, mais il voulait lui redonner son apparence d'antan.

—Je comprends. Je me doutais qu'il voudrait ajouter quelques plantes. Il connaît aussi le budget et ne le dépassera pas trop.

—Pour les plantes, oui.

—Qu'y a-t-il d'autre ? a demandé Gina. Son regard perçant s'est plissé tandis qu'elle m'examinait. —Sebastian ?

—La main-d'œuvre.

—Ah, a dit Gina, le mot portant trop de poids. —J'aurais dû l'inclure dans mon budget. Je t'en demande beaucoup trop.

—Ce n'est pas ça, Gina. J'aurais dû travailler plus vite pour tout enlever, mais maintenant, David a dit que je dois laisser le sol reposer et le traiter pour qu'il accepte les nouvelles plantes. On ne peut pas commencer avant au moins une semaine, et ce sera presque trois semaines avant le mariage. Si nous ne plantons pas tout la semaine prochaine, j'ai peur que les plantes ne soient pas bien établies à temps pour le mariage de Piper et Gavin.

Gina a froncé les sourcils et pris une profonde inspiration. Elle s'est retournée vers ce qu'elle cuisinait et a travaillé en silence. Elle essayait de trouver une autre solution, ce qui me faisait sentir comme une merde. Elle avait toujours pu se tourner vers moi quand elle avait besoin de quelque chose, et pendant des années, j'ai tout fait pour elle sans me plaindre ni réfléchir. Je n'ai jamais accepté son argent, et je ne le ferais pas maintenant, mais je savais que même en travaillant jour et nuit pendant une semaine, je n'installerais pas toutes les plantes. Et je ne pouvais pas travailler jour et nuit. J'avais mon propre travail à faire.

—Je vais devoir m'adapter, a simplement dit Gina après quelques minutes.

—Laisse-moi voir le prix proposé par David. J'aurais dû tout terminer plus tôt.

—Non, Sebastian. Ce n'est pas ta faute. Je t'en demande

trop et ce n'est pas juste. Je m'appuie sur toi depuis des années.

—Gina, j'ai accepté de le faire. Je vais trouver une solution. Je te le promets.

—Sebastian...

—Gina, non. Je vais trouver une solution.

Elle a pris une grande inspiration et l'a relâchée lentement. —D'accord. Mais dis-le-moi si tu ne peux pas. S'il te plaît.

J'ai hoché la tête et lui ai promis que je le ferais, même si je savais que c'était un mensonge. Je ferais n'importe quoi pour Gina. Elle était ce qui se rapprochait le plus d'une famille pour moi, et je n'allais pas la décevoir.

10

David m'a envoyé le devis pour que son équipe m'aide à tout planter dans le jardin, et j'ai failli m'étrangler en voyant le montant. Pas parce que les gars ne le valaient pas, mais parce que c'était presque aussi élevé que ce que nous dépensions pour les plantes elles-mêmes. Gina ne pouvait pas se permettre de payer ça. Et je ne pouvais pas couvrir ces frais sans lui dire.

J'ai passé la soirée à essayer de trouver des solutions, me sentant comme un incapable pour avoir accepté ce projet sans avoir une meilleure idée de ce qu'il impliquerait. J'étais constamment prêt à aider Gina. Je l'avais toujours fait. Un psy dirait probablement que c'était ma tentative maladroite pour reconquérir Zoey, en utilisant sa tante comme substitut de la femme que j'aimais, espérant que Zoey apprendrait que j'étais présent, fiable et que je m'occupais de tout ce qui avait besoin d'être fait.

Peut-être que c'était en partie ça. Je préférais croire que c'était simplement parce que j'aimais Gina comme une membre de ma famille et que je voulais l'aider.

La raison importait peu puisque j'avais finalement accepté quelque chose que je ne pouvais pas faire.

J'étais en train de regarder les plans une nouvelle fois quand quelqu'un a frappé à ma porte. Je n'attendais personne, alors j'ai ignoré, mais la personne a frappé à nouveau, doucement. Presque comme si elle essayait de ne pas me faire savoir qu'elle était là.

Je me suis dirigé vers la porte et l'ai ouverte rapidement, espérant que la personne n'était pas déjà partie. Zoey se trouvait à quelques pas, me tournant le dos.

— Zoey ?

Elle s'est retournée et m'a regardé par-dessus son épaule.
— Salut. Euh, désolée. J'aurais dû t'appeler d'abord ou quelque chose comme ça. Mais je, euh, je n'ai pas ton numéro, alors...

J'ai incliné la tête sur le côté pour mieux la regarder. Elle portait un short en coton avec un cordon qui pendait jusqu'à sa cuisse nue. Son débardeur épousait ses courbes et me tentait par la façon dont il enveloppait ses seins. Ses cheveux étaient attachés en queue de cheval et elle mordillait sa lèvre.

Elle ressemblait à la fille dont j'étais tombé amoureux des décennies plus tôt.

— Qu'est-ce que tu fais ici ?

— Je... Elle a regardé autour d'elle comme si quelqu'un allait surgir et lui faire peur.

Cela m'a rendu encore plus curieux, et peut-être un peu mal à l'aise. Que se passait-il ? J'ai croisé les bras et me suis adossé contre le chambranle de la porte, attendant qu'elle parle. Elle finirait par le faire.

— Je voulais du sexe, d'accord ? Tu as dit que ça, elle a fait un geste entre nous, c'était juste du sexe. Pas d'émotions, pas de connexion, juste du sexe, et je... Je n'aurais jamais dû venir ici.

Elle s'est retournée et s'est dirigée d'un pas lourd vers la maison. Au mot sexe, mon sexe s'est durci. En fait, à la simple vue de celle qui était autrefois ma fille, mon sexe s'était durci. C'était Zoey. Je ne pouvais pas lui dire non. Je n'en avais pas envie.

— Zoey, ai-je appelé, espérant que cela l'arrêterait.

Ça n'a pas marché.

— Bon sang, Zoey, arrête-toi.

Ça l'a arrêtée. Je me suis précipité vers elle. Ses bras étaient croisés et son pied tapait impatiemment sur le sol. Elle ressemblait plus à une adolescente en colère qu'à une femme adulte qui venait de me demander du sexe.

— Pourquoi tu pars ?

— Parce que c'était une mauvaise idée. Parce que nous sommes une mauvaise idée.

— Oui, c'est vrai, ai-je admis, la surprenant. Elle a inspiré brusquement et a reculé, mais j'ai continué. — Nous savons que nous sommes une mauvaise idée. C'est pourquoi j'ai dit sexe uniquement. Parce que quand nous parlons, nous nous énervons mutuellement. Quand nous nous impliquons, nous nous disputons. Mais quand tu es nue sous moi, ou nue au-dessus de moi, ou nue et debout devant moi, nous sommes bons.

Sa respiration était tremblante et désireuse. Elle s'est léché les lèvres et m'a regardé avec des yeux qui me suppliaient de tout lui expliquer clairement.

— Si tu veux retourner à la maison maintenant et glisser tes doigts sur ton clitoris en prétendant que ce sont les miens, je ne vais pas t'en empêcher. Mais si tu veux que je te caresse jusqu'à ce que tu cries mon nom, puis que je te baise jusqu'à ce que tu ne puisses plus rien crier du tout, retourne-toi et mets-toi à poil.

Ses yeux se sont écarquillés. Le pouls à la base de son cou battait rapidement. Sa poitrine se soulevait à chaque respiration. Ses tétons luttaient contre son soutien-gorge pour se libérer.

J'ai prié silencieusement pour qu'elle choisisse ma maison. Pour qu'elle fasse ce que j'avais suggéré et qu'elle se déshabille pour s'étendre sur mon lit. J'ai prié pour qu'elle accapare mon attention un moment afin que je puisse arrêter de m'inquiéter de comment j'allais aider Gina.

Et j'ai failli tomber à genoux quand elle m'a frôlé en passant et a balancé ses fesses en entrant dans ma maison.

Je l'ai suivie comme un petit chien. Dès que la porte s'est refermée derrière moi, elle a ôté son t-shirt d'un geste vif et l'a jeté par terre. Elle a ensuite enlevé ses chaussures. Puis son short et sa culotte ont glissé le long de ses cuisses et se sont retrouvés à ses pieds avant qu'elle ne se dirige vers ma chambre, qu'elle grimpe sur mon lit et se positionne sur mes oreillers.

Je ne me souvenais pas de la dernière fois où j'avais vu quelque chose d'aussi sexy. Jusqu'à ce qu'elle glisse sa main entre ses cuisses et se caresse.

— Putain de merde, ai-je murmuré, me dépêchant d'enlever mes vêtements tout en gardant les yeux rivés sur Zoey.

—Ça fait un moment que je n'ai pas été avec quelqu'un. Avant ces dernières semaines, ça faisait presque deux ans, dit-elle calmement en écartant ses plis et en glissant un doigt en elle. —J'ai vraiment appris à jouir rapidement toute seule. Mais être avec toi était... Je te veux, Sebastian. Elle croisa mon regard en prononçant ces derniers mots.

Une partie de moi la détestait pour avoir dit ces mots. J'étais en colère qu'elle utilise ces paroles, des mots qu'elle savait me feraient faire n'importe quoi. Elle m'avait dit ces mêmes mots la première nuit où nous avions fait l'amour, et chaque fois après. Je lui avais dit que rien ne se passerait sans son accord. Qu'elle devait être celle qui initierait tout. Ces quatre mots étaient son signal pour me dire de prendre les commandes.

Je n'étais pas un chiot. J'étais le chien de Pavlov, et Zoey était ma récompense. Et je ne pouvais pas dire non.

Je gardais mon regard fixé sur ses doigts qui manipulaient son corps pendant que j'avançais vers le lit. Arrivé au bord, je me glissai sur le matelas, me positionnant entre ses cuisses. Elle ne cessa pas de se toucher alors que j'étais juste là, me laissant observer à moins de trente centimètres comment elle aimait jouir. Une caresse, un effleurement, un frottement. Un gémissement s'échappa quand elle souleva ses hanches. Je soufflai doucement sur elle, mon sexe pulsant quand sa peau sensible se contracta au contact de l'air frais.

—Sebastian, gémit-elle.

C'était mon signal. J'écartai largement ses cuisses et l'ouvris. Je la léchai de son entrée jusqu'à l'endroit où ses doigts taquinaient paresseusement son clitoris, puis j'écartai ses doigts avec ma langue. Je répétai exactement ce qu'elle s'était fait, lentement, prolongeant son plaisir jusqu'à ce qu'elle se tortille sous moi et me supplie de la laisser jouir.

Peut-être était-ce une punition pour m'avoir quitté toutes ces années auparavant ou peut-être que je ne pouvais simplement pas m'arrêter, mais quand elle atteignit cette première vague et gémit assez fort pour alerter les voisins, si j'en avais eu, je n'ai pas relâché mon effort. J'ai fouetté sa peau humide, enfonçant un doigt profondément en elle alors qu'elle commençait à redescendre.

Tout son corps tressaillit et se resserra autour de mon doigt. Ses jambes se tendirent et se refermèrent autour de mes oreilles. Ses paroles devinrent incohérentes et plus fortes tandis qu'elle restait là, recevant tout ce que je lui donnais.

J'ajoutai un deuxième doigt et suçai fort son clitoris, la précipitant sans avertissement vers l'orgasme. Mon nom jaillit de ses lèvres, et je me détestais pour ce que je lui faisais. Pour ce que je me faisais à moi-même.

Mais je ne pouvais toujours pas m'arrêter.

Je me retirai de son corps et évitai son regard pendant que j'attrapais un préservatif dans ma table de nuit. J'avais tellement besoin d'elle que je n'arrivais pas à reprendre mon souffle, mais je n'en avais pas envie. Ce n'était pas la première fois que je souhaitais être tombé amoureux de quelqu'un comme Sofia. Quelqu'un qui voyait les choses de la même façon que moi et qui voulait les mêmes choses que moi. Ou la femme avec qui j'échangeais des messages. Ou n'importe laquelle des autres avec qui j'étais sorti ou avais couché au fil des ans. Si j'avais pu tomber amoureux de l'une d'entre elles, je ne serais pas en train de dérouler un préservatif et de me positionner à l'entrée de la seule et unique femme que j'avais jamais aimée, la seule et unique femme qui m'avait jamais brisé.

Mais je n'étais tombé amoureux d'aucune des autres, alors je m'enfonçai brutalement en Zoey, gémissant quand elle se contracta autour de moi et gémit bruyamment. Elle tendit les mains vers les miennes, mais j'ignorai les siennes et me redressai sur mes genoux, utilisant mes mains pour soulever ses hanches vers les miennes en offrande.

Je regardai son corps s'étirer pour m'accueillir. Sa chair rose glissant autour de moi. Je gardai mon regard fixé à l'endroit où nous nous rejoignions pour ne pas mémoriser chaque centimètre de son corps de femme. Chaque cicatrice, chaque tache de rousseur et chaque vergeture qu'elle avait gagnées en mettant au monde ses enfants, des enfants qu'un autre homme lui avait donnés.

Comme la dernière fois, aucun de nous ne prononça un mot. Le seul son dans ma cabane était celui de nos corps qui claquaient l'un contre l'autre dans un rythme érotique. Elle se tendit autour de moi et renversa sa tête en arrière, attirant mon attention le long de son corps jusqu'à son visage crispé. Sa bouche s'ouvrit en silence, mais ses yeux étaient fermement serrés comme si elle souffrait.

Je libérai une de ses hanches et pressai mon pouce contre son clitoris. Instantanément, son visage changea pour exprimer un plaisir pur. Le O silencieux se transforma en un long gémissement qui devint frénétique et incohérent alors qu'elle jouissait intensément.

Les pulsations de son corps m'obligeaient à la suivre au-delà du précipice. Je la martelai, essayant de vider mon esprit et de faire de Zoey une femme sans visage. J'ai essayé, mais j'ai échoué.

Mes yeux la dévoraient tandis que je courais vers le bord. Je n'avais que quelques secondes, mais cela semblait des heures alors que ses yeux se fixaient aux miens et que le temps s'étirait entre nous. Tous les moments où nous avions fait l'amour me revinrent comme un déluge, s'écrasant sur moi et mélangeant passé et présent dans une sensation tordue d'appartenance.

Ses yeux s'élargirent comme si elle ressentait la même chose, et à ce moment-là, mon corps se tendit et se libéra avec un cri de son nom et une force à en engourdir l'esprit qui fit s'assombrir les bords de ma vision.

Je me rattrapai juste avant de m'effondrer sur elle et roulai sur le côté. Mon sexe pulsant glissa hors de son corps et continua à m'envoyer des répliques. Mes yeux restèrent fermés un long moment tandis que j'essayais de recentrer mon esprit et de me rappeler que peu importait à quel point le sexe était incroyable, ce n'était que du sexe.

Quand j'eus la force de bouger, je me levai du lit, m'éloignant de Zoey, et allai à la salle de bain. Je fermai la porte avec un clic sonore, espérant qu'elle comprendrait l'allusion, quitterait mon lit et s'habillerait. La seule façon pour moi de fonctionner autour d'elle était d'être l'ogre en colère que j'étais devenu depuis qu'elle m'avait quitté. Gavin et les autres gars avaient commencé à faire ressortir un côté plus humain de moi, mais je ne pouvais pas être ce type avec Zoey. Pas quand je savais qu'elle ne ferait que le détruire.

Je ramassai mes vêtements en sortant de la salle de bain et les enfilai, ignorant les émotions contradictoires que je ressentis en voyant que Zoey avait fait de même. Elle m'attendait dans la cuisine, se rongeant un ongle et fixant la porte comme si elle avait hâte de s'enfuir.

—Tu t'en vas ? demandai-je.

Elle hocha la tête. —Oui. On devrait échanger nos numéros ?

—Pourquoi ?

Elle se mordit la lèvre un instant. —Au cas où tu voudrais me contacter ou quelque chose comme ça.

—Non. Pas besoin. Tu sais où me trouver.

Ses sourcils se froncèrent, et elle m'étudia pendant une longue minute. Je résistai à l'envie de trépigner et de lui faire savoir que je n'aimais pas être évalué puisqu'elle me trouvait toujours insuffisant.

—J'ai l'impression de profiter de toi.

—Pourquoi ?

Elle haussa les épaules sans répondre. J'ai levé un sourcil parce que je savais qu'il y avait quelque chose qu'elle ne voulait pas admettre.

—Parce que je descends ici pour du sexe. Ou c'était le cas aujourd'hui. La dernière fois n'était pas intentionnelle. Et j'ai l'impression que c'est une chose pourrie à faire.

—Un peu comme promettre de revenir puis épouser quelqu'un d'autre ?

Elle ouvrit la bouche pour argumenter, une étincelle de colère dans les yeux, puis elle la referma, et cette flamme s'atténua à nouveau. —Peut-être que c'est une mauvaise idée.

J'ai haussé les épaules et me suis dirigé vers le frigo,

faisant semblant de m'en moquer. —C'est toi qui vois. Si tu ne veux plus qu'on remette ça, bonne continuation. Sinon, tu sais où me trouver.

J'ai pris une bière et me suis installé sur le canapé. J'ai posé les plans sur mes genoux et j'ai attendu, incapable de respirer ou de penser ou de fonctionner, jusqu'à ce qu'elle soit partie. Je ne voulais pas qu'elle parte, mais je savais qu'elle le ferait. Elle partait toujours. Et plus tôt elle le ferait, plus tôt elle me rappellerait qui elle était et comment elle était, mieux ce serait pour moi.

Quelques secondes plus tard, la porte se referma doucement. Je me suis retourné et j'ai trouvé ma cabane vide. Et j'ai essayé de me convaincre que c'était pour le mieux.

La dernière chose que je voulais faire le lendemain de ma nuit avec Zoey, c'était traîner avec son frère. Mais j'avais dit à Gavin plus tôt dans la semaine que je viendrais, alors il m'attendait.

Piper travaillait habituellement chez O'Kelley's les jeudis soirs, mais elle faisait moins d'heures là-bas et plus à l'auberge, alors Gavin cherchait à faire le trajet ensemble puisqu'il n'allait pas rester pour ramener Piper après la fin de son service. Je n'étais pas sûr de combien de temps elle allait continuer à travailler chez O'Kelley's, mais Hudson avait dit qu'elle aurait un emploi aussi longtemps qu'elle le voudrait.

Nous sommes entrés, et j'ai été rappelé une fois de plus pourquoi Hudson espérait garder Piper comme serveuse quand je l'ai vu nettoyer des éclats de verre tandis qu'une serveuse à l'air inquiet l'observait.

Oui, elle allait être virée.

Gavin et moi avons secoué la tête et sommes allés au bar.

Knox Randall était derrière le comptoir à servir des verres.
—Qu'est-ce que tu fais ici ? lui ai-je demandé.

Knox m'a regardé avec un sourire et un hochement de tête. —Sebastian Parks. Je ne savais pas que tu connaissais le chemin d'un bar. Comment ça va, bon sang ?

J'ai ri et secoué la tête. Knox possédait la quincaillerie d'Al, la seule et unique quincaillerie à des kilomètres à la ronde. Il avait repris l'affaire de son père il y a quelques années et avait rendu l'endroit encore plus prospère qu'il ne l'était sous la direction de son père. J'appréciais les deux hommes mais je n'avais jamais vu ni l'un ni l'autre en dehors de la quincaillerie.

—C'est toi qui parles, lui ai-je dit. —Et tu sers des verres ? Un homme aux multiples talents.

Knox a poussé une bière devant moi et a acquiescé. —Ouais, eh bien, il fallait bien que je paie mes études. Le boulot de barman rapportait toujours bien, et je ne rentrais jamais seul.

Il m'a fait un clin d'œil et a indiqué Gavin d'un mouvement de tête. —Tu veux boire quelque chose ?

—Une bière, ça ira.

Knox a hoché la tête et a commencé à servir. —Comment tu connais celui-là ? a-t-il demandé à Gavin.

—Je le connais depuis toujours. Ma sœur aurait dû l'épouser. Maintenant, j'aime à penser qu'il est un ami, a dit Gavin sans me jeter un regard.

Heureusement, car sa remarque concernant Zoey m'avait presque fait m'étrangler avec ma bière. J'ai pris une seconde supplémentaire pour l'avaler et j'ai croisé le regard de Knox.

—Sans déconner. Je n'ai jamais vu Sebastian se poser. Je pensais qu'il resterait célibataire pour toujours et l'avait toujours été.

—Ma sœur lui a fait du mal, mais elle l'a payé cher. Elle a épousé un connard qui l'a traitée comme si elle n'avait aucune importance. Ils sont divorcés maintenant, et on espère qu'elle et Sebastian vont se remettre ensemble.

—Elle part dans quelques semaines, ai-je grogné.

—Et j'espère qu'elle se souviendra pourquoi elle aimait cet endroit, et toi, et qu'elle restera, a dit Gavin d'un ton concis.

J'ai secoué la tête. Ça ne servirait à rien de discuter avec Gavin au sujet de Zoey. Ou avec qui que ce soit d'autre. Zoey était une femme indépendante, comme elle l'avait prouvé à maintes reprises.

—Eh bien, c'est intéressant. Quand j'ai vu Hudson tout à l'heure, il m'a dit de passer, mais je ne m'attendais pas à entendre tous les potins locaux d'une bande de mecs qui traînent ensemble.

—Oh, je t'en prie, je pense que c'est toi qui lances la moitié des potins locaux, a dit Ian avec un sourire. Il a pris la place à côté de Gavin et a serré la main de Knox par-dessus le bar.

Knox a rejeté la tête en arrière et a éclaté de rire. —Probablement vrai.

—Comment ça va ?

—Ça va bien, mec. Et toi ? Comment va ta femme ?

—Blake va bien. Les choses se passent bien. Je comptais descendre te voir la semaine prochaine. Voir si je peux passer une commande pour l'hiver. Il y a quelques projets que je dois terminer autour de la boutique.

Knox hocha la tête. —Ça marche. Je verrai ce que je peux faire pour toi.

—Merci. Tu te joins à nous ?

—Ouais, c'était le plan. Jusqu'à ce que Hudson entende du verre cassé et parte en marmonnant qu'il devait encore virer un serveur. Knox haussa les épaules comme si ce n'était pas grave.

—Il a eu des moments difficiles. C'est sympa de ta part de donner un coup de main, dit Ian.

—C'est ce qu'on fait ici, non ? On s'entraide et on fait en sorte que ça marche, dit Knox avec un sourire.

Les rouages se mirent à tourner dans ma tête à ces mots. Cela faisait des mois que Gina m'avait demandé de rénover les jardins, et les autres gars avaient proposé de m'aider, mais j'avais insisté pour tout faire moi-même. Je pensais que j'en étais capable, et je savais qu'ils étaient tous occupés avec leurs propres boulots et vies et n'avaient pas besoin de m'aider.

Mais les choses avaient changé, et maintenant j'avais vraiment besoin d'aide.

—Hé, je peux vous demander un service ? interrompis-je.

Ils se tournèrent tous vers moi.

—J'ai reçu un devis pour planter tout ce qu'il faut à l'auberge, et c'est plus que ce que Gina ou moi pouvons nous permettre. J'allais essayer de trouver une solution, mais est-ce que certains d'entre vous seraient prêts à m'aider à mettre quelques plantes en terre ?

—Ouais, dit Ian sans hésitation. —Tu sais quand ?

Je secouai la tête. —Pas encore. La semaine prochaine peut-être. Ou celle d'après si ça prend plus de temps pour tout recevoir.

—Je peux réorganiser mon emploi du temps et aider. Blake pourrait aussi. Fais-moi juste savoir quand.

—Merci.

—Tu sais que Piper et moi aiderons. C'est pour notre mariage, après tout. Et notre auberge, dit Gavin.

—Ça ne me dérange pas d'aider, dit Knox. —Je m'occupe des arbres. Il fléchit ses gros muscles et hocha la tête.

Je levai les yeux au ciel, mais j'appréciais l'aide. Quand le reste des gars arriva, ils acceptèrent tous de venir quand les plantes seraient livrées pour aider.

On dirait que j'avais mon équipe.

11

ZOEY

— S'il vous plaît, donnez-lui juste une chance, ai-je dit. Je n'allais pas me rabaisser à supplier mes enfants, mais j'en étais proche.

Nous étions à L'anse MacKellar depuis presque un mois, et ils se disputaient quotidiennement pour rentrer à la maison. Ils n'avaient pas d'amis à L'anse MacKellar et ne savaient pas comment s'en faire. Quelques personnes qui séjournaient à l'auberge avaient des enfants, mais c'était surtout des adultes. Ce qui laissait mes enfants extrêmement ennuyés.

Melody avait proposé de faire se rencontrer sa fille et Alexis, mais j'avais l'impression que c'était un rendez-vous par pitié. J'hésitais à accepter son offre puisque nous ne nous connaissions pas vraiment, mais j'hésitais aussi sur ce point.

Ces derniers temps, je ne faisais que remettre tout en question.

— D'accord, ont marmonné mes enfants depuis la banquette arrière.

J'ai poussé un soupir de soulagement et me suis promis un très grand verre de vin ce soir pour ma peine. Parce que gérer deux enfants grognons était déjà assez difficile, mais prétendre devant toute la ville que j'étais entière était encore pire.

— Est-ce que Sebastian sera là ? a demandé Cameron.

— Sebastian ? Je ne sais pas. Pourquoi tu demandes ça ? ai-je lâché, me demandant d'où venait cette question. Y avait-il un ton particulier ? Mon Dieu, j'étais paranoïaque.

— Je me demandais, c'est tout.

J'ai regardé dans le rétroviseur, mais il fixait la fenêtre. Il ne parlait pas beaucoup à Sebastian lors des dîners, alors je ne comprenais pas pourquoi il s'en souciait. À moins qu'il ne pense qu'il se passait quelque chose entre Sebastian et moi.

— J'aime bien Sebastian, a dit Alexis. Il est gentil.

Je l'ai regardée, et elle fixait la fenêtre avec un sourire sur le visage. Je n'avais aucune idée de ce qui se passait avec mes enfants, mais j'allais faire de mon mieux pour ne pas le montrer.

— Sebastian a beaucoup de travail, alors on verra. J'espère qu'il y aura des enfants avec qui vous pourrez jouer. Comme ça, vous pourrez vous faire des amis.

Ils ont tous les deux marmonné leur accord, moins enthousiastes que je ne l'espérais. Pour deux enfants qui se plaignaient constamment de ne pas avoir d'amis, ils ne semblaient pas très intéressés à s'en faire de nouveaux.

J'ai levé les yeux au ciel et me suis concentrée sur la route. Les rues étaient plus fréquentées à mesure qu'on approchait du centre-ville où se tenait la fête estivale. J'ai trouvé une place dans une rue adjacente pas trop éloignée et j'espérais que les enfants apprécieraient l'après-midi.

Gavin et Piper avaient dit que la fête était quelque chose de nouveau que la ville organisait. Une des amies de Piper, Goldie, était la directrice du tourisme pour la région, et elle l'avait suggérée pour attirer des visiteurs dans la ville, mais aussi pour faire sortir les résidents afin de célébrer ce qui rendait L'anse MacKellar spéciale.

Des manèges et des food trucks étaient installés autour de Catherine Park. Les gens déambulaient sur les trottoirs et traversaient les rues de la zone. Les routes n'étaient pas techniquement fermées, mais avec tant de monde, les voitures ne pouvaient pas passer.

L'excitation de la fête faisait briller les yeux des enfants. Je leur ai demandé ce qu'ils voulaient faire en premier et j'ai été surprise quand ils ont tous deux dit faire quelques manèges et se sont même mis d'accord sur le manège par lequel commencer.

— Le truc qui tourne, a dit Alexis, en pointant du doigt un manège qui me donnait le vertige rien qu'à le regarder.

— Ouais, ça a l'air génial, a acquiescé Cameron.

— Allons-y, leur ai-je dit, priant pour qu'ils ne me demandent pas de monter avec eux.

Nous nous sommes mis dans la file, et les enfants étaient assez grands pour monter sans moi, alors j'ai attendu avec plaisir pendant qu'ils s'asseyaient l'un à côté de l'autre dans l'un des wagons et que le responsable attachait leurs ceintures.

Le manège a démarré avec une secousse, puis ils ont tourné. J'ai retenu mon souffle en les regardant disparaître, puis réapparaître en quelques secondes. Les sourires sur leurs visages m'ont permis de me détendre un peu.

— Zoey ! ai-je entendu derrière moi.

Sachant que je ne connaissais pas beaucoup de gens, j'ai hésité avant de me retourner. J'étais sûre que la personne ne s'adressait pas à moi. Quand j'ai regardé, Melody Holland me faisait signe avec son mari et sa fille à ses côtés. Elle m'a pointée du doigt, et ils se sont tous dirigés vers moi.

— Salut, a dit Melody avec une rapide étreinte. Comment vas-tu ?

—Bien, ai-je menti. Je n'avais pas vu Melody depuis le club de lecture le week-end de notre arrivée. J'avais trouvé des excuses pour ne pas y retourner chaque week-end depuis. Piper et les autres étaient gentilles, mais je me sentais mal à l'aise là-bas. C'étaient les amies de Piper, pas les miennes, et elles n'allaient pas devenir mes amies. Pas quand je n'allais pas rester en ville.

—Tu nous as manqué au club de lecture. Piper a dit que tu étais occupée avec les enfants.

J'ai hoché la tête, sachant qu'aucune d'entre elles ne croyait à mon mensonge, mais je n'allais pas le changer maintenant. —Tu sais comment c'est.

Melody a souri. —Je comprends. Voici Amber. Elle espérait rencontrer Alexis aujourd'hui. Je suis contente qu'on soit tombées sur toi. Alexis est là ?

J'ai fait oui de la tête et me suis retournée vers l'attraction qui ralentissait. —Elle est sur cette attraction avec son frère.

—Je veux faire un tour, Maman ! a dit Amber avec excitation.

—On va le faire. Rencontrons d'abord Alexis. Peut-être que vous pourrez faire quelques attractions ensemble. Et on pourrait déjeuner ou autre chose. Si ça te convient.

—Oui, bien sûr, lui ai-je dit. Être gentille n'était pas difficile pour moi, mais je me sentais toujours mal à l'aise avec Melody et sa famille parfaite. La mienne s'était effondrée, mais la sienne était encore unie et heureuse et tout ce que je désirais.

Ramsey a levé la main pour saluer quelqu'un, puis a dit à Melody qu'il allait dire bonjour à un client et m'a fait un signe de tête avant de s'éloigner.

—Désolée, a dit Melody. —C'est difficile d'être à ces événements parce qu'il connaît tout le monde. Oh, c'est Alexis là-bas ?

J'ai regardé dans la direction qu'elle indiquait et j'ai vu

mes enfants courir vers nous. Ils se sont jetés contre mes jambes et ont commencé à parler rapidement.

—C'était génial. On doit faire plus de tours. On peut faire autre chose, Maman ? C'est tellement amusant !

—Bien, et bien sûr. D'abord, voici Amber. Amber a six ans comme toi, Alexis. Elle habite ici et voulait faire des attractions avec vous.

—Salut, a dit simplement Alexis.

—Salut, a répondu Amber.

—Tu as vu celle-là ? a demandé Alexis, en montrant une autre attraction.

—Oui, allons-y, a dit Amber.

Alexis s'est retournée vers Cameron, qui a également hoché la tête, et tous les trois se sont précipités vers l'attraction suivante.

Melody a ri. —On dirait que ça s'est bien passé.

J'ai ri avec elle. —J'aimerais que ce soit aussi facile de se faire des amis quand on est adulte.

—Mon Dieu, c'est vrai ! Quand j'ai commencé à traîner avec Blake et les autres, c'était parce que mon mariage s'écroulait et Blake a eu une sorte de pitié pour moi.

—Quoi ? ai-je lâché avant de pouvoir retenir ce mot.

Melody a souri ironiquement. —Oui. J'ai perdu notre deuxième enfant, mais j'étais déterminée à avoir un autre enfant. Il s'y est fortement opposé parce que perdre Steven a failli me tuer, physiquement et émotionnellement. Willow... C'était toute une histoire, et Ramsey et moi nous sommes séparés pendant un moment. Blake et Ian venaient de commencer à sortir ensemble, et Blake et moi avons commencé à discuter, et elle m'a invitée au club de lecture. Finley et moi n'avons jamais été amies, et je ne connaissais pas vraiment les autres, alors je ne voulais pas y aller, mais Blake a fini par me convaincre. C'était gênant au début, mais après quelques semaines, j'ai commencé à apprécier et j'ai baissé un peu ma garde. Et elles m'ont aidée à recoller les morceaux avec Ramsey.

—Wouah, ai-je murmuré, plus choquée que je ne pouvais l'exprimer. Elle avait dit quelque chose lors du seul club de lecture auquel j'avais assisté, mais je l'avais pris comme une simple conversation et non comme la réalité. Je voyais Melody et Ramsey comme l'image parfaite, une petite famille heureuse sans aucun souci, mais ce n'était pas du tout le cas.

—Je sais. La plupart des gens nous voient et n'ont aucune idée, mais j'ai failli tout perdre. Je serai éternellement reconnaissante envers Blake et les autres, ainsi qu'envers Ian, Hudson et les gars de nous avoir aidés.

—Maman, c'était génial ! ont dit les enfants en revenant en courant vers nous. —On peut faire une autre attraction ?

Melody et moi nous sommes regardées pour demander la permission, puis avons toutes deux ri en réalisant ce que nous faisions.

—Bien sûr. Dites-nous simplement où vous allez pour qu'on puisse vous suivre, leur ai-je dit.

Melody hocha la tête. —Et restez ensemble.

Les enfants décidèrent de leur prochain manège, puis partirent ensemble. Nous sommes restés là à les regarder s'éloigner en courant, des sourires sur nos visages. C'était bon de les voir heureux.

—Tu devrais venir au club de lecture demain soir, dit Melody. —Et nous devrions organiser un goûter pour les filles. Toutes les trois, si tu t'en sens capable. Notre voisin a un garçon un peu plus âgé qu'Amber, probablement de l'âge de Cameron. Je peux les inviter aussi. C'est un père célibataire, donc ce sera plus tard dans la journée, si ça te convient.

—Tu n'as pas à faire ça, ai-je protesté.

Melody secoua la tête. —Honnêtement, ce sera amusant. Ramsey pourra faire des grillades, et Derek sera probablement partant. Oh, tiens. C'est lui justement.

J'ai regardé dans la direction que Melody indiquait et j'ai vu un grand homme noir avec un t-shirt blanc qui moulait sa poitrine. Il souriait à son fils, une version miniature de l'homme avec le même sourire et des cheveux courts et foncés. Ils parlaient à Ramsey et marchaient vers nous.

—Salut, dit Ramsey quand ils nous rejoignirent, Melody et moi. —J'ai vu Derek et Jude quand ils sont arrivés à la fête foraine. J'ai mentionné Cameron et pensé que Jude aimerait avoir un copain pour faire les manèges.

—Salut, dit Derek en me tendant la main. —Je suis Derek, et voici Jude. Ramsey me dit que tu es ici pour l'été, et que Gina Holbrook est ta tante.

J'ai hoché la tête et serré sa main. —Oui. Mes enfants ne sont pas vraiment ravis d'être ici sans leurs amis. Mon frère et moi venions ici quand nous étions plus jeunes, et j'adorais cet endroit, alors j'ai voulu y emmener mes enfants.

—C'est un endroit formidable pour les élever. Quel âge a ton fils ?

—Cameron a huit ans.

—Jude aussi. Il sera en CE2 l'année prochaine.

—Cameron aussi.

—Super. C'est facile pour les enfants de se faire des amis.

Melody et moi avons ri. —Nous disions justement la même chose à propos de nos filles.

—Tu as une fille aussi ?

J'ai acquiescé alors que les enfants accouraient. —Voici Alexis et Cameron. Cameron, Jude va entrer en CE2 comme toi. Il espérait faire quelques manèges avec vous.

—Cool. On allait faire celui-là ensuite. Tu veux venir ? dit Cameron.

Jude leva les yeux vers son père et hocha la tête.

—Vas-y, dit Derek. —Amuse-toi bien.

Les quatre enfants repartirent ensemble, laissant derrière eux sourires et rires.

—Il n'a pas assez de temps pour être un enfant. Depuis mon divorce, c'est un mini-adulte, dit Derek.

—Je vois ce que tu veux dire. Les miens sont pareils, ai-je approuvé.

—Les enfants sont résilients, cependant. Voir les sourires excités sur leurs visages rend tout cela précieux. Merci de nous avoir traînés jusqu'ici, dit Derek à Ramsey.

—Content que tu aies été partant, dit Ramsey.

—J'espère que tu seras également partant pour venir un soir cette semaine, ajouta Melody. —Zoey et moi parlions d'organiser un goûter pour tous les enfants. Ramsey peut faire des grillades, on laissera les enfants jouer ensemble, et nous, les adultes, pourrons discuter. Si tu as une soirée de libre.

Derek hocha la tête. —Ça semble génial. Nous sommes libres tous les soirs cette semaine. Il vient de terminer le baseball, donc c'est plutôt calme.

—Super. Que dirais-tu de mardi ? Ramsey, quel est ton emploi du temps ? demanda Melody.

—Mardi, c'est bon. Ça marche.

—Bien, dit Melody, l'air satisfaite d'elle-même. —Ce sera amusant. Je pense que tous les enfants en ont besoin.

—Les adultes aussi, ajouta Derek avec un sourire ironique.

—Absolument, acquiesçai-je. —Faites-moi savoir ce que je peux apporter aussi.

—Qu'est-ce que vous mangez ? Faisons un plan, proposa Melody tandis que nous nous tournions pour suivre les enfants.

Les garçons restèrent en retrait à discuter pendant que Melody et moi planifions le repas. Elle était facile à aborder, et quand elle m'a de nouveau invitée au club de lecture, j'ai accepté.

—Parfait, dit-elle. —Maintenant, je vais être indiscrète et te demander ce qui se passe entre toi et Sebastian.

—Rien. Pourquoi ? Qu'est-ce que tu veux dire ? balbutiai-je.

Elle eut un sourire narquois. —D'accord, eh bien, ça ne ressemble pas à rien, mais tu n'es pas obligée de me le dire. On a tous taquiné Sofia pendant longtemps à leur sujet parce qu'ils se sont entendus si rapidement, mais elle nous a toujours assuré qu'il ne s'est rien passé et qu'ils sont simplement amis.

J'ai hoché la tête. —Elle m'a dit la même chose.

—Je la crois. Je ne sais pas si toi, tu la crois, mais je ne pense pas qu'elle mentirait à ce sujet. Piper dit la même chose.

—Je sais. Mais quoi qu'il en soit, je retourne à Pittsburgh le mois prochain. Les enfants ont l'école, et nous avons nos vies là-bas. Je ne pourrais pas déménager ici. Sebastian me déteste toujours. C'est évident.

—Est-il méchant ? Je n'arrive pas à l'imaginer comme ça.

J'ai secoué la tête. —Pas comme ça. C'est juste l'impression générale que j'ai de lui. Il a fait des remarques sur certaines choses. L'autre soir, j'ai dit que j'avais l'impression de l'utiliser et que je me sentais nulle pour ça, et il m'a jeté mon départ à la figure.

Melody est restée silencieuse pendant un long moment alors que nous marchions dans la foule. J'attendais qu'elle me dise que j'étais une personne horrible, mais au lieu de ça, elle m'a demandé : —Comment tu l'utilises ? Pour le sexe ?

J'ai tâtonné pour trouver une réponse tandis que mes joues s'échauffaient avec la vérité.

—Oh, mon Dieu, c'est ça. Bravo à toi !

J'ai secoué la tête. —Pas vraiment. Je veux dire, je... c'est compliqué avec lui.

—C'est compliqué avec tout le monde. Je suis avec

Ramsey depuis la moitié de ma vie et c'est compliqué. Mais si tu t'amuses et que vous connaissez tous les deux les règles du jeu, il n'y a rien de mal à ça.

—Oui, mais il veut que ce ne soit que du sexe. Pas d'émotions. Et je ne suis pas sûre de pouvoir faire ça.

—Tu l'aimes toujours, n'est-ce pas ?

J'ai regardé droit devant moi et hésité. Après une minute, j'ai hoché la tête.

—Tu devrais lui dire.

J'ai ri. —Non. Ça ne passerait pas du tout.

—Je peux te poser une question ?

J'ai hoché la tête et attendu.

—Pourquoi n'es-tu pas revenue ?

La vérité pesait lourdement sur moi, mais la vérité complète était quelque chose que je n'avais jamais avoué à personne. J'avais toujours donné une version de la vérité, une version qui me faisait passer pour une garce plutôt qu'une garce vénale. Aucune des deux n'était préférable, mais j'ai appris à vivre avec mes choix.

—Quand j'ai rencontré Trevor, les choses étaient différentes. Avec Sebastian, on se cachait toujours. Comme il est beaucoup plus âgé que moi, il pensait que les gens ne nous accepteraient pas, alors on ne sortait jamais ensemble. Mais Trevor m'emmenait partout et me faisait sentir spéciale. Il me disait qu'il m'aimait et qu'il voulait me donner tout ce dont j'avais jamais rêvé dans la vie. Ça faisait des mois que je n'avais pas vu Sebastian, et toutes mes amies avaient des petits amis sur le campus. Elles sortaient ensemble et planifiaient leur avenir, et tout ce que j'avais, c'étaient quelques vieilles lettres et mes souvenirs. J'avais l'impression que ce n'était pas réel, mais Trevor, lui, l'était. Il était là, juste devant moi, il me voulait, et j'ai cédé.

—Tu n'as jamais voulu revenir voir Sebastian ?

—Si, bien sûr. Je pensais à lui tout le temps. J'ai pleuré

plus de fois que je ne peux compter parce que je savais que je l'avais blessé. Mais je pensais aussi que nous étions mieux séparés.

—Pourquoi ?

—Pour plusieurs raisons, lui ai-je répondu honnêtement. —Je me suis convaincue que l'amour ne se produisait pas comme le nôtre. Que nous n'étions pas vraiment amoureux. J'ai même pensé qu'il pourrait être avec d'autres femmes pendant que j'étais à l'école. Je n'ai jamais imaginé qu'il serait encore célibataire maintenant.

—Si tu l'avais su, serais-tu revenue ?

J'ai secoué la tête. —Non. Mon mariage n'était pas parfait, et il n'était pas destiné à durer éternellement, mais à ce moment-là de ma vie, j'avais besoin de Trevor. Alors, je l'ai épousé.

Melody a laissé tomber le sujet après ça, mais je pouvais voir qu'elle voulait en demander plus. Je n'étais pas prête à avouer à quiconque, surtout à une femme à qui je n'avais parlé qu'une poignée de fois, que me marier avec Trevor était le seul moyen de maintenir mes parents à flot. Que si j'avais épousé Sebastian, ou déménagé à L'anse MacKellar pour commencer à sortir avec lui, mes parents auraient dû déclarer faillite et auraient tout perdu.

Mes parents ne savaient pas que j'étais au courant, et je n'allais pas commencer à le dire à tout le monde. Mais la vérité complète était que je ne pensais pas avoir le choix. J'avais besoin de quelqu'un qui pouvait se permettre de me soutenir jusqu'à ce que je trouve un emploi. Quelqu'un qui prendrait en charge ma dette de prêt étudiant et paierait mes dépenses quotidiennes.

Peut-être que j'ai fait le mauvais choix. Mais c'était mon choix, et j'avais appris à l'accepter, ainsi que ses consé-quences.

12

Quand nous sommes rentrés de la foire, les enfants étaient épuisés et se sont endormis rapidement. J'ai pris mon téléphone, ouvert un nouveau livre et me suis versé un grand verre de vin.

Je me suis blottie dans un fauteuil près de la cheminée éteinte et j'ai recouvert mes jambes d'une légère couverture. La maison était silencieuse, Gina dormait déjà et Gavin et Piper n'étaient pas là. J'ai pris une profonde inspiration et j'ai savouré ce moment de calme.

Mon téléphone a vibré avec une notification, et j'ai ouvert l'application de rencontres. J'étais toujours indécise concernant les rencontres en ligne, mais je ne pouvais pas nier que parler à un inconnu qui me disait apprécier nos conversations me faisait du bien.

SOISLALUMIÈRE

Comment se passe ton week-end ?

MAMANDE2

Bien. Nous sommes allés à une foire municipale aujourd'hui. C'était amusant.

SOISLALUMIÈRE

Il y avait une foire à L'anse MacKellar
aujourd'hui. C'est là que j'habite. C'est là
que tu étais ?

MAMANDE2

Oui. Je ne savais pas qu'on était dans la
même ville. Ça me fait me demander qui tu
es et si on s'est déjà rencontrés.

SOISLALUMIÈRE

Moi aussi. Je suppose que c'est probable,
mais je ne pense pas être prêt à savoir qui tu
es encore.

MAMANDE2

Moi non plus. J'apprécie nos conversations.
Sans la pression supplémentaire des
rencontres.

SOISLALUMIÈRE

Je suis d'accord. Alors, que fais-tu d'autre ce
week-end ?

MAMANDE2

Eh bien, en ce moment je bois un verre de
vin et je te parle. Pas une mauvaise façon de
terminer ma journée.

SOISLALUMIÈRE

Ça me semble parfait. Bien que je boirais
plutôt une bière.

MAMANDE2

Je n'ai jamais développé de goût pour la
bière. Mon ex pensait que c'était trop
commun d'en boire de toute façon.

SOISLALUMIÈRE

Il a l'air charmant.

MAMANDE2

Je sais. Une des nombreuses raisons pour lesquelles c'est mon ex.

SOISLALUMIÈRE

Il a toujours été comme ça ?

MAMANDE2

Pompeux ? Oui, mais j'étais prête à ne pas le remarquer quand nous nous sommes mis ensemble. Il était bon avec moi et me faisait sentir que je méritais le monde entier.

SOISLALUMIÈRE

Je suis sûr que tu le mérites. Désolé qu'il n'ait pas fini par te le donner.

MAMANDE2

D'une certaine façon, il l'a fait. Mes enfants sont incroyables, et ils sont mon monde.

SOISLALUMIÈRE

On dirait qu'ils ont de la chance de t'avoir.

MAMANDE2

Certains jours, je ne suis pas sûre qu'ils seraient d'accord, mais je fais de mon mieux.

SOISLALUMIÈRE

Je pense que c'est tout ce qu'un parent peut faire.

MAMANDE2

J'essaie.

Nous avons bavardé un peu plus longtemps, puis nous nous sommes souhaité bonne nuit. J'ai essayé de lire un peu de mon livre, mais mon verre de vin étant terminé, j'étais fatiguée. Je suis montée sur la pointe des pieds pour vérifier que les enfants allaient bien, puis je me suis écroulée.

La journée suivante s'est écoulée assez rapidement. J'ai demandé à Piper si je pouvais l'accompagner au club de lecture et j'ai passé un bon moment. J'étais encore réservée et je ne me suis pas ouverte à elles, mais Melody s'est assise à côté de moi et nous avons davantage discuté. Je commençais à sentir que j'avais une amie. Quelqu'un avec qui j'aurais pu être amie si j'habitais ici à plein temps.

Le lundi, j'ai repris ma recherche d'emploi. Cela faisait un mois que j'avais appris la perte de mon travail, mais j'étais découragée par les opportunités limitées. Je n'en avais pas fait assez dernièrement pour trouver quelque chose. J'étais réticente à prendre quoi que ce soit qui m'éloignerait des enfants, alors j'enterrais ma tête dans le sable et j'ignorais le problème. Je devais me forcer à y faire face, au moins un peu, pour que mon compte d'épargne ne soit pas complètement à sec à Noël. Je savais que passer l'été à L'anse MacKellar allait mettre à rude épreuve mes finances, mais je m'en sortais. Ce ne serait plus le cas si je n'avais aucun revenu en rentrant à Pittsburgh.

Il y avait des emplois disponibles pour lesquels j'étais qualifiée, mais tous demandaient quelqu'un qui puisse commencer immédiatement. Caissière, guichetière de banque, assistante administrative. Tous recherchaient des embauches immédiates, pas quelqu'un qui devait attendre encore un mois.

Pire encore, la plupart des emplois pour lesquels j'étais qualifiée avaient soit des horaires irréguliers, soit de longues heures. Je ne pouvais pas travailler dans une banque et y rester jusqu'à dix-sept heures trente ou dix-huit heures tous les soirs. Si j'étais caissière, on s'attendrait à ce que je travaille les week-ends.

Le travail que j'avais à la cafétéria était parfait. C'était proche des enfants s'ils avaient besoin de quelque chose, les horaires étaient excellents, et le salaire suffisamment bon pour que nous soyons à l'aise. Mais il ne m'appartenait plus.

Je me suis accordé une minute d'apitoiement. Si j'avais

commencé à travailler après l'université comme je l'avais prévu, j'aurais eu des années d'expérience en informatique sur lesquelles m'appuyer. J'aurais eu des contacts et un CV et toutes ces choses qui m'aideraient à trouver un bon emploi. Mais j'ai écouté Trevor et je l'ai laissé travailler à plein temps pendant que je restais à la maison et essayais de tomber enceinte. Il m'avait assuré que je n'aurais jamais à travailler. Dommage qu'il ne m'ait jamais assuré que nous ne divorcerions jamais.

Je refusais d'être dépendante de lui pour le reste de ma vie. Ce n'était pas juste pour lui, non que je m'inquiète tant que ça pour lui, mais ce n'était pas ce qui me semblait juste. Je voulais montrer à mes enfants que j'étais capable de prendre soin d'eux, et de moi-même, et qu'il était normal que les deux parents travaillent.

Mais d'abord, je devais trouver un emploi qui me donnerait ce dont j'avais besoin.

J'étais à l'auberge dans le salon en train de parcourir les sites d'emploi quand Piper est entrée et s'est assise en face de moi. Je l'ai regardée en souriant, attendant qu'elle dise quelque chose. Je ne m'attendais pas à ce qui est sorti de sa bouche.

—Je veux t'embaucher.

—Pardon ?

Elle s'est avancée sur le canapé et a joint les mains. —Tu m'as évité beaucoup de maux de tête quand tu as réglé ce problème informatique il y a quelques semaines. Et tu m'as facilité la visualisation de ce qui se passe. Il t'a fallu cinq minutes pour faire ce que j'avais passé des heures à essayer de comprendre.

—Ce n'était pas difficile, ai-je protesté. —Tu ne regardais pas au bon endroit.

—Non, en effet, mais c'est parce que je ne savais pas où était le bon endroit. Zoey, j'ai besoin de toi. Je discute avec

Gavin depuis un moment de l'embauche de quelqu'un pour faire une refonte complète de tout notre système informatique. Tout, du matériel lui-même à tous les logiciels que nous utilisons. Optimiser le tout et rendre tout non seulement convivial, mais aussi intégrer les systèmes. J'aimerais aussi une mise à jour du site web.

Je me suis de plus en plus hérissée au fur et à mesure qu'elle parlait. Si c'était juste Piper qui venait me voir, je me sentirais comme un cas de charité. Non seulement ils nous hébergeaient pour l'été, mais elle essayait aussi de me payer pour ça ? Mais elle a mentionné Gavin, alors j'ai compris que ce n'était pas seulement de la charité mais de la pitié. Il l'a convaincue de le faire parce que je n'ai pas de compétences commercialisables et qu'il veut m'aider.

—Je ne peux pas, lui ai-je dit, faisant un mouvement pour me lever.

Le visage de Piper s'est affaissé. —Vraiment ? Je veux dire, je suis désolée, mais pouvons-nous en parler ?

—Pourquoi ? ai-je demandé, sans prendre la peine de cacher mon exaspération. —Piper, écoute, on ne se connaît pas bien, et j'en suis désolée. Je pense que tu es incroyable et je sais que tu aimes mon frère, et je sais que Gavin m'aime, mais je ne vais pas vous laisser me traiter comme si j'étais incapable de trouver un emploi par moi-même.

—Quoi ?

—Je ne sais pas comment tu as appris que j'ai perdu mon emploi, mais puisque c'est dévoilé maintenant, je peux l'admettre. Oui, c'est nul, mais je cherche autre chose. C'est ce que je faisais quand tu es entrée. Je trouverai quelque chose, mais tu n'as pas besoin d'inventer un poste pour essayer de m'aider.

—Zoey, honnêtement, je n'ai aucune idée de ce dont tu parles. À propos de tout ça. Vraiment.

Je l'ai étudiée attentivement pendant un long moment.

Son visage était ouvert et curieux, pas soigneusement neutre. Ses mains étaient légèrement jointes sur ses genoux, pas crispées. Même sa posture était accueillante et détendue.

Merde.

—Tu as perdu ton emploi ? a demandé Piper avec prudence.

J'ai pris une profonde inspiration et l'ai relâchée. Je n'étais pas prête à admettre que j'avais échoué, mais apparemment, je l'avais déjà admis. Ouais. Ce n'était pas exactement mon emploi de rêve, mais c'était parfait pour le moment. Je travaillais à la cantine de l'école et je pouvais amener les enfants avec moi le matin et je finissais avant eux. J'avais tous mes étés et vacances scolaires libres, donc je n'avais jamais à me soucier de la garde des enfants. Et ça payait suffisamment pour que, combiné à la pension alimentaire et à la prestation compensatoire que je reçois, nous vivions confortablement. Mais c'est fini. C'était temporaire, et la personne qui l'occupait avant moi a pu revenir, donc le poste a été pourvu. Pas par moi."

—Je suis vraiment désolée, Zoey. Honnêtement, je ne savais pas. Gavin ne m'a rien dit.

J'ai secoué la tête et croisé son regard. Il ne sait pas. Je ne lui ai pas dit, ni à personne d'autre. Je n'ai pas été capable de le dire à voix haute."

—Merde, et me voilà en train de remettre tout ça sur le tapis et de te faire sentir mal. Je suis vraiment désolée.

—Ce n'est pas ta faute. Je cherchais un nouveau job quand tu es entrée, mais j'ai du mal à trouver quelque chose qui n'exige pas de travailler le soir ou le week-end, ou les deux.

—Beaucoup d'emplois en informatique exigent de travailler le week-end ?

J'ai secoué la tête. Je ne postule pas pour des emplois en informatique. Je n'ai pas l'expérience nécessaire."

Piper a penché la tête et m'a lancé un regard incrédule.

Euh, bien sûr que si, tu l'as. Peut-être pas des tonnes d'expérience, mais tu en sais plus que la personne moyenne, si je peux me considérer comme moyenne."

J'ai ri doucement. Merci, mais le monde de l'informatique évolue vite. Mes connaissances sont obsolètes. Je ne me suis pas tenue à jour."

—Eh bien, tu en sais toujours beaucoup plus que nous tous, et j'aimerais vraiment t'engager pour mettre à niveau nos systèmes. Tu n'es pas obligée, mais je prévoyais de chercher quelqu'un pour le faire bientôt. Avant la fin de l'année. Je sais que tu ferais un meilleur travail que n'importe qui d'autre parce que tu aimes cet endroit encore plus que moi.

J'ai esquissé un sourire et regardé autour de moi. J'aimais l'auberge. C'était chez moi. Ça l'avait toujours été, et si j'avais fait des choix différents, ce le serait probablement encore maintenant. Mais mes choix étaient les miens, et je refusais de les regretter.

—Est-ce que je peux y réfléchir quelques jours ?

Piper a hoché la tête. Bien sûr. Comme je l'ai dit, je comptais chercher quelqu'un d'ici la fin de l'année, alors pas de précipitation. Prends tout le temps dont tu as besoin."

Je voulais dire oui, mais quelque chose me retenait. Je voulais en parler à mon frère, et peut-être à quelqu'un d'autre.

Pas que je pensais qu'il serait ouvert à une vraie conversation.

JE PENSAIS ENCORE à l'offre de Piper le lendemain soir en me rendant chez Melody et Ramsey. Je n'en avais pas encore parlé à Gavin, donc je n'avais pas donné de réponse à Piper. J'aimais l'auberge, et j'avais toujours aimé travailler avec les ordinateurs, mais je devais parler à mon frère.

J'étais déterminée à mettre tout cela de côté et à profiter de la soirée, cependant. Les enfants sautillaient d'excitation sur leurs sièges, et je devais admettre que je ressentais la même chose. Cela faisait longtemps que je n'avais pas eu d'amie.

—On est bientôt arrivés ? a demandé Alexis.

J'ai ri. Pas encore. Mais ça ne sera pas long."

—Cet endroit est joli. Oh, je veux une balançoire dans mon arbre.

—On n'a pas d'arbres à l'appartement, a dit Cameron d'un ton morose.

—Je sais, mais un jour on pourrait vivre dans une maison avec un arbre.

Cameron a ricané mais n'a pas argumenté. Je détestais ne pas pouvoir donner à mes enfants tout ce qu'ils voulaient et plus encore. Être capable de leur fournir ce dont ils avaient besoin semblait déjà une corvée la plupart du temps.

Je me suis garée dans l'allée et j'ai souri. Leur maison était adorable, charmante et parfaite. C'était idyllique avec sa porte d'entrée violette, ses garnitures blanches et son bardage gris clair. Elle était grande, aussi, mais pas au point que je me sente mal à l'aise. Je savais que Ramsey était avocat, mais la plupart des gens à L'anse MacKellar n'étalaient pas leur richesse. Vivre dans un quartier établi comme le leur indiquait que Ramsey et Melody étaient des gens pragmatiques. Je pouvais m'identifier à cela.

Les enfants se sont précipités pour sortir de la voiture et monter jusqu'à la porte. Ils ont attendu que je prenne la salade que j'avais apportée et que je les rejoigne avant de sonner. Peu après, Melody a ouvert la porte, avec Amber juste derrière elle.

Alexis et Amber se sont souri radieusement et ont commencé à parler à toute vitesse.

—Tu veux voir ma chambre ?

—Oui ! C'est tellement cool ici.

—Et tu es là ! Je peux te montrer mes peluches ? Et mes livres ? Oh, et ma danse ?

Le bavardage excité d'Alexis a suivi Amber dans le couloir.

—Bon, maintenant qu'elles sont occupées. Merci d'être venue ! Melody s'est avancée et m'a serrée dans ses bras. Cela faisait plus longtemps que je ne pouvais m'en souvenir qu'une amie ne m'avait pas prise dans ses bras. Ça faisait du bien.

—Merci de nous recevoir. Nous attendions tous ce moment avec impatience.

—Nous aussi. Entrez. Cameron, Jude n'est pas encore là, mais tu peux aller dans le jardin. Nous avons des balançoires, un ballon de foot et toutes sortes de choses.

—D'accord, a dit Cameron. Il n'était pas aussi enthousiaste puisque son ami n'était pas encore là, mais il le serait bientôt.

Melody m'a fait un clin d'œil par-dessus sa tête, et j'ai essayé de m'excuser sans mots. Elle a balayé ça d'un geste et nous a menés vers le jardin.

Ramsey nettoyait le barbecue quand nous sommes sorties. Il a levé les yeux et nous a fait signe, ne ressemblant à aucun avocat que j'avais pu rencontrer. Quand il sortait en ville, il portait de beaux pantalons et des chemises boutonnées, parfois avec les manches retroussées. Mais dans son propre jardin, il était en t-shirt et short. Décontracté et détendu.

— Tu veux quelque chose à boire ? a demandé Melody.

— Oui, ce serait super.

— Nous avons de la bière, du vin, de l'eau plate ou pétillante. Et des sodas.

— De l'eau serait parfait. Plate. Merci.

— Bien sûr. On ne reçoit pas beaucoup alors c'est un vrai plaisir.

— Vous avez une superbe maison. Elle est parfaite pour recevoir. Et elle est à la fois chaleureuse et accueillante. J'adore.

— Merci. Nous l'avons achetée quand nous étions jeunes, avant d'avoir Amber. Nous avons toujours parlé d'avoir plus d'enfants, mais ce n'était pas dans notre destinée. Je t'ai dit que j'ai perdu notre deuxième à vingt semaines. Après ça, mon médecin m'a déconseillé de risquer une autre grossesse.

— J'en suis vraiment désolée, ai-je dit. Je ne pouvais pas imaginer une telle douleur.

— Merci. C'était difficile, et ça a failli nous détruire, mais nous avons fini par surmonter ça. Comment te sens-tu d'être ici ?

— Bien. J'ai toujours adoré cet endroit.

— C'est un lieu assez spécial. La sonnette retentit, attirant l'attention de Melody. — Je reviens tout de suite. Cameron peut venir avec moi ?

— Bien sûr. Cameron ! Tu veux aller avec Mme Melody pour ouvrir la porte ?

— Jude est là ? a-t-il demandé avec excitation, sautant de la balançoire.

— Je pense que oui. Allons voir, a dit Melody. Ils sont entrés ensemble, Cameron bondissant pratiquement de joie.

— Melody était tellement contente que vous acceptiez de venir. Elle attendait ça avec impatience, a dit Ramsey quand ils sont entrés.

— Moi aussi. J'apprécie vraiment Melody, et Alexis adore Amber. Alexis n'a pas beaucoup d'amis proches à Pittsburgh. Elle parle à tout le monde, mais ce n'est pas facile avec tant d'enfants dans sa classe.

— Combien d'enfants ? a demandé Ramsey. Il a allumé le barbecue.

— Trente-trois l'année dernière.

— Wow. C'est une grande classe. Amber en a dix-huit.

— Vraiment ?

— Oui. Les écoles ici sont petites, mais elles limitent les classes à vingt élèves maximum. Je n'imagine pas en avoir plus.

— Ce serait tellement bien. Mes enfants n'ont jamais eu moins de trente élèves dans leur classe.

— La vie dans une petite ville, a dit Ramsey avec un sourire.

Les raisons de déménager à L'anse MacKellar semblaient s'accumuler. Pas que je puisse réellement l'envisager, mais c'était difficile de ne pas penser à cette option.

Cameron et Jude sont revenus en courant dans le jardin, passant tout droit devant Ramsey et moi. J'ai souri en les regardant se diriger directement vers les balançoires et grimper côte à côte. Leurs rires me parvenaient facilement.

Mes deux enfants s'amusaient ici. Je m'amusais aussi. Je me faisais des amis et je prenais du plaisir.

Et puis il y avait Sebastian. Il était le plus grand point positif, mais aussi la plus grande inconnue.

Melody et Derek sont sortis, et j'ai chassé toutes les pensées concernant Sebastian et un éventuel déménagement. J'étais là pour profiter du moment avec de nouveaux amis. Et c'est exactement ce que j'allais faire.

13

Quand le dîner fut prêt, nous avons aidé les enfants à préparer leurs assiettes. J'équilibrais une assiette pour Alexis et une autre pour Cameron quand Ramsey s'est approché et a proposé d'aider Cameron.

— Tu n'as pas à le faire. Tu as déjà préparé tout le repas, ai-je protesté.

Il a secoué la tête. — C'était la partie facile. En plus, je ne fais que rester planté là. Je suis heureux de lui donner un coup de main.

— Tu es sûr ? ai-je demandé.

Il a acquiescé et a pris l'assiette de mes mains. — Allez, Cameron, voyons ce qu'on peut te trouver.

Cameron lui a souri comme si Ramsey était son nouveau héros. Cela faisait longtemps qu'il n'avait pas eu un homme sur qui compter dans sa vie. C'était la triste réalité d'avoir Trevor comme père.

— Je veux ça, Maman, a dit Alexis, ramenant mon attention sur elle.

J'ai tenu son assiette pendant que nous parcourions le buffet que Melody avait installé. Ramsey avait grillé du poulet, des hamburgers et des hot-dogs, suffisamment pour nourrir deux fois plus de personnes qu'il n'y en avait. Melody avait disposé des frites, des haricots verts et un mélange de légumes à côté de la salade que j'avais apportée. Au bout de la table se trouvaient deux desserts, gracieuseté de Derek et Jude. Un au chocolat et un à la vanille, comme Jude l'a expliqué à Cameron quand ils sont arrivés à ce bout de la table.

— Je veux les deux, a insisté Cameron.

Ramsey et Derek ont ri. — Mangeons d'abord quelque chose, puis nous parlerons dessert, a dit Ramsey.

Cameron a accepté sans discuter. Eh bien, mince alors. Je n'avais jamais obtenu ce genre d'accord. Ramsey et Derek ont installé les garçons à table, puis sont revenus se mettre en file derrière Melody et moi avec les filles. Les hommes parlaient sport tandis que les filles se concentraient sur la nourriture qu'elles voulaient dans leurs assiettes. Quand elles étaient presque débordantes, Melody et moi avons installé les filles à table à côté des garçons.

— Que penses-tu de l'équipe de football du lycée cette année ? a demandé Derek à Ramsey.

— Je pense qu'ils vont être plutôt bons. Mais j'ai aussi entendu dire que ce pourrait être la dernière année de Coach Mack.

— Il dit ça depuis toujours. Jusqu'à ce qu'il prenne vraiment sa retraite, je ne le croirai pas.

— C'était un coach exigeant.

— Tu as joué pour lui ? a demandé Derek.

Ramsey a hoché la tête. — Oui. Il était bon. Moi, je ne l'étais pas. Le baseball était définitivement plus mon sport. À l'époque, il entraînait les deux équipes. Mais comme l'école est si petite, j'ai fait partie des deux équipes.

Derek a ri. — Je n'arrive pas à t'imaginer sur un terrain de football.

— Tu as joué, toi ?

— Oui. J'ai grandi dans le Tennessee. Mon ex-femme était de la région et voulait élever notre famille ici.

— Et elle est partie, mais toi tu es resté ? ai-je demandé. J'écoutais discrètement leur conversation, mais ce n'est pas comme si je pouvais éviter de les entendre alors qu'ils n'étaient qu'à quelques pas.

— C'est ça, a dit Derek. Il a haussé les épaules. — Ça me semblait être un endroit idéal pour élever un enfant. Là où j'ai grandi, c'était un peu rural comme ici. Une petite ville avec un bon mélange de personnes sympathiques. J'aimais bien là-bas, mais mes parents sont décédés et ma sœur cadette a déménagé au Texas pour ses études et y est restée, donc il n'y avait pas de raison majeure pour moi de retourner dans le Tennessee.

— Je ressens la même chose pour Pittsburgh, mais mon ex y vit toujours. Mon frère a déménagé ici l'hiver dernier, mais mes parents ne sont plus à Pittsburgh.

— Pourquoi restes-tu ?

— À cause de mon ex. Il n'est pas un super papa, mais il reste leur père, ai-je dit doucement, ne voulant pas que les enfants nous entendent.

— Est-il impliqué ?

J'ai secoué la tête.

— Peut-être qu'il est temps pour toi de faire un changement. Quand j'ai divorcé, mon ex a décidé qu'elle voulait vivre en ville. Elle a déménagé à New York et m'a accordé la garde principale. Elle prenait Jude un jour férié sur deux et pendant l'été, mais elle s'est laissée entraîner dans un style de vie différent. Un qui ne se mariait pas bien avec des enfants. Elle a commencé à annuler ses visites et, un été, elle a dit qu'elle ne voulait pas du tout qu'il vienne. Ça a été dur pour lui. J'ai envisagé de déménager pour me rapprocher d'elle, mais il y a trop d'avantages à vivre ici. Il adore, et franchement, moi aussi.

Nous nous sommes installés tous les quatre à table avec nos assiettes pleines. Les enfants mangeaient et parlaient sans faire attention à notre conversation.

—J'ai pensé à déménager, ai-je continué, mais je ne sais pas vraiment où aller. Je n'aime pas particulièrement l'endroit où vivent mes parents, et m'installer ici n'est pas une option pour moi.

—À cause de Sebastian ? a demandé Melody.

J'ai hoché la tête. Ce ne serait pas juste pour lui.

—Qui ça ? a demandé Derek.

—Mon ex-petit ami. Je n'ai pas été sympa avec lui quand ça s'est terminé. J'avais promis de revenir ici, mais j'ai fini par épouser quelqu'un d'autre et je ne lui ai pas parlé pendant dix ans. Il est proche de ma tante et habite juste à côté de l'auberge, donc on est un peu dans son espace. Même en étant ici pour l'été, j'ai l'impression de lui faire du mal.

—Sebastian ira bien, a affirmé Ramsey avec assurance. Tu ne connais pas Sebastian Parks ?

Derek a secoué la tête. S'il n'a pas d'enfant en CE2, je ne le connais probablement pas. Mais je pourrais peut-être le reconnaître s'il est déjà venu au garage.

Nous avons ri. Je comprenais parfaitement ce qu'il voulait dire. Quel garage ? lui ai-je demandé.

—Je suis mécanicien. Je possède le garage Stone Auto Repair. J'ai commencé à y travailler quand nous avons déménagé ici, et il y a un an, M. Stone a pris sa retraite et m'a vendu l'affaire.

—Ça doit te tenir occupé.

—C'est vrai, mais je peux gérer mes propres horaires, donc c'est plus facile avec Jude qui est à l'école. Je peux prendre des congés en sachant que l'entreprise continuera de tourner. Il y a une super équipe, et le directeur commercial était déjà là avant moi. Le garage fonctionne sans que j'aie besoin de trop m'en mêler.

—Il est modeste, a dit Ramsey. Ils l'adorent tous et travaillent dur parce qu'il est un patron exceptionnel. Personne n'est parti quand M. Stone a pris sa retraite parce qu'ils avaient confiance en lui et savaient que Derek maintiendrait tout comme avant.

—Si ce n'est pas cassé, pourquoi le réparer, a répondu Derek.

—Probablement un bon principe quand il s'agit de véhicules, a dit Melody.

—Tout à fait, a répondu Derek en riant.

Nous avons continué à parler de la vie, du travail et des enfants pendant que nous mangions. Quand les enfants ont eu terminé, ils ont quitté la table en trombe et sont retournés jouer. Ils se poursuivaient dans le jardin dans un jeu de chat où les garçons plus âgés ralentissaient pour que les filles plus jeunes aient une chance de s'échapper.

—Jude est un super gamin, ai-je dit à Derek.

—Merci. Cameron aussi. Et les filles aussi. Je suis presque étonné de voir à quel point ils s'entendent bien tous les quatre, a dit Derek.

—Moi aussi, a approuvé Melody. J'ai fréquenté suffisamment d'enfants lors de fêtes et de réunions scolaires pour savoir que ce n'est pas toujours aussi facile.

—Non, ce n'est vraiment pas toujours le cas, ai-je dit.

—Ce n'est pas non plus toujours aussi facile avec les parents, a ajouté Ramsey.

—C'est bien vrai, a acquiescé Derek. Je ne suis pas beaucoup sorti ces dernières années. J'ai toujours l'impression que rencontrer de nouvelles personnes est une corvée. Et être parent célibataire rend les choses encore plus difficiles.

—C'est vrai. Je ne le fais que depuis un an, mais c'est difficile d'avoir une vie quand on est responsable de quelqu'un d'autre, ai-je approuvé.

—C'est l'avantage d'avoir des amis qui sont aussi parents. Vous êtes tous les deux les bienvenus pour laisser les enfants ici quand vous en avez besoin. Amber et Jude n'ont pas le même âge, mais ils s'amusent bien ensemble, a dit Melody.

Derek a hoché la tête. C'est vrai. Et merci.

—Mais il ne le fera pas, ai-je dit à sa place.

Derek a ri, surpris. Elle a raison. Je ne peux pas mentir.

—Pourquoi pas ? a demandé Ramsey.

—Je ne sais même pas ce que je ferais. Je ne suis pas prêt à recommencer à sortir avec quelqu'un, et je n'ai pas de potes avec qui je passe du temps ou quoi que ce soit, dit Derek en haussant les épaules.

—Tu devrais. Tous les jeudis, certains d'entre nous se retrouvent chez O'Kelley. Tu devrais venir, dit Ramsey.

—Merci, mais je ne sais pas, dit Derek.

—Mon frère y va aussi, lui dis-je. —Je suis toujours à la maison ce soir-là. Peut-être que Melody et moi pourrions nous réunir et surveiller les quatre enfants. J'ai l'impression que c'est plus facile quand ils ont des copains avec qui jouer. Personne ne se sent délaissé.

—Je ne veux pas vous déranger, dit Derek.

—Ce n'est pas le cas. Je te le promets. Je ne suis là que jusqu'à la fin de l'été, mais comment ne pas vouloir plus de ça pour mes enfants ? Je regardai dehors où ils couraient tous dans la cour. Ils riaient et leurs joues étaient rouges d'avoir couru partout. C'était le rêve de tout parent. C'était la raison pour laquelle j'étais venue ici pour l'été. Pour leur offrir un été mémorable.

—J'y réfléchirai, dit Derek. —Mais merci.

J'acquiesçai, laissant tomber le sujet. Je savais que ce n'était pas facile de lâcher prise. De faire confiance à quelqu'un d'autre. C'est pourquoi j'avais proposé de m'associer avec Melody. Je me disais que Derek la connaissait mieux et qu'il accepterait peut-être la proposition de Ramsey si nous étions toutes les deux là pour que Jude ait un ami avec qui jouer.

Nous avons parlé et ri le reste de la soirée. Les enfants ont dévoré les desserts apportés par Derek. J'ai savouré un petit morceau de chacun et j'ai failli gémir de plaisir en les goûtant. Derek a avoué qu'il n'avait préparé aucun des deux et qu'il les avait achetés à la pâtisserie Cove.

—J'adore cet endroit, s'enthousiasma Melody.

—Je n'y suis jamais allée. C'est bon.

—Très bon. On devrait y aller avant que vous partiez. Ils proposent des glaces en été, mais aussi des gâteaux, des cupcakes, des tartes et tellement d'autres bonnes choses. C'est délicieux.

—Si ces desserts sont représentatifs, je suis convaincue. J'aime faire de la pâtisserie, mais je n'ai jamais rien fait d'aussi bon, avouai-je.

—Je n'aime pas faire de pâtisserie, alors je savais que c'était un meilleur choix. Valentina est incroyable, dit Derek.

—Elle l'est vraiment, confirma Melody. —Tellement talentueuse.

—C'est toujours une bonne idée de miser sur ses points forts, dit Ramsey. —Elle l'a fait. J'espère simplement qu'elle n'emportera pas ses talents ailleurs.

—Où irait-elle ? demanda Derek.

—Elle ne part pas. Son père est ici, et elle est très proche de lui. Et je pense que Harriett sait quel trésor elle a en Valentina. Elle ne partira pas, dit Melody.

—J'espère que non. Ce serait une vraie perte si elle partait, dit Derek.

Les autres acquiescèrent. Je ne pouvais m'empêcher de me demander si elle faisait des gâteaux de mariage. Une chose de moins à gérer pour Tante Gina. Elle insistait qu'elle ne voyait pas d'inconvénient, mais Piper s'inquiétait qu'elle s'épuise trop.

Peut-être que si je pouvais proposer une alternative, Tante Gina l'accepterait.

LE RESTE de notre soirée a été agréable, et nous avons tous convenu de nous retrouver avant que les enfants et moi ne repartions à Pittsburgh. Je devais admettre que c'était sympa d'avoir d'autres personnes à qui parler que Piper et Gavin, malgré tout l'amour que j'avais pour mon frère.

Le lendemain matin, j'ai enfin réussi à coincer Gavin. Nous nous étions croisés ces derniers jours, mais toujours en passant et avec d'autres personnes autour. Je voulais le prendre à part et mettre tout à plat concernant le poste que Piper m'avait proposé.

—Salut, dit-il quand je suis entrée dans la salle à manger après le petit-déjeuner. —Où te cachais-tu ?

Je me suis assise avec lui. —J'allais te poser la même question.

—Les choses sont tellement occupées en ce moment, dit-il en soupirant. —Je n'avais aucune idée que se marier en moins de deux mois était si difficile.

—Eh bien, je pense que n'importe quelle femme aurait pu te le dire. Si tu avais pris la peine de demander.

Il rit. —Probablement vrai. Mais je voulais que ce soit une surprise pour Piper, et je pense que tout commence à prendre forme."

—Je le pense aussi."

Il sourit de cette façon rêveuse qu'il avait développée depuis qu'il était tombé amoureux de Piper. C'était bon de le voir si heureux. Cela faisait longtemps que Gavin ne semblait pas être lui-même. Détendu et profitant de la vie au lieu d'essayer d'échapper à ses échecs passés.

—Je voulais te parler du travail que Piper m'a proposé."

—Oui, elle a mentionné qu'elle t'en avait parlé l'autre jour. Tu as déjà accepté ?"

—Non, mais c'est justement de ça dont je voulais te parler."

Ses sourcils se froncèrent et il pencha la tête sur le côté en signe d'interrogation.

—Est-ce que tu l'as convaincue de me le proposer ?"

Son visage se détendit et il secoua la tête. —Je te promets que c'était son idée."

—Vraiment ?"

Il gloussa. —Oui, vraiment. Elle n'arrêtait pas de s'extasier sur la façon dont tu l'as aidée avec le logiciel de réservation il y a quelques semaines, et elle a dit que tu étais exactement le genre de personne qu'elle voulait engager pour nous aider avec tout le reste. Quelqu'un en qui elle pouvait avoir confiance et qui non seulement ferait un excellent travail, mais serait aussi assez patiente pour nous guider à travers tout ce qu'on ne comprendrait pas."

—Elle a dit tout ça ?"

—Oui, parce que tu es extraordinaire, Zo. Elle le sait. Piper te fait confiance et t'aime, et elle sait que tu ferais n'importe quoi pour aider à rendre cet endroit prospère. Je suis désolé que tu aies pensé que je te manipulais, ou elle, ou la situation, mais je te promets que c'est entièrement l'idée de Piper."

Je me mordillai la lèvre en réfléchissant à tout ça. C'était une excellente opportunité, et j'adorais travailler avec les ordinateurs. Je ne savais pas quels logiciels et matériels étaient disponibles actuellement, mais ce ne serait pas difficile de proposer quelques options. Ou de tout mettre en place dans les prochaines semaines.

—Tu penses que je devrais le faire ?" ai-je demandé à mon frère. Même s'il était partial, il restait la personne en qui j'avais le plus confiance au monde.

—Absolument. Quand Piper l'a proposé, je me suis senti idiot de ne pas y avoir pensé avant, mais tout ce qu'elle a dit était vrai, et je sais que tu feras plus que nécessaire. Les rouages tournent déjà dans ta tête. Je peux le voir."

J'ai ri avec lui et admis qu'il avait raison. —J'ai toujours aimé les ordinateurs. L'idée de travailler à nouveau avec eux me plaît, même si c'est temporaire."

—Pourquoi ça doit être temporaire ? Pourquoi ne pourrais-tu pas trouver un emploi à plein temps avec des ordinateurs ?"

—Je n'ai tout simplement pas les connaissances pour un emploi à plein temps."

—Et je n'ai pas les connaissances pour gérer une auberge, mais je le fais. Tu peux faire n'importe quoi, Zo. Tu dois juste décider de le faire. Tu as été malheureuse trop longtemps. Tu dois faire quelque chose pour toi-même."

—C'est ce que je fais," ai-je admis, ne voulant pas lui parler de Sebastian. C'était peut-être quelque chose de stupide, mais c'était pour moi. Être avec Sebastian me redonnait un peu de confiance, et c'était amusant.

—Bien," a dit Gavin. —Je suis content de l'entendre. Maintenant, fais autre chose pour toi-même, et pour ma future femme, et accepte le travail."

J'ai ri et hoché la tête. —Je vais le faire. Tu sais où est Piper ?"

—Probablement dans le salon."

J'ai serré la main de Gavin et l'ai remercié, puis je suis allée chercher Piper.

—Tu as une minute ?" ai-je demandé quand je l'ai vue sur le canapé.

Elle a fermé son ordinateur portable avec un sourire et m'a regardée. —Bien sûr."

—J'ai décidé d'accepter le travail."

—Oh, Dieu merci," a soupiré Piper. —J'avais tellement peur que tu refuses."

J'ai ri et me suis assise avec elle. —J'ai quand même une condition."

Piper plissa les yeux et leva son regard vers moi. —Qu'est-ce que c'est ?

—Je ne peux pas accepter que tu me paies.

—Quoi ? Pourquoi je ne te paierais pas ?

—Parce que cet endroit fait aussi partie de moi. Je ne suis pas l'une des propriétaires, mais je l'aime. C'est chez moi, et je ferais n'importe quoi pour t'aider, toi et Gavin, à le rendre prospère. Donc, je ne peux pas prendre d'argent pour l'aide que j'apporte. Sans compter que nous sommes trois à vivre ici pendant deux mois complets sans payer un centime. On mange, on boit et on dort dans la maison. On occupe de l'espace que toi et Gavin pourriez utiliser, et on consomme de la nourriture que l'auberge doit payer. Faire ça me donnera l'impression de vous rembourser, au moins en partie.

—Zoey...

—Piper, je ne peux pas. Je ne peux pas accepter la charité. C'est peut-être ridicule, mais je ne peux pas. Pas de votre part.

Piper sourit et prit ma main. —Tout ce que j'allais dire, c'est merci.

Je lui ai rendu son sourire en serrant sa main. Nous avons parlé pendant quelques minutes de plus et fixé un moment où Piper pourrait me montrer tout ce qu'ils avaient et ce qu'elle voulait changer. Elle avait des choses à vérifier, alors je suis retournée à la maison pour respirer un peu et célébrer en petit comité avec mon livre et quelques minutes de solitude.

J'ai passé le reste de la journée avec les enfants, jouant dehors et profitant du soleil puisqu'il était censé pleuvoir les prochains jours. Nous nous sommes bien amusés, et les enfants étaient épuisés et prêts à se coucher un peu plus tôt. Comme j'avais du temps libre, j'ai décidé de partager la bonne nouvelle concernant le travail avec Sebastian. Je n'étais pas retournée chez lui depuis presque une semaine, et je me sentais bien.

Je me suis faufilée hors de la maison au crépuscule. J'avais une bouteille de vin que j'espérais qu'il accepterait de partager avec moi pour célébrer. Je me sentais à nouveau comme une adolescente, me faufilant pour voir Sebastian.

J'ai descendu la pente jusqu'à l'endroit où je pouvais voir sa cabane. La lumière extérieure était allumée, illuminant sa cour et son porche. Y compris Sebastian sur le porche.

Sans chemise. Et pas seul.

Il souriait à Sofia, riant de quelque chose qu'elle avait dit. Puis elle a posé sa main sur sa poitrine et l'a poussé à l'intérieur de la cabane.

Et fermé la porte.

SEBASTIAN

Le coup frappé à ma porte me fit bondir et me précipiter pour ouvrir. J'espérais que c'était Zoey. Elle n'était pas venue me voir depuis presque une semaine, et elle me manquait. Je ne voulais pas l'admettre, mais c'était le cas.

J'étais allongé sur le canapé et je n'ai pas réfléchi à deux fois avant d'ouvrir la porte torse nu. Zoey me l'aurait enlevé assez rapidement de toute façon, pas besoin de faire semblant.

Sauf que ce n'était pas Zoey à ma porte.

— Pourquoi ne portes-tu pas de t-shirt ? demanda Sofia quand j'ouvris la porte.

— Je regardais juste la télé.

— Tu regardes la télé torse nu ?

J'haussai les épaules. — Pas toi ?

Elle rit et secoua la tête. — Euh, non. Je peux entrer ?

J'hésitai juste assez longtemps pour qu'elle le remarque.

— Merde, tu n'es pas seul, c'est ça ?

Je ricanai. — Bien sûr que je suis seul. Je suis toujours seul. Qui d'autre pourrait être ici ?

Elle haussa un sourcil comme Sofia savait si bien le faire. Je ne savais pas comment elle faisait, mais elle arrivait à me lire. Je savais sans l'ombre d'un doute qu'elle était au courant pour Zoey et moi.

— Tu le sais, n'est-ce pas ?

Elle haussa les épaules. — J'en étais presque sûre, mais j'attendais que tu me le dises.

— Ce n'est pas...

Elle secoua la tête et posa sa main sur mon torse. — Rentrons. J'ai besoin que tu mettes un t-shirt. Sinon, je vais continuer à attendre que tu me dises où se trouve la plage.

Je ris et la laissai me pousser à l'intérieur. Elle ferma la porte derrière nous pendant que je me dirigeais vers ma chambre. J'attrapai un t-shirt propre et l'enfilai tandis que Sofia s'installait confortablement sur mon canapé.

Elle avait été une bonne amie. Le genre d'amie dont je ne savais pas que j'avais besoin jusqu'à ce que nous commencions à passer du temps ensemble. Elle me comprenait et me laissait l'espace d'être silencieux quand j'en avais besoin ou de parler quand quelque chose me préoccupait.

Qu'elle ait deviné pour Zoey sans me le dire était typique de Sofia. Même sa façon de me l'annoncer était typique d'elle. Comme si elle n'avait pas l'intention d'en parler et n'allait pas me forcer à en discuter.

— Comment avance le projet de jardin ? demanda-t-elle lorsque je la rejoignis enfin sur le canapé. Encore une fois, sans me pousser à parler.

— Je pense que ça ira. J'espérais tout mettre en place cette semaine, mais David a besoin d'une semaine de plus pour faire livrer le reste des plantes. On va jouer serré. Avec tous ceux qui ont dit qu'ils aideraient, on pourra tout planter en une journée. Ce sera un gros travail, mais beaucoup plus facile avec de l'aide.

— Bien. Je peux aider aussi. J'espère que tu le sais.

J'acquiesçai et attendis. Je savais ce qu'elle voulait demander, mais je savais aussi qu'elle ne le ferait pas. C'était à moi
de décider. — Qu'est-ce que tu veux savoir ?

Elle secoua la tête. — Rien. Je suis venue ce soir pour
passer du temps avec toi. Je voulais sortir de chez moi. C'est
trop calme la plupart du temps maintenant que Piper passe
presque toutes les nuits ici.

— Tu vas chercher une nouvelle colocataire ?

— Je ne pense pas. Je vivais seule avant que Piper ne s'installe ici. Je suppose qu'il est temps de recommencer.

— Je ne pense pas que je pourrais vivre avec quelqu'un. Je
suis trop attaché à mes habitudes.

— Depuis combien de temps vis-tu ici ? demanda-t-elle
en se levant. Sofia prit un verre et se servit de l'eau avant de
me rejoindre. Elle agissait comme si elle vivait ici, ce que
j'appréciais. Elle était la seule personne qui avait jamais passé
autant de temps dans ma cabane.

— Huit ans. Je louais un appartement au-dessus d'un
garage en ville, mais quand j'ai obtenu le poste au phare, la
cabane était incluse. J'aime mon calme.

Elle gloussa. — Moi aussi. C'est différent de mon enfance,
mais tellement mieux.

— Ton enfance était bruyante ? demandai-je. Sofia ne
parlait pas de ses parents ni de son enfance. Je ne posais pas
de questions non plus.

Elle acquiesça et essuya la condensation sur le côté du
verre. — Quand j'étais jeune, ce n'était pas si mal. C'était juste
ma mère et moi pendant longtemps. Elle travaillait beaucoup, mais elle aimait aussi le calme. Elle est morte dans un
accident de voiture quand j'étais adolescente, et j'ai dû aller
vivre avec mon père. Ça... C'était bruyant. Tout le temps.

— Je ne pense pas que j'aurais pu supporter ça. Mes
parents étaient calmes, mais ils étaient aussi indifférents
envers moi. Ils s'assuraient que j'avais ce dont j'avais besoin,

mais ils étaient parfaitement contents de me laisser seul pendant des semaines quand ils partaient en vacances, en voyages d'affaires ou autre. J'étais toujours une arrière-pensée.

— On dirait mon père, dit Sofia. Mais ça m'a rendue plus forte, je pense. J'ai appris à compter sur moi-même. Je savais que je pouvais tout faire parce qu'à l'obtention de mon diplôme, j'avais pratiquement tout fait.

— Moi aussi. C'était pénible d'une certaine façon, mais ça m'a bien préparé à être seul. Je n'ai jamais eu l'impression que quelqu'un se souciait de moi jusqu'à ce que je commence à travailler ici.

— Et que tu as rencontré Zoey, affirma Sofia, ce n'était pas une question.

Je secouai la tête. — Non, Gina. Gina et Rob étaient comme les parents que je n'ai jamais eus. Ils m'ont embauché pour faire l'entretien de la propriété. Un peu de jardinage, de maintenance générale, des petits boulots. Ils m'ont fait sentir que j'avais de l'importance. Que j'étais quelqu'un, même si ce n'était pas vrai. Je fis une pause avant de prendre une inspiration et de continuer. — C'est à cause d'eux que j'ai résisté à Zoey pendant si longtemps.

— Elle est beaucoup plus jeune que toi.

— Ouais. Et rien ne s'est passé entre nous avant qu'elle ait dix-huit ans.

— Je ne te jugerais jamais. Je sais que tu l'aimes encore. Si tu ressens toujours ça après toutes ces années, je n'imagine même pas comment c'était quand vous vous êtes rencontrés.

— C'était dingue. Comme être frappé par la foudre. Je voyais bien qu'elle était jeune, alors je gardais mes distances, mais avec le temps, on a commencé à parler. Parfois c'était juste un bonjour, mais finalement, on a eu des conversations. On parlait de tout et de rien. Je n'avais jamais eu quelqu'un qui s'intéressait à ce que j'avais à dire comme elle.

— Tu es tombé amoureux d'elle parce qu'elle te voyait vraiment. Sofia affichait une expression entre la sympathie et la confusion.

— Ce n'était pas que ça. Elle voulait me connaître. Comme quand toi et moi sommes devenus amis. Tu me parlais comme si tu me comprenais. Comme si nous étions des âmes sœurs.

Elle me sourit radieusement, reflétant une pure joie. — Nous sommes des âmes sœurs. Je ne peux pas te dire combien de fois j'ai souhaité que cela signifie que nous soyons plus que des amis, mais ça n'a jamais été le cas pour aucun de nous. J'aime Piper comme la sœur que je n'ai jamais eue, et je t'aime comme le frère que je n'ai jamais eu. Je me dis souvent que la vie serait plus simple si on pouvait tomber amoureux, mais—

— Ce n'est pas notre destin, terminai-je pour elle.

Elle hocha la tête. — Exactement. L'idée de t'embrasser est juste bizarre. Sans vouloir t'offenser.

Je ris doucement. — Pareil pour moi.

Nous nous réinstallâmes confortablement sur le canapé dans un silence agréable. C'était normal pour nous d'être comme ça, de simplement passer du temps ensemble sans parler. Nous étions suffisamment semblables pour comprendre ce dont l'autre avait besoin.

Après une minute, elle demanda, — Tu veux parler de Zoey ?

Je soupirai profondément. Une partie de moi le voulait, mais une autre voulait prétendre qu'il n'y avait rien à dire.

— Tu n'es pas obligé, mais je voulais que tu saches que si tu le souhaites, je suis prête à t'écouter. Je suppose que tu n'en as parlé à personne d'autre.

— Non. Je n'en ai pas parlé. La plupart du temps, je ne me permets même pas d'y penser.

— Pourquoi ?

— Parce que si j'y pense, je commence à imaginer ne pas avoir à la laisser partir à nouveau. Mais je vais devoir la laisser partir. Je le sais.

— Merde, Seb, je suis désolée.

— C'est bon. C'est ma faute. Je l'ai vue pleurer un jour et je me suis arrêté pour voir si elle allait bien.

— Sérieusement ? C'est comme à la page une du manuel.

— Qu'est-ce que tu veux dire ?

— Je veux dire, j'aimerais être solidaire, mais au final, c'est toi qui m'importe. Pleurer en public est un moyen sûr d'attirer l'attention d'un homme.

— Elle n'était pas dans un endroit où la plupart des gens auraient pu la voir. Elle était sur l'un des bancs du jardin où tu devais aller dans cette direction pour la remarquer.

— J'entends que tu veux croire que c'était involontaire, et peut-être que ça l'était. J'espère que c'était le cas parce que je ne veux pas qu'elle te manipule, mais sois prudent.

J'acquiesçai lentement, me demandant si Sofia pouvait avoir raison. Je ne pensais pas, mais peut-être.

— Visiblement, elle n'allait pas bien ? m'encouragea Sofia.

Je secouai la tête. — Non. Quelque chose avec son ex. Cameron m'a parlé le même jour et était bouleversé à propos de son père aussi. Je pense qu'il se passait vraiment quelque chose.

— Je suis désolée pour eux.

Sofia était sincère. Même si elle était protectrice envers moi, comme je le serais pour elle, elle voulait que les gens soient heureux, même ceux qu'elle n'aimait pas ou ne connaissait pas.

— Je lui ai dit que nous n'étions pas ensemble, tu sais. Je lui ai clairement fait comprendre qu'il ne s'est jamais rien passé entre nous.

— Quoi ?

Elle but une gorgée d'eau et ne semblait pas du tout désolée. — Je ne voulais pas qu'elle pense que nous étions ensemble.

— Pourquoi as-tu fait ça ?

— Parce que tu l'aimes, et s'il y a la moindre chance que vous puissiez être ensemble, je ne veux pas que quoi que ce soit vous sépare. Surtout pas moi.

— Nous ne serons pas ensemble.

—Pourquoi en es-tu si sûr ?

—Parce qu'elle retourne à Pittsburgh après le mariage.

—Et Gavin était censé repartir après Noël. Les plans changent.

—Son ex est à Pittsburgh. Il ne la laisserait jamais s'installer ici avec les enfants.

—S'il est aussi impliqué qu'il en a l'air, je ne pense pas que ça le dérangera, dit-elle d'un ton sarcastique.

—Quand même, je ne peux pas l'espérer. Si je me permets d'y penser, je serai anéanti quand elle repartira.

—À moins qu'elle reste.

—Elle ne restera pas, Sof. Elle n'est pas revenue avant, et elle ne restera pas maintenant.

—Mais—

—Non. Je suis désolé. Je n'essaie pas d'être brutal, mais je ne peux même pas l'envisager. C'est pourquoi je lui ai dit que ce qui se passe entre nous n'est que du sexe. Pas d'émotions, pas de sentiments, rien du tout. Juste du sexe.

Sofia soupira comme si elle était déçue de moi. —Tu fais une erreur.

—Non, ce n'est pas vrai. Je me protège. C'est la seule façon que j'ai.

—Sebastian—

—Je suis fatigué. Je pense que je vais me coucher. Termine le film et dors ici. Je ne veux pas que tu rentres chez toi si tard.

Elle hocha la tête, et je savais qu'elle ferait ce que je lui disais. Sofia n'aimait pas non plus sortir tard, et après avoir entendu parler de sa mère, je comprenais pourquoi.

Je lui serrai l'épaule en passant et fermai doucement la porte de ma chambre. Je me comportais comme un con, mais je ne pouvais pas faire ce qu'elle disait et me faire des illusions. Les voir détruites par Zoey une nouvelle fois me détruirait. Définitivement cette fois.

ZOEY ÉTAIT dans la salle à manger le lendemain quand je suis arrivé pour déjeuner. Gina m'avait invité à manger là-bas quand je le voulais, et comme j'avais une journée tranquille, j'ai décidé d'y aller en espérant y trouver Zoey.

Ses yeux s'illuminèrent un instant quand elle me vit, mais ils s'assombrirent immédiatement, et elle se détourna. Je me suis placé à côté d'elle dans la file du buffet et j'ai pris une assiette.

—Salut, dis-je. Pas la meilleure entrée en matière, mais bon.

—Bonjour.

—Comment vas-tu ?

—Super. Son sourire était forcé et on avait l'impression que son visage allait se briser si elle le gardait plus longtemps.

—Euh, d'accord. Je ne t'ai pas vue depuis une semaine environ.

—Désolée.

Qu'est-ce que c'est que ce bordel ? Elle se comportait comme si nous étions des étrangers. Encore une fois. — Qu'est-ce qui se passe ?

—Rien, dit-elle rapidement. Trop rapidement. Beaucoup trop rapidement.

—Zoey.

—Oui ?

—C'est quoi ce bordel ?

—Rien, d'accord ? Je t'ai vu avec Sofia hier soir, et je m'écarte.

—Tu m'as vu faire quoi avec Sofia ?

—C'est bon, je comprends. Elle est belle, intelligente et drôle. Vous avez clairement une connexion très proche. Et je ne veux pas me mettre en travers.

—En travers de quoi ? ai-je demandé. Elle ne m'a pas répondu, me laissant essayer de comprendre ce qu'elle pensait qu'il se passait tandis que Gina se glissait entre nous pour déposer un bol de fruits.

—Tout va bien entre vous deux ? demanda Gina, percevant clairement la tension entre nous.

—Bien sûr. Tout va bien, Tante Gina, répondit Zoey rapidement. Elle ajouta un petit sachet de chips à son assiette et s'éloigna de la nourriture.

Gina me lança un regard qui disait qu'elle n'y croyait pas.

—Ça ira, l'ai-je rassurée, espérant avoir raison.

J'ai suivi Zoey jusqu'à une table et me suis assis sans lui demander si ça la dérangeait. Je savais que je tentais ma chance. C'était moi qui avais dit pas d'émotions, et au premier signe de son recul, je laissais mes émotions prendre le dessus. Je n'étais pas prêt à renoncer à elle.

—Qu'est-ce qui se passe, bordel ? ai-je demandé à voix basse. Je ne voulais pas que les clients entendent notre conversation.

—Rien. Zoey repoussa son assiette et fit un geste pour se lever.

—Assieds-toi, ai-je grogné.

Elle m'a regardé avec un mélange de choc et de peur dans les yeux. Elle s'est laissée tomber sur la chaise sans me quitter du regard.

—Je ne vais pas te faire de mal, Zoey.

Elle ne s'est pas détendue.

—Putain, je veux juste savoir ce qui se passe. Dis-moi. S'il te plaît.

—C'est exactement ce que j'ai dit. Je t'ai vu avec Sofia hier soir. À ton chalet. Et je l'ai vue partir ce matin. Je sais que certaines personnes sont à l'aise avec l'idée de coucher avec plusieurs personnes en même temps, mais ce n'est pas mon cas. Donc, je me retire.

La compréhension a commencé à se faire jour, et elle a interprété mon air entendu comme de l'acceptation et a fait un autre mouvement pour partir. —Rassieds-toi immédiate-ment, ai-je dit. Mes mots et mon ton étaient durs, mais j'avais besoin qu'elle m'écoute.

—Sebastian...

—S'il te plaît, Zoey.

Elle a hésité, mais à mon « s'il te plaît », elle s'est à nouveau assise.

—Sofia est venue hier soir. On se retrouve souvent. On regarde des films et on discute. Je ne savais pas qu'elle venait, mais quand elle a frappé, j'ai cru que c'était toi et je n'ai pas pris la peine de mettre un t-shirt. Quand elle m'a poussé à l'intérieur, elle m'a dit de mettre un t-shirt. Et je l'ai fait. On ne couche pas ensemble. On ne fait rien ensemble à part être amis. Elle dort sur le canapé et refuse que je lui laisse mon lit, parce qu'elle n'aime pas conduire tard la nuit. Mais il ne se passe rien entre nous.

—Tu as le droit de vivre ta vie, Sebastian.

—Et c'est ce que je fais. Tu ne me retiens de rien.

Elle a soutenu mon regard pendant une longue minute, ne le relâchant que lorsqu'elle a repris son assiette. Elle a recommencé à manger sans un mot, finissant son déjeuner avant de repousser à nouveau son assiette.

—Est-ce que ça va entre nous ? lui ai-je demandé alors

que nous déposions nos assiettes dans le bac pour le lave-vaisselle.

—Oui, a-t-elle dit.

—J'espérais vraiment que ce serait toi qui frapperais à ma porte hier soir.

—Vraiment ? a-t-elle demandé, visiblement surprise par mes paroles.

J'étais surpris moi aussi. C'était la vérité, mais c'était moi qui avais dit qu'on s'en tiendrait au sexe. C'était moi qui avais refusé toute conversation et tout ce qui était personnel. Elle n'avait fait que suivre.

—Piper veut que je l'aide avec les systèmes informatiques pendant que je suis ici. J'allais t'en parler quand je suis descendue hier soir. J'avais du vin.

—Tu veux venir ce soir ? M'en parler à ce moment-là ?

Elle a hésité une seconde mais a hoché la tête.

—Bien. Et si on dînait ensemble ? Je peux préparer quelque chose pour nous. Si ça te va. Merde, tes enfants. Désolé, laisse tomber.

—Non, dîner... Un dîner serait bien. Je demanderai à Gavin s'il peut les emmener ici pour moi. Et les mettre au lit.

—Je ne pense pas qu'il sera content si tu lui dis pourquoi.

—Gavin n'a pas son mot à dire dans ma vie privée.

J'ai fait un signe de tête, espérant que c'était vrai. Gavin ne serait pas content s'il pensait que je profitais d'elle. Ou s'il pensait que j'allais lui faire du mal.

S'il connaissait seulement la vérité... Mais je n'étais pas sûr d'être prêt à admettre la vérité à qui que ce soit. Parce que je n'étais pas prêt à dire tout haut que j'étais toujours amoureux de Zoey.

ZOEY

Gavin a haussé un sourcil quand je lui ai demandé s'il pouvait emmener les enfants dîner, mais il n'a posé aucune question. Je savais que ce n'était qu'une question de temps avant qu'il me questionne, mais pour l'instant, il a laissé couler.

Une fois qu'ils ont quitté la maison, je me suis précipitée dans ma chambre pour essayer de décider quoi porter. Je ne voulais pas me mettre sur mon trente-et-un et donner l'impression d'en faire trop, mais je ne voulais pas non plus avoir l'air de ne faire aucun effort. C'était mon premier rendez-vous depuis mon divorce, et même si Sebastian et moi avions déjà couché ensemble, je voulais être élégante.

J'ai opté pour un short en jean qui mettait mes fesses en valeur et une tunique couleur raisin, légère et confortable, mais qui épousait mes courbes généreuses aux bons endroits. J'ai glissé mes pieds dans des sandales noires, j'ai gonflé mes cheveux et j'ai pris une profonde inspiration qui n'a rien fait pour calmer mes nerfs.

J'ai pris la même bouteille de vin et j'ai emprunté le même chemin que la veille. Cette fois, j'ai décidé d'aller jusqu'à sa maison quoi qu'il arrive. Il m'avait invitée, et j'avais parfaitement le droit d'être là.

C'était totalement absurde, mais je n'ai vu personne sur son porche pour me faire fuir, alors j'ai continué à me mentir tout en marchant jusqu'à sa porte et en frappant.

Sebastian a ouvert la porte et est immédiatement retourné à l'intérieur. —Entre. Je suis en train de terminer le dîner.

J'ai fait un pas hésitant à l'intérieur et j'ai failli gémir en sentant l'odeur de ce qu'il cuisinait. C'était divin. Sa réaction distante à mon égard était moins agréable, mais je n'allais pas m'y attarder.

J'ai fermé la porte et posé le vin sur la table avant d'aller dans la cuisine pour voir s'il avait besoin d'aide. —Qu'est-ce que je peux faire ?

—Rien, je m'en occupe. C'est presque prêt.

—D'accord. Je me tenais à quelques mètres, me sentant gauche et mal à l'aise. Je ne savais pas quoi faire de moi-même. Il ne m'avait pas embrassée quand j'étais entrée, et il m'avait à peine regardée.

J'attendais sur le côté en essayant de ne pas être dans son chemin pendant qu'il terminait le dîner. Il a éteint le feu et a laissé la poêle dans laquelle il cuisinait sur la cuisinière quand il s'est finalement tourné vers moi.

—J'aurais dû te demander si tu aimais les saucisses. Je n'y ai même pas pensé. Ça te va ?

—Oui, ça sent délicieusement bon.

—Je ne cuisine pas souvent pour les autres.

—Si tante Gina en avait le choix, tu ne cuisinerais probablement pas souvent du tout.

Il a ri doucement. —C'est vrai. Elle me garderait à l'auberge autant que possible. Mais Gina ne sera plus aux commandes très longtemps.

—Je pense qu'elle sera toujours aux commandes. Mais Gavin et Piper te nourriront toujours.

Il a haussé les épaules. —Ce n'est pas pareil.

J'ai hoché la tête, comprenant ce qu'il ne disait pas. C'était ce que je ressentais à propos du travail informatique que Piper me payait pour faire. L'auberge L'anse MacKellar avait toujours été notre foyer, et tout était en train de changer, mais il y avait une partie qui serait toujours notre foyer.

—Tu es prête à manger ? a demandé Sebastian.

J'ai hoché la tête, me demandant s'il se sentait aussi mal à l'aise que moi.

Il m'a laissée me servir en premier, puis a indiqué le canapé d'un signe de tête. —J'ai pensé qu'on pourrait regarder un film.

Nous nous sommes installés sur le canapé avec notre nourriture et nos boissons, et environ un mètre entre nous. Il a lancé le film, et j'ai sursauté.

—Tu n'aimes pas ? a-t-il demandé, en faisant une pause avec le titre à l'écran. *Le Voyage du temps'épouse.*

J'ai secoué la tête. —Je l'adore. C'est l'un de mes préférés.

Il m'a regardée bizarrement mais a appuyé sur lecture et s'est réinstallé dans son siège.

Nous avons regardé le film et mangé, l'histoire d'amour à l'écran menaçant de me faire pleurer. Je ne pouvais m'empêcher de penser à ce que les amies de Piper avaient dit quand je leur avais confié que c'était l'une de mes histoires préférées. De tous les films à regarder, comment Sebastian pouvait-il savoir que j'aimais celui-ci ?

Peut-être que Sofia le lui avait dit. Cette pensée m'a fait réfléchir. Pourquoi ferait-elle ça ?

Je n'étais pas sûre de comprendre pourquoi Sofia serait de mon côté, mais je ne trouvais pas d'autre explication. Il était possible que Sebastian ait choisi le film de lui-même, mais sinon, Sofia devait essayer de m'aider. De nous aider.

Je ne savais pas quoi en penser non plus. Je retournais à Pittsburgh dans un mois. Je n'allais pas avoir une nouvelle chance avec Sebastian. Pas une vraie. Alors à quoi bon essayer ?

Le film s'est terminé, le générique a défilé, et je réfléchissais encore à tout ça. Nous n'avions pas parlé. À peine échangé quelques mots. Nous avions regardé mon film préféré. Il m'avait préparé à dîner. Mais je partais bientôt.

Les rendez-vous, c'était nul.

Surtout quand il s'agissait de sortir avec l'ex que tu pensais pouvoir oublier après toute une vie sans lui, pour découvrir finalement que tu étais une idiote de l'avoir quitté.

—C'était bien. Je ne savais pas vraiment à quoi m'attendre.

—Tu ne l'avais jamais vu ?

—Non. Sofia me l'avait recommandé il y a un moment, mais je ne l'avais jamais cherché. Je parcourais les films tout à l'heure et je l'ai vu. Je me suis dit que ça te plairait aussi.

J'ai forcé un sourire. Sofia n'essayait pas de nous aider. C'était juste une coïncidence.

—Quand commences-tu ton nouveau travail ?

—Nouveau travail ?

—Oui ? Je croyais que tu avais dit que Piper voulait que tu modernises les systèmes informatiques. Tu as décidé de ne pas le faire ?

—Ah, ça. Oui, je vais le faire. Je suppose que je ne le considère pas comme un travail. C'est pour l'auberge.

—Elle ne te paie pas ?

Je repliai mes jambes sous moi et me repositionnai sur le canapé. —Elle me l'a proposé, mais je ne pouvais pas accepter. Mes compétences ne sont pas ce qu'elles pourraient être si j'étais restée à jour avec le marché. Ce ne serait pas juste qu'elle me paie. Et puis, l'auberge ne m'appartient pas, mais j'ai l'impression qu'elle fait partie de moi. Je ne pourrais pas accepter d'être payée pour aider.

—Tu devrais.

—Et toi, tu le fais ?

Il haussa les épaules. —Bien sûr. Gina me nourrit tout le temps.

—Et moi, je séjourne ici avec mes deux enfants, et nous prenons presque tous nos repas à l'auberge. C'est pour ça que je ne peux pas accepter plus d'argent de leur part.

—Certes, mais ça a été convenu avant. Tu n'as pas besoin d'argent ?

Je reculai face à ses mots. Nous n'avions pas parlé de ma situation financière. Nous n'avions pas vraiment parlé de grand-chose. —Je vais bien.

—Vraiment ? Parce que tu cherches du travail.

—Comment sais-tu ça ?

—Je ne comprends pas pourquoi tu n'accepterais pas d'être payée pour un travail qui utilise tes compétences. Pourquoi deviens-tu si défensive et refuse de le faire ?

—Parce que je dois me débrouiller seule, lâchai-je. —J'ai toujours été le problème de quelqu'un d'autre. Mes parents ont tout payé pendant mon enfance et ça les a presque ruinés, puis j'ai épousé Trevor et il m'a entretenue dès mon diplôme universitaire. Je ne peux pas demander à mon frère et sa future femme de faire la même chose. Je ne peux plus être un fardeau pour les gens autour de moi.

Sebastian resta silencieux pendant ma tirade et se contenta de me regarder longuement après. J'étais sur le point de tout lui raconter, mais je me suis mordu la langue et j'ai attendu sa réponse.

—Les gens veulent toujours aider leurs proches. Ils veulent voir ceux qu'ils aiment réussir. Être celui qui a besoin d'aide n'est pas être un problème. Nous avons tous besoin d'aide parfois.

—Pas toi. Tu as toujours été fort et indépendant.

Il secoua la tête. —Pas vraiment. Mes parents n'ont jamais été là pour moi. Je n'avais pas d'autre choix que d'apprendre à être indépendant, mais ce n'était pas facile. J'ai fait beaucoup d'erreurs quand j'étais gamin. Et aussi en tant qu'adulte. Mais quand j'étais au plus bas, quelqu'un m'a donné une chance et a complètement changé ma vie.

—Qui ?

—Rob. Et Gina. Ils m'ont sauvé de tant de façons. Je travaillais depuis des années, mais quand ils m'ont embauché à l'auberge, puis m'ont traité comme si je faisais partie de la famille, j'ai cessé d'être aussi en colère. En grandissant, j'étais en colère contre tout. J'ai failli me faire arrêter à cause de ça. Rob ne me l'a jamais reproché.

—Pourquoi te l'aurait-il reproché ?

—Parce que j'ai failli ruiner le jardin.

—Tu as quoi ?

—Le week-end où j'ai obtenu mon diplôme de lycée, mes parents sont partis en vacances. Ils n'étaient même pas là pour assister à la cérémonie. J'ai vu tous mes camarades de classe avec leurs familles nombreuses, leurs amis et leurs fêtes, et ça m'a vraiment mis en rogne. Je détestais ça. Je les détestais. Je détestais cette ville et tous ses habitants. Je me suis saoulé et j'ai fini par errer jusqu'à me retrouver ici. Je pensais que c'était une maison, celle d'un gamin riche qui avait tout. Je ne savais pas que c'était l'auberge. Mais ça n'aurait rien changé. J'étais trop défoncé pour faire la différence.

—Qu'as-tu fait ? demandai-je, ma voix à peine plus forte qu'un souffle.

Il passa une main sur son visage et frotta sa barbe. —Je ne me souviens pas de la plupart des choses. J'étais dans le jardin, et je sais que j'ai pissé sur les plantes. J'ai versé de la bière dessus. J'en ai arraché certaines. Puis j'ai mis le feu à l'un des treillis.

—Quoi ?

Son visage se tordit de douleur. —C'est à ce moment-là que Rob m'a trouvé. Il a d'abord eu peur, mais quand il m'a vu, sa peur s'est transformée en colère. Il avait un extincteur et a éteint les flammes, puis m'a traîné par l'oreille dans la maison. Il m'a passé un savon monumental. Il a appelé les flics, et quand ils sont arrivés et m'ont vu, ils lui ont dit que mes parents n'étaient pas là. Tout a changé quand il a entendu ça. Il a dit aux policiers qu'il ne voulait pas porter plainte et a demandé si je pouvais passer la nuit chez eux. Les flics ont accepté et ont dit qu'ils reviendraient le matin pour vérifier comment j'allais.

—Et ensuite ?

—Je me suis évanoui, mais quand je me suis réveillé, Rob était sur le canapé en face de moi. Il était resté éveillé toute la nuit pour s'assurer que j'allais bien. J'avais presque tout détruit... et il s'inquiétait pour moi.

Sebastian fit une pause et avala difficilement. J'attendis qu'il continue, avide d'entendre la suite.

—Il m'a proposé un travail à l'auberge. Ce n'était pas glamour, mais c'était plus que ce que j'avais. Quand mes parents étaient absents, il me laissait rester chez eux. J'ai plus ou moins vécu avec eux pendant trois ans.

—Comment se fait-il que je n'ai jamais su ça ?

Sebastian haussa les épaules. —Je n'ai jamais voulu que tu le saches. À l'époque où toi et Gavin veniez ici pour l'été, j'avais mon propre appartement et je travaillais pour payer mes études. Je ne voulais pas que tu saches qui j'étais avant.

—J'aurais aimé le savoir.

Il sourit tristement. —Je te l'aurais probablement dit, un jour. Mais...

Sa voix s'éteignit, laissant l'évidence non-dite. Je ne suis jamais revenue. J'ai pris une inspiration et j'ai compris qu'il avait besoin de plus d'explications. Je lui devais plus. —

Quelques mois avant d'obtenir mon diplôme universitaire, j'ai surpris une conversation entre mes parents. Ils avaient des problèmes d'argent. Payer les études de deux enfants coûtait cher, et ma mère avait subi une opération que l'assurance n'avait pas beaucoup couverte. Mon père avait perdu son emploi pendant un moment, et avec la maladie de ma mère, ils étaient très endettés. Au point qu'ils envisageaient de déposer le bilan. Le marché immobilier était bas, et ils ne pensaient pas obtenir assez de la maison pour couvrir toutes leurs dettes. C'était... C'était grave. J'ai pensé à abandonner mes études pour commencer à travailler immédiatement et les aider, mais ils avaient déjà payé mes frais de scolarité et ne pouvaient pas récupérer cet argent. J'ai décidé de terminer mes études et de faire tout ce qu'il fallait pour les aider.

Sebastian était immobile, presque figé. Je ne pouvais pas m'arrêter de parler, cependant. Je devais tout lui dire.

—Quand j'ai rencontré Trevor, il m'a fait oublier tout ce qui se passait. Il était drôle et gentil, et il m'aimait bien. Je n'étais jamais sortie avec quelqu'un, et c'était excitant. Je savais que c'était mal alors que je t'avais fait des promesses, mais je n'ai pas pu m'empêcher de tomber amoureuse de lui.

—Pour son argent ? a demandé Sebastian, sa voix sortant comme un grognement.

—L'argent en faisait partie, oui. Je ne l'aurais pas admis à l'époque, mais maintenant, je sais que ça a influencé ma décision. Il était ton opposé en tous points. Il m'emmenait sortir et me montrait. Il me faisait sentir qu'il me désirait d'une façon dont je n'étais pas sûre que toi, tu le faisais. Et il était clair qu'il avait de l'argent. Il travaillait son dernier semestre comme assistant d'enseignement, mais il avait une belle voiture, nous allions dans de bons restaurants et l'argent ne semblait jamais être un problème. Je ne suis pas fière de ce que j'ai fait, mais j'imaginais ma vie avec toi et ma vie avec lui. Après avoir entendu mes parents, je savais que je n'avais pas le choix si je voulais les aider. Je devais choisir Trevor pour pouvoir soulager mes parents d'un fardeau.

—Tu l'as épousé pour son argent, a dit Sebastian.

—En partie, oui. Je l'aimais, mais je t'aimais aussi. Je l'ai choisi pour son argent.

—Mon Dieu, Zoey.

—Je sais. Si j'avais su à quoi ma vie ressemblerait, je ne peux pas dire que j'aurais choisi différemment, cependant. Nous avons été heureux pendant un moment. Il était bon avec moi. Quand Cameron est né, j'étais folle de bonheur. Je ne savais pas que l'amour pouvait être aussi fort. Pareil pour Alexis. Même si mon mariage n'a pas duré, j'aimerai toujours Trevor parce qu'il m'a donné mes enfants.

—Pourquoi ne me l'as-tu jamais dit ?

J'ai ricané. —Vraiment ? M'aurais-tu remerciée pour l'appel si j'avais décroché le téléphone et dit : *hé, j'ai rencontré quelqu'un d'autre, et je t'aime toujours, mais il jette l'argent comme s'il poussait sur les arbres, alors je vais l'épouser, d'accord ?*

Sebastian a expiré lourdement et fermé les yeux. Sans les ouvrir, il a dit : —J'aurais été reconnaissant qu'il y ait une raison. Au lieu de cela, je t'ai attendue. Tout l'été, j'ai attendu que tu arrives. Je surveillais constamment l'allée. J'ai refusé des rendez-vous avec d'autres femmes parce que je t'attendais. Et puis Gina m'a dit que tu allais te marier. Je... j'ai souhaité être mort.

—Sebastian...

Il a secoué la tête et m'a finalement regardée. —Je comprends pourquoi tu l'as épousé. Même si cela s'est terminé, c'était le bon choix pour toi à ce moment-là. Je peux le voir et l'accepter, même si je ne suis pas d'accord, mais à l'époque ? Je n'avais jamais su ce que c'était que d'aimer une autre personne. J'approchais la trentaine quand je t'ai dit que je t'aimais. Je ne l'avais jamais dit à personne d'autre de ma vie. Je pensais ces mots, plus que tout ce que j'avais jamais dit.

Je voulais construire une vie avec toi. Et puis j'ai découvert que tu étais avec quelqu'un d'autre ? Je ne comprenais pas pourquoi j'étais encore en vie. Je n'avais rien et personne. Mes parents reconnaissaient à peine mon existence, et la seule personne qui, je pensais, m'aimait vraiment avait choisi quelqu'un d'autre.

Des larmes coulaient sur mes joues. Je savais que j'avais blessé Sebastian quand j'avais choisi Trevor, mais je n'avais jamais imaginé que c'était si grave. Je ne savais rien de ses parents, et je n'avais jamais su qu'il était si blessé. —Je suis désolée.

Il a inspiré et expiré lentement. —J'ai besoin que tu me promettes quelque chose, Zoey.

J'ai hoché la tête.

—J'ai besoin que tu le dises. J'ai besoin que tu me dises que tu le promets.

—Je te le promets, Sebastian. N'importe quoi.

—Ne me fais pas retomber amoureux de toi. Ne t'appuie plus sur moi et ne te confie plus à moi. N'agis pas comme si nous étions plus que ce que nous sommes. Je ne pense pas que je survivrai si je te laisse entrer et que tu pars à nouveau, et tu vas partir. Alors, ne me fais pas t'aimer.

Les larmes ne s'arrêtaient pas. La douleur dans sa voix me déchirait. J'ai hoché la tête, comprenant exactement ce qu'il demandait. Si j'avais été assez courageuse, j'aurais demandé la même chose à Trevor il y a des années. Mais j'étais faible. Je suis tombée dans ses mensonges et ses promesses encore et encore. Je l'ai laissé me dire qu'il ferait mieux, et j'ai souri et fait confiance quand il le faisait, jusqu'à ce qu'il ne le fasse plus.

Trevor ne m'a jamais mise en premier. Il n'a jamais mis les enfants en premier. Il ne s'inquiétait que de se mettre lui-même en premier. Et cela a ruiné notre mariage.

Je n'étais pas prête à faire la même chose à Sebastian. À le briser comme Trevor m'avait brisée. Je l'aimais trop pour lui faire subir ce genre de douleur.

—Je te le promets, Sebastian. Je ne te ferai pas m'aimer.

—Bien. Maintenant, déshabille-toi pour que nous puissions célébrer ton nouveau travail non rémunéré.

Tout ce dont il avait besoin. C'était ma nouvelle devise. Tout ce dont Sebastian avait besoin. Mon cœur serait à jamais brisé, mais cela n'avait pas d'importance tant qu'il était entier.

16

Je ressentais encore la façon agressive dont Sebastian m'avait possédée trois jours plus tard quand je suis allée au club de lecture. Possédée était le seul mot que je pouvais utiliser pour le décrire. Il avait été exigeant et possessif. Il avait aussi été implacable, et j'avais joui tellement de fois que j'ai cru que j'allais m'évanouir. C'était incroyable, puissant et détaché.

C'était un homme en mission. Je ne savais pas quelle était cette mission, mais avec mes cuisses endolories et mon vagin à vif, j'avais une idée. Pas que je me plaignais, exactement. C'était plutôt que j'étais confuse.

S'il m'avait dit qu'il m'aimait avant ça, j'aurais pensé qu'il le faisait pour me montrer à quel point je comptais pour lui. À quel point j'étais spéciale et comment il voulait que je pense à lui avant, pendant et après avoir couché avec n'importe quel autre homme pour le reste de ma vie. Mais il ne m'a pas dit qu'il m'aimait. Il m'a dit de ne pas le faire tomber amoureux de moi, alors j'étais confuse et un peu vide à l'intérieur quand j'ai quitté sa cabane.

J'étais en train de me ronger l'ongle et d'ignorer le groupe quand Melody a dit : —Allô la Terre à Zoey. Tu es là ?

—Quoi ? Oui. Je me suis redressée et j'ai essayé de sourire. —Désolée.

—À quoi pensais-tu ? a demandé Finley.

—Oh, euh, rien de spécial, vraiment. Désolée. De quoi parliez-vous ?

—De toi, a dit Melody avec un sourire gentil. —On essayait de comprendre ce qui se passait parce que tu as l'air d'une femme qui a des problèmes avec un homme.

J'ai regardé autour de la pièce et j'ai essayé de résister à l'envie de m'enfuir quand j'ai vu leurs visages curieux et encourageants. Merde. Je ne voulais pas leur dire ce qui se passait. J'avais besoin de le garder pour moi.

—Dis-nous simplement, a dit Trinity. —Ce groupe peut t'aider. Je sais que tu ne nous connais pas bien, mais on t'aime bien et on se soucie de toi.

J'ai souri à ses gentilles paroles. Elles signifiaient plus qu'elle ne le réaliserait jamais. Je savais qu'elle ne connaissait les autres femmes que depuis un an, mais c'était quand même beaucoup plus longtemps que je ne les connaissais toutes. Mais l'entendre m'encourager me faisait sentir qu'elles ne me jugeraient pas.

—Je suppose que j'ai effectivement des problèmes avec un homme, ai-je admis.

—Je le savais, a dit Piper. Elle a secoué la tête et souri. —J'ai dit à Gavin que tu voyais quelqu'un. C'est pour ça que tu nous as demandé d'emmener les enfants dîner la semaine dernière. Tu avais un rendez-vous.

—Eh bien, pas tout à fait. J'ai risqué un regard vers Sofia et l'ai trouvée en train de me sourire avec encouragement. Si je devais deviner, elle savait tout. Elle a hoché la tête et me l'a confirmé. —Je couche avec Sebastian.

La pièce est devenue silencieuse. Personne n'a bougé, ni parlé, ni même respiré. Elles m'ont toutes juste regardée.

—Qu'est-ce qu'il a fait ? a demandé Sofia quand les autres semblaient incapables de former des mots.

—Ce n'est pas qu'il ait fait quoi que ce soit, vraiment. C'est juste... je ne sais pas comment l'expliquer.

—Il a peur de retomber amoureux de toi, a dit Sofia d'un air entendu.

J'ai hoché la tête. —Je sais. Il m'a dit de ne pas le faire tomber amoureux de moi.

—Alors, que s'est-il passé ? a demandé Sofia.

J'ai poussé un profond soupir et j'ai su que je devais tout leur dire si je voulais qu'elles comprennent. Bon sang, je ne comprenais pas moi-même, mais peut-être qu'elles le pourraient. J'ai commencé par raconter que j'avais vu Sofia et Sebastian dans le jardin, puis Sebastian m'embrassant quand il m'a trouvée en train de pleurer. Je leur ai parlé de ma confrontation avec lui et de la première fois où nous avons couché ensemble et de ce qu'il a dit après ça et de mon retour pour le voir. Je me suis excusée auprès de Sofia quand j'ai mentionné l'avoir trouvée à sa cabane, mais elle a compris. Puis j'ai terminé avec ce qui s'est passé quand nous avons discuté. Personne n'a dit un mot pendant tout ce temps. Elles m'ont juste regardée et écoutée. Et quand j'ai eu fini, elles étaient toutes figées.

—Euh, qu'est-ce que, euh...

Sofia a gémi et secoué la tête. —Elles sont toutes en état de choc, c'est pourquoi elles ne disent rien. Pour moi, je vais avoir du mal parce que je n'ai jamais eu de relation comme la vôtre, jamais. Il m'a raconté comment vous vous êtes rencontrés et sa version des choses de quand vous étiez plus jeunes, et nous avons parlé récemment, alors j'ai du mal à te dire quoi que ce soit qui ne trahirait pas mon amitié avec lui.

—Je ne veux pas que tu fasses ça. Et je ne veux pas que tu

m'encourages à continuer à coucher avec lui. Je ne sais pas ce que je veux.

—Pourquoi ne veux-tu pas qu'elle t'encourage ? a demandé Melody.

—Ce n'est pas juste envers Sebastian. Je pars. Mes enfants ont l'école, des amis et mon ex est à Pittsburgh. Je dois y retourner. Je voulais l'éviter cet été. Je ne voulais pas le voir ou m'impliquer ou quoi que ce soit. Je voulais lui donner de l'espace. Il me déteste, et je sais qu'il me déteste, et je ne le blâme pas. Et je ne dis pas que tout ça est de sa faute. C'est aussi la mienne. Mais je—

—Tu l'aimes encore quoi ? demanda Melody.

Je me mordillai la lèvre et secouai la tête. Il était hors de question que je termine cette phrase.

—Elle l'aime toujours, répondit Finley à ma place. —Tu l'aimes encore, n'est-ce pas ? Tu es toujours amoureuse de lui. Après toutes ces années, deux enfants et un mariage, tu es toujours amoureuse de Sebastian.

Je pris une respiration tremblante et acquiesçai.

—Merde, marmonna Sofia.

—C'est un problème ? lui demanda Trinity.

Sofia me regarda et soupira. —Il l'aime toujours aussi. Je suppose que c'est pour ça qu'il lui a dit de ne pas le faire tomber amoureux d'elle. Il tient à peine le coup en ce moment. Il parlait avec quelqu'un sur À la Recherche du Héros Littéraire Parfait et espérait que ça pourrait mener quelque part, mais il n'a pas repris contact depuis un moment à cause de Zoey. Il essaie déjà de se protéger parce qu'il sait qu'il va s'effondrer quand elle partira.

—Il parlait avec quelqu'un ? demandai-je, m'accrochant à cette information.

Sofia hocha la tête. —Oui, désolée. Une mère célibataire. Il aimait bien discuter avec elle, mais il se sentait mal à cause de ce qui se passe entre toi et lui.

Je ne répondis pas à son commentaire. Si je l'avais fait, j'aurais avoué la vérité. J'étais presque certaine d'être celle avec qui Sebastian parlait en ligne. Je pouvais me tromper, mais quelles étaient les chances qu'il y ait une autre mère célibataire sur l'application qui n'avait pas eu de nouvelles de son match depuis plus d'une semaine ?

Je n'arrivais pas à décider si c'était une bonne ou une mauvaise chose.

Le reste de la conversation se déroula autour de moi. Elles étaient toutes d'accord sur le fait qu'elles voulaient notre bonheur, mais elles n'arrivaient pas à se mettre d'accord sur la question de savoir si cela signifiait que nous devions continuer à coucher ensemble ou non. Moi non plus.

La seule chose qui me resta en tête à la fin fut la remarque de Melody disant que c'était dommage que je n'habite pas ici. Cela résoudrait tous nos problèmes.

Ça semblait toujours être le problème entre Sebastian et moi. Depuis notre rencontre, c'était notre plus grand défi. Si seulement j'habitais là-bas. Si seulement je déménageais là-bas. Si seulement j'étais assez courageuse.

J'ÉTAIS en train de travailler sur les systèmes informatiques mardi après-midi quand Piper est venue s'asseoir à côté de moi à la table de la salle à manger. J'avais fait de cet endroit mon bureau pendant les heures où il n'était pas utilisé pour servir les repas. De cette façon, je pouvais garder un œil sur les enfants qui jouaient dehors, et j'étais disponible au cas où Tante Gina ou quelqu'un d'autre aurait besoin de moi.

Quand Piper s'est assise, j'ai tout de suite su qu'il se passait quelque chose. Je me suis tournée vers elle et j'ai essayé de sourire calmement pendant qu'elle cherchait les mots qu'elle voulait dire.

—Pourquoi ne peux-tu pas déménager ici ? a-t-elle finalement demandé. —Je veux dire, je sais que ce ne serait pas facile, mais pourquoi ce n'est pas une option ? Vraiment ? Parce que les enfants et l'ex et tout ça, c'est une bonne excuse, mais je ne pense pas que ce soit la vraie raison pour laquelle tu ne veux pas déménager ici.

Je me suis adossée à ma chaise et j'ai réfléchi à la meilleure façon de répondre à sa question. —J'adore cet endroit. Quand nous venions en visite, je souhaitais qu'on vive ici. Même en revenant à Noël, je voulais déménager ici, et une partie de moi le veut toujours maintenant. Mais je ne peux pas faire ça à Sebastian. Il mérite une chance de tourner la page, et si je suis ici, je crains qu'il ne le fasse pas.

—Parce qu'il t'aime toujours.

—Parce que je l'ai blessé. J'ai été horrible avec lui, et nous en avons parlé la semaine dernière, mais j'ai quand même été horrible avec lui. Je me suis toujours dit qu'il était mieux sans moi à cause de ce que j'ai fait, et je le crois toujours, mais je l'aime vraiment encore. Je sais que c'est tordu, et ça ne ressemble pas à un véritable amour, mais c'est la seule chose que je peux lui offrir maintenant.

Piper a lentement hoché la tête et regardé par la fenêtre arrière où les enfants couraient dehors avec Gavin et quelques enfants qui séjournaient à l'auberge. —Gavin parle parfois de retourner vivre à Pittsburgh.

—Quoi ? Pourquoi ?

—À cause de toi. Il serait probablement en colère contre moi si je te le disais, et je ne te le dis pas pour essayer de te convaincre de déménager. Mais je veux que tu saches que Sebastian n'est pas le seul ici. Ton frère l'est aussi, et il vous aime tellement, toi et les enfants. Vous lui manquez tous les jours. Ça le dérange beaucoup de ne pas pouvoir être là pour toi comme avant, mais il sait que gérer cet endroit n'est pas le genre de travail qu'il peut faire depuis n'importe où ailleurs.

—Je ne savais pas qu'il ressentait ça, ai-je soufflé.

—Je sais. Mais je pensais que tu devais le comprendre. Il t'aime tellement, et il souhaiterait que tu déménages ici. Je n'arrête pas de lui dire que c'est ton choix et de ne pas insister, mais après l'autre soir, je me demande si peut-être toutes les raisons pour lesquelles tu ne déménages pas ici ne sont pas dans ta tête. Peut-être qu'être ici serait la meilleure chose pour toi.

J'ai inspiré brusquement, ses paroles s'enfonçant profondément alors que Piper se levait et me tapotait la main avant de me laisser seule à répéter ses mots encore et encore et encore.

Peut-être qu'être ici serait la meilleure chose pour toi.

Il y a eu tant de fois où je me suis posé la même question avec espoir, mais il était difficile d'imaginer que je n'avais pas manqué ma chance.

J'ai continué à travailler, mais les paroles de Piper ne cessaient de résonner dans mon esprit. Quand j'ai terminé ce que je faisais, j'ai sorti mon téléphone. Je n'avais toujours pas découvert avec certitude si SoisLaLumière était Sebastian ou non, mais ce que je savais, c'est qu'il s'agissait de quelqu'un qui ne me connaissait pas et qui me donnerait un conseil basé uniquement sur son instinct.

MAMANDE2

Comment fais-tu pour prendre une décision difficile ?

Je n'étais pas sûre qu'il me réponde du tout, mais je ne m'attendais certainement pas à ce qu'il réponde si rapidement.

SOISLALUMIÈRE

Ça dépend de quoi il s'agit.

MAMANDE2

Disons qu'on te propose un nouveau travail, mais ça implique de déménager. Comment décides-tu quoi faire ?

SOISLALUMIÈRE

Honnêtement, je fais confiance à mon instinct. Je pense à ce que serait ma vie si j'acceptais. Puis je réfléchis à ce qui manque dans ma vie actuelle. Est-ce que ce changement m'aidera à obtenir certaines de ces choses ?

MAMANDE2

Et si tu n'es pas sûr ?

SOISLALUMIÈRE

Rien n'est jamais sûr. On pourrait se noyer cet après-midi. On pourrait se retrouver paralysé suite à un accident de voiture. On pourrait rencontrer notre âme sœur la veille d'un déménagement. Tout peut arriver.

MAMANDE2

Pourquoi l'inattendu doit-il forcément être négatif ? MDR

SOISLALUMIÈRE

Bien vu. Peut-être que tu acceptes ce travail et tu trouves la personne qui t'est destinée. Peut-être que tu restes et tu obtiens une promotion avec une énorme augmentation. Peut-être que tu reçois une troisième offre d'emploi encore meilleure, et c'est celle-là que tu choisis.

MAMANDE2

Beaucoup mieux.

SOISLALUMIÈRE

MDR. Tu veux bien me dire où tu déménages ?

MAMANDE2

C'est hypothétique. J'essaie de décider ce qui est le mieux pour moi et mes enfants en ce moment.

SOISLALUMIÈRE

Avoir des enfants rend tout plus compliqué.

MAMANDE2

Tu as des enfants ?

SOISLALUMIÈRE

Non, mais j'ai commencé à voir quelqu'un dans la vraie vie. Elle a des enfants. Je n'étais pas sûr de devoir te le dire.

MAMANDE2

Je comprends. Moi aussi. C'est la première fois que j'essaie les rencontres en ligne, donc je n'étais pas sûre des protocoles ou peu importe comment on appelle ça.

SOISLALUMIÈRE

Exactement. Les règles sont déroutantes. Et je suis trop vieux pour les jeux.

MAMANDE2

Quel âge as-tu ?

Mon cœur s'est emballé pendant que j'attendais sa réponse. S'il disait quarante et un, j'allais être certaine que c'était lui.

J'ai regardé par la fenêtre les enfants pendant que j'attendais que la réponse arrive. Sebastian s'est dirigé vers Gavin et les enfants. Il a frotté la tête d'Alexis quand elle s'est accrochée à sa jambe. Il a fait un check à Cameron comme s'ils étaient de vieux amis. Puis il a tapé quelque chose sur son téléphone avant de le ranger, au moment où mon téléphone vibrait.

SOISLALUMIÈRE

41

Merde. Ça devait être lui. Et je devais lui dire que c'était moi.

MAMANDE2

J'ai une confession à faire. Je pense que je
sais qui tu es.

Je l'ai regardé sourire à quelque chose que Gavin avait dit, puis il a sorti à nouveau son téléphone. Ses sourcils se sont froncés et son sourire s'est effacé pendant qu'il lisait le message. Ses pouces ont volé sur l'écran avant que mon téléphone ne vibre à nouveau.

SOISLALUMIÈRE

Comment sais-tu qui je suis ? Est-ce qu'on
se connaît ?

J'ai pris une profonde inspiration et tapé le message qui allait tout finir.

MAMANDE2

Regarde en haut.

Il a lu le message et a reculé. J'ai cru que je m'étais peut-être trompée, mais ensuite il a levé les yeux. Il a regardé autour de lui jusqu'à ce que son regard se pose sur moi debout à la fenêtre.

J'ai levé mon téléphone pour qu'il sache que ce n'était pas une coïncidence. Ses épaules se sont affaissées. Il a remis son téléphone dans sa poche et s'est concentré sur Gavin. Sa bouche était crispée. Je suis restée là à attendre.

Il a fini de parler à Gavin, puis s'est dirigé d'un pas furieux vers l'auberge. Je l'ai attendu dans la salle à manger. Il est entré dans la pièce et m'a dévisagée.

Après un moment douloureusement long, il a dit, —Tu es MamanDe2 ?"

J'ai acquiescé. —Je ne savais pas avec certitude que tu étais SoisLaLumière jusqu'à aujourd'hui."

—Mais tu le soupçonnais ? a-t-il grogné.

—Sofia a mentionné-

—Sofia te l'a dit ? Son ton mêlait incrédulité et colère.

—Non, elle ne m'a rien dit. Ne t'énerve pas contre elle. Elle a mentionné que tu parlais à quelqu'un sur À la Recherche du Héros Littéraire Parfait. Une mère célibataire. Il semblait peu probable que ce ne soit pas moi, surtout quand j'ai pensé à ton pseudo.

—Donc, tout ça c'était pour me piéger à l'admettre ?

— Tout quoi ?

— Tes questions sur comment faire un choix difficile. C'était quoi tout ça ? Tu as décroché un emploi ? Tu quittes Pittsburgh ?

— Non, c'était juste hypothétique.

Il passa une main sur sa barbe et fixa le mur derrière moi. Encore une fois, je lui faisais mal. C'était exactement l'opposé de ce que je voulais, mais ça semblait être la seule chose pour laquelle j'étais douée quand il s'agissait de Sebastian.

— Tu cherches toujours du travail ?

— Oui.

— À Pittsburgh ?

— Oui.

Il hocha la tête, puis tourna les talons et sortit de l'auberge. Je le regardai traverser la cour et disparaître au coin de la maison.

Ça ne s'était pas passé comme prévu.

— Zoey, tu peux m'aider avec le plan de table ? demanda Piper en entrant dans la pièce derrière moi.

Elle fixait le cahier dans ses mains, complètement inconsciente de ce qui venait de se passer.

J'avais envie de retourner à la maison et de me cacher. D'enfouir mon visage dans un oreiller et pleurer. Ou de me noyer dans une bouteille de vin et faire semblant de ne pas avoir encore une fois blessé Sebastian. Mais je ne pouvais faire ni l'un ni l'autre. Je n'avais plus ce luxe. J'étais une adulte, et être adulte signifiait faire des choix qu'on ne voulait pas toujours faire.

Et aider pour le mariage de mon frère, parce qu'au final, la famille était tout ce que j'avais, et tout ce qui comptait.

17

SEBASTIAN

Je fixais la bière devant moi en résistant à l'envie de jeter la bouteille contre le mur. J'étais presque sûr qu'Hudson me mettrait à la porte si je le faisais, et je ne voulais pas partir tout de suite.

Il y a un an, je n'aurais jamais imaginé être assis au O'Kelley's un jeudi soir avec un groupe d'amis. Je n'avais jamais imaginé beaucoup de choses. Comme retomber amoureux de Zoey. Je savais que je l'aimais toujours, mais ce que je ressentais dernièrement était nouveau, pas ancien. J'étais retombé amoureux d'elle, et la douleur était à nouveau nouvelle.

C'était vraiment pourri.

—Qu'est-ce qui t'arrive ? demanda Nico, pas vraiment discrètement.

—Rien.

—Des conneries. Qu'est-ce qui se passe ?

—Je ne peux pas là, tout simplement.

—Tu ne peux pas quoi ? demanda Hudson.

J'ai haussé les épaules. —Fonctionner. Respirer. Parler. J'ai été tellement stupide.

—Qu'est-ce que tu as fait ? demanda Nico.

—Je suis tombé amoureux d'elle.

—Sofia ? demanda Nico. Ils pensaient tous que Sofia et moi finirions ensemble, donc je suppose que c'était une supposition raisonnable.

J'ai secoué la tête.

—Il parle de Zoey, dit Hudson.

—Ma Zoey ? précisa Gavin.

J'ai grogné contre lui. J'ai vraiment grogné. Parce qu'il a dit qu'elle était à lui. Je savais ce qu'il voulait dire, mais n'importe quel homme revendiquant un droit sur elle me mettait en rogne. Même son frère.

—Et merde, dit James. —Tu vas te battre avec son frère pour elle ? T'es foutu.

—À qui le dis-tu, répondis-je misérablement.

—Que s'est-il passé ? demanda Hudson.

J'ai lancé un regard noir à Gavin, attendant qu'il dise quelque chose. Il me fixait droit dans les yeux.

—Je ne sais rien à ce sujet. Et entre nous, elle est plus à moi qu'à toi. C'est ma meilleure amie au monde. Tu peux t'énerver, mais je vais la protéger.

—Comme tu l'as protégée de son ex-mari ? ai-je grogné.

—Tu n'as aucune idée de ce dont tu parles.

—Je pense que c'est toi qui n'as aucune idée. J'ai secoué la tête. Je ne pouvais pas lui dire pourquoi Zoey avait épousé Trevor. Les histoires sur ses parents n'étaient pas de notoriété publique, et les révéler devant tout le monde ne me rendrait pas service.

—Qu'est-ce qui se passe ? demanda Ian, le calme au milieu de la tempête. —Tu es tombé amoureux d'elle, mais ne l'as-tu pas toujours aimée ?

—Oui, c'est vrai, ai-je admis. —Quand elle est arrivée ici, je... je ne sais pas ce que je pensais. Je voulais la détester ou la punir ou lui faire mal. Je ne voulais pas tomber dans son lit, mais je n'arrivais pas à lui résister.

C'était au tour de Gavin de grogner.

—Je ne l'ai pas fait exprès. C'est arrivé comme ça. Je lui ai dit que c'était juste du sexe, qu'on ne s'impliquerait pas émotionnellement. Elle était d'accord. Mais nous nous sommes retrouvés associés sur cette stupide application que vous m'avez tous fait télécharger. Elle l'a découvert et m'a demandé comment je prendrais une décision difficile, comme choisir de déménager pour un nouveau travail.

—Elle déménage ? Elle a trouvé un travail ? Pourquoi je ne suis au courant de rien ? lâcha Gavin.

—Elle a dit que c'était hypothétique, mais ça n'en a pas l'air. J'ai l'impression qu'il se passe quelque chose. Je ne sais juste pas quoi.

—Tu lui as dit de ne pas venir s'installer ici ? lança Gavin.

—Calme-toi, dit fermement Hudson.

Le ton et le comportement de Gavin devenaient de plus en plus agressifs à mesure que je parlais. Je comprenais. Il était pris entre deux feux. Nous savions tous qu'il voulait que Zoey déménage à L'anse MacKellar, et j'étais presque certain d'être la raison pour laquelle elle ne l'envisageait pas.

—Je ne lui ai rien dit. Elle m'a posé sa question hypothétique avant de me dire qui elle était. Je lui ai expliqué que lorsque je fais un choix comme celui-là, je fais confiance à mon instinct et je réfléchis à ce qu'est la vie et ce qu'elle serait selon les options. Après avoir avoué qui elle était, elle a précisé que c'était hypothétique et qu'elle n'avait d'offre d'emploi nulle part.

—Si elle voulait s'installer ici, que lui dirais-tu ? exigea Gavin.

J'ai pris une inspiration et essayé de surmonter la douleur. Gavin et les autres n'avaient aucune idée de ce que ces mots me faisaient ressentir. Zoey *voulait* s'installer à L'anse MacKellar. Pendant des années, nous en avions parlé. Nous l'avions planifié. Nous allions travailler et économiser, acheter une petite maison. Nous savions que ce ne serait pas facile, mais nous nous serions eus l'un l'autre. Elle était jeune, mais j'avais déjà mis un peu d'argent de côté à ce moment-là. J'allais la surprendre avec une maison quand elle s'installerait en ville. Toutes ces choses qu'elle n'a jamais sues.

L'idée de faire à nouveau des projets comme ça, de nourrir des espoirs pour les voir détruits encore une fois, tout cela se battait en moi. C'est pourquoi je lui avais dit de ne pas me faire retomber amoureux d'elle. L'aimer et planifier une vie avec elle une seconde fois était quelque chose que je ne m'étais jamais permis d'imaginer possible. Je ne pouvais toujours pas me le permettre.

—Je ne ferais jamais obstacle à son bonheur, ai-je finalement articulé. Je ne l'ai jamais fait.

Gavin me fixait, m'observant attentivement.

Je me suis détourné de lui pour me concentrer à nouveau sur ma bière. J'ai serré la bouteille fermement, luttant encore une fois contre l'envie de la jeter contre le mur et de la regarder se briser en mille morceaux.

Les autres ont changé de sujet et ont commencé à parler de sport et des événements locaux à venir. Il y avait une séance de dédicaces à la librairie de Finley pendant le week-end. Certains des gars prévoyaient d'y aller avec leurs femmes et petites amies, mais ça ne m'intéressait pas et je ne les écoutais plus.

Hudson a posé une autre bière devant moi mais ne l'a pas lâchée jusqu'à ce que je lève les yeux vers lui. Pour ce que ça vaut, je sais que ce n'est pas facile.

J'ai secoué la tête. Non, ça ne l'était pas.

—Si j'avais une seconde chance avec Hillary, je la saisirais sans hésiter, mais elle ne m'a pas fait traverser ce que tu as vécu.

—Ouais.

—Je sais que tu ne te mettrais jamais entre Zoey et son

bonheur, mais tu dois aussi penser à ce qui te rendrait heureux.

—Ce serait elle, ai-je répondu instantanément. Zoey était la seule chose que je voulais depuis aussi longtemps que je me souvienne. Même si je ne voulais pas espérer que nous puissions avoir une autre chance, je la désirais quand même.

—Peut-être que tu devrais le lui dire.

J'ai ricané. Non. Parce que tout comme je ne lui dirais pas de ne pas s'installer ici, je ne peux pas non plus lui dire qu'elle devrait venir. Si elle me veut, ça doit être sa décision.

—C'est compliqué quand elle n'est pas seule.

—Oui, ça l'est. J'adore ses enfants, mais ce ne sont pas mes enfants. Je suis leur ami, pas leur père.

Hudson a hoché la tête. Je ne sais pas si je pourrais gérer le rôle de beau-père. Bien sûr, ça implique aussi de sortir avec quelqu'un, et je ne suis pas ouvert à ça non plus, donc je ne suis d'aucune aide.

Je lui ai souri, reconnaissant qu'il ne me juge pas ou ne me mette pas à la porte.

—Enfin, je voulais juste que tu saches que Gavin n'est pas le seul à avoir une opinion.

—Merci, Hud, ai-je dit, levant ma bière en un toast silencieux. C'était bon de savoir qu'il était de mon côté.

—Comment ça, vous ne pouvez pas tout livrer comme prévu ? ai-je aboyé dans le téléphone le lendemain matin. Le mariage de Gavin et Piper était dans deux semaines, et les fleurs devaient être plantées s'ils voulaient se marier dans le jardin.

—Je suis désolé, Sebastian. Si je pouvais faire quoi que ce soit, je le ferais. Notre camion de livraison vient de nous lâcher. Nous le faisons réparer, mais ce sera lundi, au plus tôt, qu'il sera prêt, a dit David.

—Est-ce que je peux venir chercher les choses ? ai-je demandé, désespéré de trouver une autre solution.

—J'y ai pensé aussi, mais cette commande allait remplir notre camion entier. Si vous veniez la chercher, ce serait environ vingt allers-retours en camionnette.

— Ce qui me prendrait toute la journée. Merde.

— Crois-moi, je ressens la même chose. Je sais que ce n'est pas idéal. Même avec plusieurs camions, ça prendrait une éternité.

Je faisais les cent pas près de l'eau en essayant de trouver une solution, mais il n'y en avait vraiment pas. Tout le monde s'était porté volontaire pour aider dimanche, mais sans les plantes, on ne pouvait pas faire grand-chose. Si on allait les chercher, il faudrait plus d'une demi-journée pour tout transporter à l'auberge, et il n'y avait aucune chance qu'on puisse tout planter. À ce stade, ça avait plus de sens d'attendre jusqu'à lundi, quand le camion serait réparé et que tout pourrait être livré.

— Je ne suis pas sûr de pouvoir obtenir l'aide dont j'ai besoin ici en semaine, dis-je, surtout pour moi-même. — Je suppose que je n'ai pas vraiment le choix dans tout ça. Quand le camion sera réparé, vous me tiendrez au courant ?

— Bien sûr. Vous êtes ma priorité. Dès que possible, nous vous livrerons.

— Merci, David.

— À bientôt.

J'ai raccroché et baissé la tête contre ma poitrine. Putain de merde. Je n'avais aucune idée de comment j'allais m'en sortir. La seule raison pour laquelle j'avais une chance d'y arriver était grâce à toute l'aide que j'allais recevoir, mais maintenant...

J'ai envoyé un message à tout le monde pour les informer

que la livraison était annulée et devait être reportée en semaine. Quelques-uns ont dit qu'ils essaieraient de s'organiser, mais la plupart devaient travailler, ce que je savais déjà. Ça allait être pénible, mais c'était pour Gina, Gavin et Piper, et si j'étais honnête, je le faisais aussi pour Zoey. Je voulais voir son expression quand le jardin serait redevenu comme avant.

Je venais juste de ranger mon téléphone dans ma poche quand Gavin m'a appelé. Il faisait partie du groupe de messages, donc je savais qu'il était au courant de la situation. J'ai attendu qu'il me rejoigne et j'ai soupiré en voyant son expression contrariée.

— Rien ? a-t-il demandé.

J'ai secoué la tête. — Leur camion est en panne. Lundi est le plus tôt qu'il pourra être réparé, et il ne peut même pas le garantir.

— Merde. Piper va piquer une crise.

— Je sais. Je suis désolé. Je m'en occuperai la semaine prochaine. Mais ça prendra du temps sans aide.

— Je ferai tout ce dont tu as besoin. Et si on allait tout chercher ?

— J'ai demandé ça aussi. Il faudrait faire vingt allers-retours.

— Ce qui prendrait toute la journée et on ferait aussi bien d'attendre jusqu'à lundi.

— Ouais.

— Et demain ? a demandé Gavin. — On pourrait y aller demain ?

Je n'avais pas pensé à cette option. Si on récupérait tout samedi, tout serait à l'auberge pour dimanche. — Laisse-moi rappeler David et voir.

J'ai tapé sur mon téléphone et attendu pendant que ça sonnait à l'autre bout. — Cove Gardens.

— C'est Sebastian Parks. David est disponible ?

— Un instant.

J'ai attendu en espérant que ça marcherait. Je ne savais pas comment nous allions transporter les plus gros éléments à l'auberge, ni comment je déplacerais tout de mon camion vers le jardin, mais je devais tenter quelque chose.

— Salut, Sebastian. Qu'est-ce qu'il y a ?

— David, je parlais avec Gavin, et il a demandé si nous pouvions venir chercher tout ça demain. Nous avons une équipe qui vient dimanche pour planter, et si je peux faire mes trajets demain, nous pourrons encore tout terminer dimanche.

David a inspiré profondément. — Oui, je ne vois pas pourquoi pas. Nous avons presque tout sorti. J'allais préparer le reste demain, mais je peux commencer à travailler là-dessus maintenant. Les arbres seront le plus gros problème. Avez-vous des sangles ? On peut les attacher pour qu'ils ne basculent pas pendant que vous conduisez.

— Je peux en trouver. Je vais essayer d'avoir un ou deux autres véhicules, si possible. À quelle heure pouvons-nous venir demain ?

— Nous ouvrons à huit heures. Je serai là. Tout est à l'arrière. Il y a une zone de chargement. Appelez-moi quand vous serez en route, et je vous retrouverai là-bas pour vous aider à charger.

— Merci, David. J'apprécie vraiment votre aide.

— Nous apprécions votre clientèle. Je suis déçu de ne pas pouvoir voir le résultat final, mais je viendrai éventuellement.

Gavin me tapota l'épaule et me fit signe de lui passer le téléphone. —Hé, attends une seconde.

Je haussai les sourcils en direction de Gavin et lui tendis mon téléphone. —Bonjour David, c'est Gavin Holbrook. Piper et moi serions ravis que vous veniez au mariage. C'est dans deux semaines, très décontracté, mais nous nous marions dans le jardin donc vous aurez une vue magnifique.

—Vous n'avez pas à faire ça, protesta David assez fort pour que je puisse l'entendre.

—Nous le voulons. Nous allions vous en parler dimanche lorsque vous livreriez tout, mais j'ai pensé le mentionner maintenant.

—Merci, Gavin.

—Et amenez Mme Maxwell aussi. Nous aurons de la bonne nourriture, de la musique, de la danse, et bien sûr, des fleurs magnifiques.

—Merci. Nous viendrons.

Gavin parla encore quelques minutes et promit que nous appellerions avant de partir. Il raccrocha et me rendit mon téléphone.

—Tu comptais vraiment l'inviter ? demandai-je.

Gavin hocha la tête. —Piper veut inviter toute la ville. Je comprends, mais on ne connaît pas vraiment tout le monde. Ou plutôt, je ne connais pas tout le monde. Elle, si. Mais David nous aide à réaliser ce projet. On voulait lui demander en personne.

J'acquiesçai lentement. L'anse MacKellar était un endroit spécial. Tout le monde s'entraidait, et le constater encore et encore me rappelait combien j'aimais y vivre.

—Hé, à propos d'hier soir. Je n'ai pas été très juste envers toi concernant Zoey.

—C'est ta sœur. Ton rôle est de la protéger.

—Oui, mais je sais aussi que tu ne lui ferais jamais de mal. Pas intentionnellement, et si tu pouvais l'éviter, pas acciden-tellement non plus. Le divorce a été difficile pour elle et les enfants, mais son mariage était terminé depuis longtemps. Ce n'était que la dernière étape.

—Elle me l'a dit.

—J'ai toujours voulu qu'elle finisse avec toi. Quand elle a

choisi Trevor, je n'ai vraiment pas compris. Je ne suis toujours pas sûr de savoir pourquoi elle l'a fait, pas vraiment. Elle était ivre un jour et m'a parlé de votre histoire, mais elle a refusé d'expliquer pourquoi elle avait choisi Trevor, et maintenant je suppose que ça n'a plus vraiment d'importance. Mais j'aurais aimé qu'elle s'installe ici et t'épouse à la place.

—Tout arrive pour une raison. J'aurais aimé aussi, mais ce n'était pas notre destin. J'ai fait la paix avec ça.

—Vraiment ?

Je haussai les épaules. —Je n'ai pas le choix. Elle ne reste pas ici, et je ne peux pas imaginer partir. C'est peut-être égoïste de ma part, mais cet endroit est chez moi.

—Je comprends. Vraiment. Je n'arrête pas d'essayer de la convaincre de s'installer ici, mais elle ne veut pas te faire souffrir.

J'acquiesçai. Je ne voulais pas qu'elle me fasse souffrir non plus, mais déménager aurait l'effet inverse. Ou peut-être pas. Nous étions des personnes différentes de ce que nous étions il y a dix ans. Nous avions tous les deux traversé beaucoup d'épreuves. Et peut-être que nous n'étions pas censés finir ensemble.

La vie finit toujours par prendre le chemin qu'elle doit prendre.

Gavin parla encore quelques minutes. Il dit qu'il aiderait pour le transport le lendemain, mais il n'avait évidemment pas de camion, donc nous avions toujours besoin d'aide.

Après que Gavin fut remonté vers la maison, j'envoyai un autre message disant que nous étions de nouveau partants pour dimanche, si les gens pouvaient toujours venir, et demandant si quelqu'un était disponible pour aider au transport.

Hudson et Colin acceptèrent immédiatement de faire des allers-retours avec moi. Colin ajouta qu'il avait des sangles, des bâches et des tendeurs pour tout sécuriser. Ian se joignit à la conversation en proposant de conduire aussi. Quelques autres offrirent de nous retrouver à l'auberge pour aider à décharger.

Tout se mettait en place. Juste à temps.

Grâce aux habitants de la ville. Comment pourrais-je partir ? Je ne le voulais pas, mais était-ce ma seule option si je voulais une vie avec Zoey ?

Et voulais-je une vie avec Zoey ?

Je marchais vers l'auberge quand j'entendis des gloussements et me retournai juste à temps pour rattraper Alexis avant qu'elle ne me rentre dedans. Elle rit et s'accrocha fort, et je réalisai que je ne savais pas comment j'allais pouvoir vivre sans eux tous. Ce n'était pas seulement Zoey qui m'avait fait retomber amoureux. C'était Alexis avec sa douceur et son rire, et Cameron avec sa force et sa gentillesse, et Zoey... avec tout ce qu'elle était.

Tous les trois s'étaient glissés dans mon cœur et exigeaient que je leur prête attention. Tous les trois m'avaient entouré et m'avaient fait tomber amoureux d'eux. Tous les trois partiraient dans quelques semaines... et je savais que je ne serais plus jamais le même.

18

ZOEY

Le terrain autour de l'auberge était en pleine effervescence tout le samedi matin. J'ai aidé là où je pouvais, mais je n'avais pas l'impression d'être très utile. À l'heure du déjeuner, je les avais déjà abandonnés pour manger et me préparer à me rendre à la séance de dédicaces à la librairie de Finley. Elle nous avait tous demandé de venir pour qu'il y ait au moins quelques personnes présentes pour rencontrer l'auteure invitée.

Je n'avais jamais lu un seul livre d'Athena McKenzie, mais Finley en était complètement fan. Elle affirmait que c'étaient des classiques modernes avec beaucoup de scènes torrides et des héros masculins qu'on rêvait d'arracher des pages. Avec une telle recommandation, j'avais hâte d'en obtenir un lors de la séance de dédicace.

Alexis m'a demandé si elle pouvait m'accompagner, mais Athena allait faire une lecture qui ne serait pas adaptée aux enfants. J'ai promis à Alexis une autre sortie avec Amber bientôt et je l'ai envoyée chercher Tante Gina. Piper m'accompagnait à la séance de dédicaces, et Gavin était toujours occupé à récupérer des plantes, donc Tante Gina était de service pour garder les enfants.

—Putain de merde, souffla Piper quand nous nous sommes engagées sur Riverview Road. Il y avait une file d'attente devant Petits ami du Livre Illimité qui s'étendait jusqu'au milieu du pâté de maisons. Les places de stationnement étaient inexistantes.

Je souris à cette vue. —Super pour Finley.

—Absolument. Aide-moi à trouver une place pour qu'on puisse y aller et lui donner un coup de main.

Piper a emprunté une rue latérale après l'autre jusqu'à ce que nous ayons de la chance et trouvions quelqu'un qui partait. Elle s'est garée à un peu plus d'un pâté de maisons de la librairie de Finley, et nous nous sommes dépêchées d'entrer.

La file d'attente s'était dissipée, mais c'était uniquement parce que l'intérieur était bondé de gens. L'affluence était incroyable, et Finley souriait largement. Elle nous a fait signe quand elle nous a vues, mais comme elle parlait à une cliente, elle n'a pas eu l'occasion de nous dire bonjour.

Piper a repéré Sofia et quelques autres et s'est dirigée vers eux. Ils étaient assis sur le côté, laissant beaucoup d'espace aux nouveaux clients de Finley pour qu'ils aient les meilleures places pour la lecture.

Athena McKenzie parlait à deux femmes au premier rang, souriant et riant avec elles. Elle ressemblait exactement à sa photo en ligne avec ses cheveux foncés et sa peau brun clair. Ses yeux étaient bienveillants et accueillants, ce qui permettait de comprendre facilement pourquoi elle était si populaire. Je me suis toujours demandé si des personnes comme elle, des célébrités, étaient les mêmes dans la vraie vie que sur la page, mais en la regardant assise là, je me disais qu'il n'y avait aucune chance qu'elle ne le soit pas.

—Comment se passe la livraison des plantes ? demanda Sofia à Piper une fois que nous avions salué tout le monde.

—Bien, je pense. Gavin a dit qu'ils en ont encore une tonne à récupérer, mais je pense qu'ils vont tout faire aujourd'hui.

—C'est bon à entendre. Sebastian était anxieux à ce sujet. Il était sûr que quelque chose allait tout gâcher. Je ne pense pas qu'il respirera à nouveau avant la fin de votre mariage.

—Je n'arrive toujours pas à croire que je me marie dans deux semaines.

—Moins que ça, dit Sofia. Elles se serrèrent étroitement, partageant un moment où j'avais l'impression d'être intrusive juste en étant là. Sofia était la demoiselle d'honneur de Piper, sa meilleure amie. J'étais la témoin de Gavin, mais j'avais l'impression qu'il ne me l'avait demandé que parce qu'il pensait qu'il le devait. Mais j'aimais mon frère et j'étais heureuse de l'accompagner.

Finley s'est avancée vers l'avant de la salle et a attiré l'attention d'Athena. Cette dernière termina ce qu'elle disait à la femme avec qui elle parlait, puis rejoignit Finley à la table. Elles parlèrent doucement pendant une minute tandis que l'énergie et l'excitation dans la pièce atteignaient leur paroxysme.

Je n'avais jamais assisté à une séance de dédicaces auparavant, et j'étais aussi excitée que les autres. Des murmures et des rires légers circulaient autour de moi tandis que tout le monde attendait que Finley présente la star du jour.

Athena fit un pas sur le côté, derrière sa table, et Finley s'avança. Dès qu'elles bougèrent, la foule devint silencieuse d'anticipation.

—Wow, dit Finley. Merci. Je sais que vous n'êtes pas tous là pour me voir aujourd'hui, mais si nous ne nous sommes pas rencontrés, je suis Finley Jameson. Je suis la propriétaire de Petits ami du Livre Illimité. Je suis très heureuse de vous avoir tous ici aujourd'hui, mais je suis particulièrement heureuse d'accueillir Athena McKenzie. Elle fit une pause pendant que tout le monde applaudissait. Finley continua avec un sourire. Athena McKenzie est une auteure à succès figurant sur les listes du *USA TODAY* et du *NEW YORK TIMES* avec plus de quarante romans d'amour. Elle passe son temps à imaginer la prochaine grande histoire d'amour et à courir après sa ménagerie d'animaux domestiques sur sa propriété de quatre acres dans le nord de l'État de New York. Le mari d'Athena soutient ses efforts d'écriture en lui apportant du café, du chocolat et du vin, pas toujours dans cet ordre. Il la maintient à l'écriture pendant d'innombrables heures d'inspiration et beaucoup de massages de pieds. Quand elle n'écrit pas, Athena aime les promenades tranquilles en solitaire, aller au marché fermier et s'immerger dans un bain à bulles profond. Veuillez accueillir Athena McKenzie !

Finley commença à applaudir en s'éloignant, et tout le monde suivit son exemple. Finley s'arrêta devant nous et me sourit. Ses joues rayonnaient d'excitation. C'était une énorme affluence pour elle, et j'espérais que cela l'aiderait à sortir du trou dans lequel elle disait s'enfoncer.

—Merci beaucoup, Finley. Je suis vraiment ravie d'être ici. Je ne fais pas beaucoup de séances de dédicaces, mais quand Finley a appelé, je ne pouvais pas refuser de venir ici aujourd'hui. Finley et moi nous connaissons depuis des années. Mon mari et moi avons visité cette région il y a cinq ou six ans, et je suis tombée amoureuse de la ville et de cette librairie. N'est-elle pas adorable ?

Tout le monde applaudit pour Finley, et elle rougit profondément.

—Si vous n'êtes jamais venu ici auparavant, j'espère que ce ne sera pas votre dernière visite. Finley est incroyable, et je sais que vous trouverez une tonne de choses à ramener chez vous. Et j'espère que l'une de ces choses est mon nouveau livre, *Home Tonight*.

Plus d'acclamations éclatèrent dans la foule. Je ne pouvais pas m'empêcher de sourire et d'acclamer avec eux.

—Si cela vous convient, je vais faire une courte lecture, puis je répondrai à vos questions et nous pourrons discuter. Je reste ici jusqu'à ce que Finley ferme à dix-sept heures, mais elle a dit qu'elle restera ouverte jusqu'à ce que j'aie eu l'occasion de parler à chacun d'entre vous. Elle est formidable.

Je jetai un coup d'œil à Finley et vis des larmes qui brillaient dans ses yeux. —Ça va ? chuchotai-je.

Elle hocha la tête. —Je n'aurais jamais pensé avoir une telle affluence. C'est plus d'affaires que je ne fais habituellement en un mois, et ce ne sont que les ventes jusqu'à présent. Si la moitié de ces personnes achètent un livre, je ferai plus d'affaires que je n'en fais habituellement en deux ou trois mois.

—C'est génial.

— C'est vrai. Mais ça me montre que je dois voir plus grand. Le potentiel est là. Et je me suis cachée parce que j'avais peur d'être jugée. Mais je ne suis pas seule. Toutes ces femmes adorent Athena et les romans d'amour, et j'ai été tellement stupide de m'inquiéter qu'on se moquerait de moi parce que je ne vends pas de la fiction littéraire ou d'autres trucs prétentieux qui ne m'intéressent pas. La romance est une industrie qui pèse des milliards. Je dois l'assumer.

— Tu le fais. Et tu continueras. Ce n'est que la première étape vers ce qui est possible.

Finley hocha la tête. — C'est vrai. C'est vraiment vrai. J'ai hâte d'être à la prochaine.

Je lui ai souri, souhaitant pouvoir ressentir un peu de son enthousiasme. J'étais contente pour elle, bien sûr, mais je n'avais pas ce qu'elle avait. Mes possibilités étaient limitées, et mon argent l'était encore plus. Je ne voulais pas non plus gérer une librairie, ni aucun autre type de commerce. Je n'étais pas sûre de ce que je voulais faire, mais je devais le découvrir rapidement pour avoir un emploi et pouvoir subvenir aux besoins de mes enfants.

Je me suis adossée et j'ai écouté Athena lire un passage sensuel de son livre. Rien n'était explicite, mais on pouvait sentir l'énergie du livre. Sa voix était langoureuse et envoûtante, me plongeant dans l'histoire et me donnant envie de lire la suite.

Quand elle a terminé le passage, elle a expliqué d'où venait l'inspiration pour cette scène et pour le livre entier.

— Mon mari était mon premier petit ami. Mon premier amour sérieux. Nous sommes sortis ensemble au lycée, mais quand nous sommes allés à l'université, nous avons perdu contact. Des années plus tard, nous nous sommes croisés dans un café. Nous avons échangé nos coordonnées et fixé un moment pour nous retrouver. Il venait de sortir d'une relation, alors nous avons convenu de rester simplement amis, mais ça n'a pas duré longtemps. Nous nous sommes mariés six mois plus tard, et nous n'avons pas regardé en arrière depuis. Ce livre... c'est une version romancée de notre histoire. C'est une histoire que j'ai attendu des années pour raconter parce qu'elle est si importante pour moi. Les critiques ont été incroyables, et la réponse des fans a été meilleure que ce que j'aurais pu espérer. C'est vraiment un livre qui vient de mon cœur, et que tant de personnes l'aiment est tout simplement la meilleure sensation au monde.

Athena a ouvert la séance aux questions et Finley l'a modérée pour elle, s'assurant que toutes les questions reçoivent une réponse. Après cela, une file s'est formée à travers la librairie alors que les gens attendaient de parler à Athena et de faire dédicacer leurs livres.

Finley s'affairait derrière le comptoir pour suivre le

rythme, alors je me suis approchée et j'ai proposé mon aide. J'ai emballé les achats pendant qu'elle les enregistrait. Blake nous a rejoint quelques minutes plus tard et a créé une deuxième file pour ceux qui payaient en espèces.

Tous les trois, nous avons travaillé ensemble pour préparer les achats de chacun et avons souri en voyant un client heureux après l'autre partir avec un nouveau livre ou six.

Lorsque la file a finalement diminué, Athena s'est approchée de nous. — Vous avez besoin d'une pause, mesdames.

— Pas de repos pour les braves, a dit Finley avec un sourire.

— C'est bien vrai. Mais vos amis là-bas ont gardé quelques livres pour vous, si ça vous intéresse, a dit Athena.

— Vraiment ? ai-je lancé avec enthousiasme. J'avais hésité à aider Finley parce que je ne voulais pas manquer l'occasion d'avoir un livre, mais je savais qu'elle avait besoin d'aide.

— Oui. Sans pression, bien sûr. Athena a souri avec douceur.

— J'en veux un, a dit Finley. — Je voulais te demander à l'avance, mais je n'aurais jamais pensé qu'il y aurait autant de monde. Tu as attiré une foule impressionnante.

— Tu as une librairie incroyable. J'étais si heureuse de pouvoir t'aider. Athena a tendu les bras par-dessus le comptoir et a serré les mains de Finley.

— Merci. Vraiment. C'était incroyable.

— Bien sûr. J'espère que tu me laisseras revenir.

— Quand tu veux. Zoey ici présente est à l'auberge où tu séjournes. Sa famille la possède depuis toujours, a expliqué Finley.

— Vraiment ? J'adore cet endroit. Gina est votre mère ?

— Ma tante, lui ai-je dit. — Mon frère et moi venions ici chaque été. Il est revenu s'y installer l'hiver dernier, et j'ai amené mes enfants ici pour y passer l'été.

— C'est tellement excitant. La famille est si importante. Nous vivons dans notre ville natale. Nous ne pouvions pas imaginer nous installer ailleurs. Notre famille élargie y est toujours, et c'est chez nous. Où est chez vous pour vous ?

Sebastian m'est venu à l'esprit. J'ai ouvert la bouche pour dire Pittsburgh, mais je savais que ce n'était pas la vérité. La vérité, c'est que mon chez-moi était là où se trouvait Sebastian.

Comme je ne répondais pas, Athena l'a vite interprété. — Chez vous n'est plus chez vous, n'est-ce pas ?

J'ai lentement secoué la tête.

— Peut-être qu'il est temps de découvrir où est vraiment votre chez-vous, et de faire le grand saut. Elle a signé le livre devant elle et me l'a tendu.

Je lui ai souri et j'ai serré le livre dédicacé contre ma poitrine. Peut-être qu'il était temps.

Je me suis levée tôt le lendemain matin pour aider à la plantation. C'était un travail énorme, mais Sebastian avait rassemblé beaucoup de personnes pour travailler ensemble. Chacun avait reçu une tâche et un groupe avec lequel travailler afin que tout puisse être fait en même temps sans prendre une éternité.

J'avais Alexis, Hudson, Ramsey et Amber avec moi.

— Je ne suis pas sûr que les petites monstres vont nous être d'une grande aide, a dit Ramsey alors que les filles gloussaient et couraient en cercle autour de nous.

— Ouais, probablement pas beaucoup. Mais peut-être qu'elles peuvent nous apporter de l'eau ou quelque chose, a dit Hudson.

— Tu vas demander à ma fille de te servir ? a demandé Ramsey, une lueur taquine dans les yeux.

—Oui. Oui, c'est le cas. Hudson ne montrait aucun remords, ce qui nous a fait rire, Ramsey et moi.

—Probablement un bon plan. On est prêts à commencer ? demanda Ramsey.

Hudson et moi avons acquiescé et commencé à placer les plantes dans notre section. Gavin et Sebastian avaient tout positionné là où ils voulaient que les plantes aillent. Chaque section comptait au moins une douzaine de plantes, parfois beaucoup plus. Les zones extérieures avaient les plus grandes plantes, et en nous rapprochant de l'eau, les plantes devenaient plus basses pour que la crique et la rivière soient visibles de n'importe quel endroit du jardin.

Ramsey, Hudson et moi travaillions bien ensemble. L'un de nous creusait un trou, un autre plaçait la plante, et le troisième rebouchait le trou et s'assurait qu'il y avait assez de terre pour la maintenir en place. Très vite, nous avions presque terminé notre petite section et avions besoin d'eau de nos assistants.

—Pourquoi vous n'allez pas voir qui d'autre aurait besoin de bouteilles d'eau ? suggéra Ramsey alors que nous faisions une pause pour boire et admirer le travail que nous avions accompli.

Certaines des autres sections étaient également terminées. Le jardin prenait forme, et c'était magnifique. Sebastian avait conservé la même disposition générale qui avait toujours existé, laissant les chemins en herbe partout pour que les gens puissent se promener sans marcher sur les fleurs. Des bancs étaient placés à différents endroits et les treillis étaient entrelacés de vignes. Les arbres et buissons plus grands attendaient encore d'être installés, et Hudson et Ramsey sont allés aider à cette tâche.

—C'est magnifique, me dit Athena McKenzie. —Je suis si heureuse d'être ici pour voir ça.

—Vous êtes invitée. Vous ne devriez pas être dehors à faire ça, ai-je protesté.

Athena a fait un geste de la main. —Oh, je vous en prie. J'adore ce genre de chose. Piper m'a raconté toute l'histoire hier soir. Alors, Gavin est votre frère ?

J'ai hoché la tête. —Il l'est. Ma fille court autour de lui. La petite fille aux boucles foncées. Mon fils est le blond qui parle à Gavin.

—Ils sont adorables. On dirait qu'ils s'amusent bien.

—Ils ont bien profité de cet été. Ce n'était pas facile au début, mais une fois qu'ils ont rencontré quelques amis, ils ont commencé à s'amuser.

—Les enfants sont un défi que nous n'avons pas encore relevé. Nous en avons parlé, mais il y a tant de choses que j'aime dans ma vie telle qu'elle est.

—Je comprends. Je suis tombée enceinte peu après notre mariage. C'était la bonne décision pour nous à l'époque.

—Est-ce que votre mari est celui avec qui travaille votre fils ?

J'ai regardé où était Cameron et je l'ai vu agenouillé à côté de Sebastian, le regardant comme s'il avait décroché la lune. L'admiration sur le visage de mon fils m'a coupé le souffle. Je savais qu'ils avaient travaillé un peu dans le jardin, mais je ne savais pas que Cameron adorait Sebastian de la même façon qu'Alexis.

—Euh, non. Mon mari n'est pas là. C'est en fait mon ex-mari.

—Oh, je suis vraiment désolée. J'aurais dû m'en douter puisque vous ne portez pas d'alliance.

—Ce n'est pas grave. Je les fixais toujours, incapable de détourner mon regard.

—Alors, il est votre foyer, n'est-ce pas ?

—Pardon ? ai-je demandé, sortant enfin de ma transe quand je n'ai pas compris sa question.

—L'homme avec votre fils. C'est votre foyer ?

—Sebastian ? Non, je... C'est compliqué.

—Bien sûr que ça l'est, a dit Athena avec un sourire. —Mais cela ne signifie pas que ça ne vaut pas l'effort. Si vous l'aimez, dites-le-lui.

—Je l'ai blessé une fois. Gravement. Je ne suis pas sûre que nous puissions nous en remettre.

—On dirait que lui, le peut. S'il vous détestait, il ne serait pas si gentil avec votre fils. Et il ne continuerait pas à regarder par ici comme s'il voulait être celui qui vous parle.

—Ce n'est pas vrai, ai-je protesté alors que mon regard glissait vers lui pour découvrir qu'il me fixait.

—Je vous l'avais dit. Athena a souri. —Je ne prétendrai jamais être une experte en hommes, mais je sais à quoi ressemble le visage d'une personne amoureuse. Je l'ai étudié. Vous cherchez tous les deux la même chose, et vous l'avez trouvée l'un dans l'autre. S'il reste des bagages à régler, réglez-les, mais ne le laissez pas s'échapper. Je ne pense pas qu'aucun de vous ne veuille que cela arrive.

J'ai souri et acquiescé, sachant qu'il n'y avait aucun moyen d'argumenter avec elle. Je ne voulais pas que Sebastian s'échappe. Je m'étais éloignée la dernière fois, mais je ne voulais pas recommencer. Je l'aimais, et j'aimais L'anse MacKellar. Je n'étais pas sûre que Sebastian me voulait, mais peut-être que je nous devais à tous les deux de le découvrir.

Mais d'abord, je devais savoir que je pouvais me débrouiller seule. Je pouvais subvenir aux besoins de mes enfants sans compter sur quelqu'un d'autre pour le faire à ma place comme je l'avais fait toute ma vie. J'avais besoin d'un emploi.

19

SEBASTIAN

— Je peux t'aider cette semaine ? demanda Cameron, ramenant mon attention sur ce que nous faisions. Fixer sa mère du regard n'était pas une bonne idée, surtout entouré de la moitié de la ville, et j'avais besoin de me concentrer.

— M'aider à arroser toutes les plantes et vérifier qu'elles sont encore en vie ? demandai-je.

Cameron hocha la tête. — C'est amusant. Là où on habite, il n'y a pas beaucoup de terre. J'aime la terre.

Je ris de cet aveu sincère. — Moi aussi. J'ai toujours aimé la terre.

Cameron hocha la tête d'un air pensif. — J'aimerais qu'on vive quelque part où je pourrais jouer dans la terre. Quand il pleut, ma mère me dit que je dois rester loin de la boue parce qu'il y a d'autres personnes dans notre immeuble. Si je mets de la boue et de l'eau partout, quelqu'un pourrait se blesser.

— Ma mère était pareille, mais nous avions notre propre maison. Elle n'aimait tout simplement pas la saleté.

— Les filles sont bizarres.

— Oui, oui, elles le sont, acquiesçai-je, jetant un autre

coup d'œil à Zoey. Elle parlait toujours avec l'invitée qui était venue aider. Elle souriait et semblait avoir une bonne conversation. Je voulais savoir de quoi elles parlaient, mais je n'avais toujours pas le droit de lui demander.

— Hé, Sebastian, qu'est-ce que tu veux faire avec ceux-là ? demanda Ian de l'autre côté du jardin.

Il s'appuyait contre l'un des arbres non plantés, un de ceux qui devaient être mis en terre bientôt. Je ne les avais pas laissés pour la fin exprès, je m'étais juste concentré à faire le plus possible.

— Mettons-les en terre. Je pense que tout est fait sauf ces derniers.

Ian hocha la tête et assembla rapidement un groupe pour aider. Les arbres étaient assez grands pour qu'une personne ne puisse pas les déplacer seule, mais trop petits pour que plus de deux ou trois personnes puissent les entourer. Ils allaient être difficiles à manipuler.

Ian et Hudson roulèrent un des arbres sur le côté et se mirent à creuser le trou où il serait planté. Gavin et Colin en prirent un autre. Nico me tapa sur l'épaule tandis que Rowan et James s'occupaient d'un troisième.

— Donne-moi un coup de main, dit Nico, n'acceptant aucun refus.

— Tu es sûr ? lui demandai-je. J'appréciais son aide, mais j'étais aussi conscient du fait que Nico devait protéger ses mains pour pouvoir faire son travail. S'il ne pouvait pas traiter ses patients atteints de cancer parce qu'il était blessé, tout le monde en souffrirait.

Nico hocha la tête. — Absolument. Avec vous deux qui m'aidez, je pense que ça ira. Il me fit un clin d'œil quand la poitrine de Cameron se gonfla de fierté.

— Je peux aider aussi ? demanda Cameron.

— Bien sûr, on ne pourrait pas le faire sans toi. J'ébouriffai ses cheveux et posai ma main sur son épaule tandis que nous nous dirigions vers l'arbre le plus proche.

Nico et moi avons roulé l'arbre sur le côté avec Cameron qui sentait une partie du poids et savait qu'il aidait. Une fois sur le côté, l'empreinte laissée par l'arbre nous donnait une bonne idée de l'endroit et de la largeur à creuser. Tous les trois nous sommes mis au travail, creusant rapidement suffisamment d'espace pour que la motte de racines puisse s'y loger.

Nous avons mis les pelles de côté et avons roulé l'arbre jusqu'au bord du trou. Nico croisa mon regard et hocha la tête, comprenant que Cameron ne voulait pas rester en retrait et avait besoin de se sentir important pour que tout se réalise.

— Qu'est-ce que tu en penses ? demanda Nico. — Quelle est la meilleure façon de faire ?

— On ne peut pas simplement le faire rouler dedans ? demanda Cameron.

J'acquiesçai à tous les deux. — Ça me va. Il pourrait tomber du bord alors tenez bon.

Je me tenais dans le trou, Nico est resté à l'extérieur, et Cameron s'est positionné avec un pied dedans et un pied dehors. Nico et moi avons soulevé autant que possible et avons mis l'arbre en place avec l'aide de Cameron. Cameron et moi sommes sortis du trou et avons examiné notre travail.

—Qu'en penses-tu ? a demandé Nico. Est-ce qu'il faut le tourner ou mieux le positionner ?

L'arbre penchait sur le côté et avait définitivement besoin d'un meilleur positionnement, mais Nico ne me demandait pas mon avis. Il s'adressait à Cameron.

Cameron haletait et la sueur coulait sur son visage couvert de terre. Ses gants étaient enduits de boue. Mais il souriait largement.

—Je pense qu'on devrait s'assurer qu'il tienne bien droit, a dit Cameron sérieusement. Je peux m'en occuper.

Nico a secoué la tête. —C'est toi qui as le meilleur œil. Je pense que tu dois nous dire quand c'est bon.

—Vraiment ? a demandé Cameron, son sourire s'élargissant. Il faisait partie de l'équipe, une partie cruciale.

—Absolument, ai-je confirmé. Nico et moi allons déplacer l'arbre jusqu'à ce que tu nous dises que c'est bon. D'accord ?

Cameron a hoché la tête. —Ouais, d'accord.

Nico a tiré l'arbre dans la mauvaise direction, le laissant pencher davantage. Cameron s'est empressé de le corriger. Nous l'avons déplacé dans l'autre sens, le redressant et le faisant pivoter juste assez pour qu'il commence à pencher dans l'autre direction. Encore une fois, Cameron nous a corrigés avec douceur. Il ne s'est pas énervé et a pris sa tâche très au sérieux.

—C'est bon, a-t-il finalement dit, une fois que nous avions placé l'arbre au bon endroit. Parfait.

Nico et moi avons échangé un sourire et reculé de l'arbre. —Beau travail, a dit Nico. C'est parfait.

—On n'aurait pas pu le faire sans toi, ai-je dit à Cameron.

—Il faut remplir le trou, a dit Cameron, toujours aussi sérieux. Il a attrapé une pelle et a commencé à remettre la terre autour de l'arbre. Nico et moi l'avons aidé, tassant la terre pour nous assurer que l'arbre était bien soutenu. Quand Cameron a reculé pour admirer notre travail, Nico et moi avons reculé avec lui.

—Je pense que ça a l'air bien, a dit Cameron.

—Je suis d'accord. Super boulot. Le meilleur arbre ici, a dit Nico.

Cameron a regardé autour de lui et a hoché la tête avec fierté. J'ai essayé de ne pas être un peu fier de lui et j'ai échoué. C'était un sacré bon gamin. Je n'avais rien à voir avec ce qu'il était devenu, mais je voulais en faire partie. Je regretterais toujours que les choses n'aient pas pu être différentes entre Zoey et moi, mais ses enfants étaient de merveilleuses petites personnes que j'étais heureux de connaître.

Comme pour confirmer mes pensées, Alexis est arrivée en courant et m'a percuté au niveau des cuisses. Je me suis redressé avant que nous ne tombions tous les deux par terre et j'ai essayé de ne pas la toucher jusqu'à ce que je réalise qu'elle était couverte de plus de terre que nous tous.

—Est-ce que quelqu'un t'a enterrée comme un de ces arbres ? lui ai-je demandé.

Elle a gloussé et secoué la tête, envoyant de la terre voler de ses boucles. —J'aime bien la saleté maintenant. C'est amusant.

—Je vois ça. Ton frère aussi, mais lui veut juste jouer dedans, pas la porter, lui ai-je dit.

—Ces deux-là vont peut-être devoir être jetés dans la rivière, a dit Nico. Je ne pense pas qu'il y ait d'autre option pour les nettoyer.

J'ai hoché solennellement la tête, me frottant la barbe en regardant les enfants et l'eau. —Je pense que tu as peut-être raison.

—Non ! s'est écriée Alexis. —On peut utiliser le tuyau d'arrosage.

—Je ne sais pas si le tuyau va réussir à enlever toute cette saleté. Tu es vraiment couverte.

—Amber aussi, dit Alexis en montrant la fille de Ramsey. Elle avait raison, et l'expression sur le visage de Ramsey indiquait qu'il essayait également de déterminer quoi faire d'elle.

—Tuyau d'arrosage ? lançai-je à Ramsey.

—Rivière ? répondit Ramsey.

Nico éclata de rire. —On a eu la même idée.

—Dans quoi se sont-ils fourrés ? demanda Ramsey en amenant Amber vers nous.

Je secouai la tête. —J'aimerais bien le savoir, mais j'espère qu'ils ne comptaient pas reporter ces vêtements un jour. Qu'en penses-tu, Cameron ? Tuyau d'arrosage ou rivière pour ces deux-là ?

Cameron sourit. —Rivière.

Les filles crièrent et s'enfuirent en courant. Cameron les poursuivit, tous les trois riant hystériquement. Je restai en arrière à les regarder, essayant de ne pas me laisser envahir par le sentiment de regret. Ils partiraient bientôt. Il ne me restait que quelques semaines avec eux, puis ils seraient de nouveau partis. Certes, ils pourraient revenir, mais quand ils partiraient, je savais que je devrais essayer de vraiment tourner la page.

Ou être prêt à partir avec eux.

Je regardai dans la direction de Zoey. J'essayais toujours de comprendre ce que je ressentais à l'idée qu'elle soit celle avec qui j'avais été associé sur l'application, et qu'elle ne me l'ait pas dit immédiatement, mais je savais aussi qu'il y avait une raison à notre match. Nous étions compatibles. Nous étions faits l'un pour l'autre. Même après toutes ces années.

Je n'avais pas manqué de remarquer que la seule femme que je voulais apprendre à connaître et avec qui j'envisageais de passer du temps après le départ de Zoey était, en fait, Zoey elle-même. Quoi que je fasse, je revenais toujours à elle. À nous. Et la perdre à nouveau n'était pas quelque chose pour lequel j'étais prêt. C'est pourquoi je pesais mes options et essayais de déterminer si j'étais prêt à faire tout ce qu'il fallait pour être avec elle.

Je devais simplement décider si je pouvais la laisser entrer complètement dans ma vie à nouveau.

CHAQUE JOUR pour le reste de la semaine, Cameron était dehors quand j'arrivais au jardin. Je lui disais chaque jour à quelle heure j'y serais le lendemain, et il m'attendait. Prêt à travailler et heureux d'aider.

Je lui ai montré comment arroser les plantes avec un jet doux pour ne pas les inonder tout en s'assurant que toutes les plantes reçoivent suffisamment d'eau. Le matin et de nouveau le soir, nous nous retrouvions dans le jardin et arrosions les plantes.

Et nous parlions. Cameron me parlait de son père et de toutes les heures qu'il travaillait. Il parlait de sa mère et de comment elle le faisait rire. Il partageait des histoires sur sa sœur, et des histoires sur eux quatre ensemble quand ses parents étaient encore mariés.

—Je suis désolé que tes parents ne soient plus ensemble, lui dis-je quelques jours après le début de la semaine.

Il hocha la tête, paraissant bien plus sage qu'un enfant de huit ans. —Moi aussi. Je ne veux pas que maman soit triste. Elle était toujours triste. Maintenant, elle n'est plus aussi triste, mais je ne pense pas qu'elle soit heureuse.

—Qu'est-ce qui te fait dire ça ?

Cameron haussa les épaules. —Elle ne s'amuse pas. Elle n'aime pas la terre, mais elle aime les fleurs. Elle aime les ordinateurs aussi, maintenant. Elle a beaucoup utilisé l'ordinateur. Peut-être que ça la rend heureuse, mais généralement elle a l'air en colère contre l'ordinateur.

Je lui souris. —Peut-être que l'ordinateur la frustre. C'est vraiment gentil de ta part de te soucier de son bonheur.

—Elle dit toujours qu'on devrait vouloir que les gens qu'on aime soient heureux. Si cela signifie qu'ils ne peuvent pas être avec nous pour une raison quelconque, on doit l'accepter. Mais peu importe où sont les gens, on devrait vouloir qu'ils soient heureux.

—Elle parlait de ton père ?

Cameron secoua la tête. —Non, oncle Gavin. Quand il a déménagé ici, il me manquait beaucoup. Il me manque toujours. Mais maman a dit qu'il est heureux, donc je dois être heureux pour lui.

—Et tu l'es ?

—Parfois, il me manque encore.

—Ouais, je ne pense pas que ça disparaisse un jour.

—Est-ce que tu aimes quelqu'un qui ne peut pas être près de toi ?

J'ai hoché la tête lentement, pensivement. C'était un enfant très intuitif. Et intelligent.

—Es-tu heureux pour eux ?

—S'ils sont heureux, alors oui. Comme ta mère l'a dit, s'ils sont heureux, je suis heureux.

Cameron a hoché la tête à nouveau et a continué d'arroser les fleurs. Cela m'a laissé me demander si c'était vraiment aussi simple qu'il le disait. Si je pouvais simplement être heureux pour Zoey quand elle partirait. Et peut-être que je pourrais l'être maintenant. Peut-être que la voir avec ses enfants me donnerait une sorte de paix intérieure que je n'avais pas avant.

Je voulais le croire, mais en réalité, je savais que ce n'était pas vrai. J'avais passé des années à essayer de l'oublier, et en quelques semaines seulement, je ne pouvais plus imaginer mon avenir sans elle. Je l'aimais toujours, et non seulement cela, mais je voulais qu'elle revienne dans ma vie. Pour de bon.

J'AI ATTENDU que Zoey vienne me voir, mais jour après jour, elle n'est jamais venue. Je lui avais dit que je serais disponible quand elle voudrait passer, mais depuis que j'avais découvert qu'elle savait qui j'étais sur l'application, je ne lui avais pas parlé. Huit jours, c'était assez long.

J'ai ouvert l'application, presque surpris de constater qu'elle y était toujours. Mon cœur s'est mis à battre un peu plus vite pendant que j'attendais que notre dernière conversation se charge. J'ai regardé ses mots et je me suis demandé ce qu'ils signifiaient. Est-ce qu'elle déménageait ? L'avait-elle envisagé ? Étais-je la raison pour laquelle elle avait changé d'avis ?

J'ai tapé un message rapide lui demandant si elle était occupée et si nous pouvions parler. Puis j'ai attendu.

C'est près d'une heure de vérifications constantes avant qu'un nouveau message n'apparaisse.

MAMANDE2

Désolée. C'était l'heure du coucher. Je viens de border mes enfants.

SOISLALUMIÈRE

Je comprends. On peut parler ?

MAMANDE2

Bien sûr. De quoi veux-tu parler ?

SOISLALUMIÈRE

J'aimerais parler en personne. Tu peux venir ?

MAMANDE2

J'arrive bientôt.

J'ai essayé de ne pas trop m'emballer, mais je l'étais. Elle ne m'avait pas rejeté, ce qui signifiait que nous allions pouvoir parler. Une vraie conversation.

J'ai rangé un peu pendant que j'attendais qu'elle frappe à la porte et j'avais un sourire prêt quand je l'ai entendue. Il n'a pas été accueilli par un sourire de sa part.

—Salut.

—Salut, dit-elle avec un sourire forcé.

Je reculai pour la laisser entrer et remarquai qu'elle gardait ses distances, faisant attention à ne pas me toucher.

— Ça va ? demandai-je.

— Oui. De quoi voulais-tu parler ?

— Avant d'en arriver là, pourquoi ne me dis-tu pas ce qui se passe ?

— Rien. Parle, c'est tout, Sebastian.

— Quelque chose ne va pas. Dis-moi.

Elle laissa échapper un rire sans joie et leva les yeux vers moi. — Je suis là. Je suis prête à t'entendre me dire que c'est fini. Je tiens le coup jusqu'à ce que je parte. Alors dis-le simplement que je puisse m'en aller.

— Quoi ?

— Dis-le simplement, Sebastian, dit-elle, sa voix à peine plus forte qu'un murmure.

— Je t'aime, soufflai-je, mes mots aussi silencieux que les siens.

— Quoi ?

Je m'éclaircis la gorge et m'avançai dans son espace, la forçant à pencher la tête en arrière pour croiser mon regard. — Je t'aime, Zoey. Je t'ai toujours aimée et je t'aimerai toujours. J'ai été un con quand j'ai découvert que tu savais qui j'étais parce que je me sentais stupide de ne pas l'avoir vu, mais dès que tu l'as dit, tout a pris sens. Je tombais amoureux de toi en ligne et tu étais juste devant moi, et je ne voulais aimer aucune des deux versions, mais c'est le cas. Je ne peux plus le nier.

— Tu ne m'aimes pas, dit-elle.

— Si, Zoey. Je ne voulais vraiment pas, mais je ne peux pas m'en empêcher.

— Non, tu m'as dit de ne pas te faire tomber amoureux de moi. Tu ne peux pas m'aimer.

— Je n'ai pas pu m'arrêter.

— Mais je n'habite pas ici.

— On trouvera une solution pour ça. Pour l'instant, j'avais juste besoin que tu saches que je t'aime.

— Je t'aime aussi, répondit-elle. Ses yeux bruns brillaient de larmes. Sa lèvre inférieure tremblait avant qu'elle ne la mordille. Je pris son visage entre mes mains et l'attirai vers le mien.

Nos lèvres se rencontrèrent dans un baiser lent qui disait tout ce que nous n'avions pas encore eu le temps d'exprimer. Il n'y avait aucune précipitation cette fois. Chaque fois que nous avions été ensemble auparavant, même adolescents, nous nous étions précipités. Par peur d'être surpris ou parce que nous ne pouvions pas attendre ou parce que nous nous mentions à nous-mêmes sur ce que cela signifiait, mais cette fois... Cette fois était différente. J'allais vénérer chaque centimètre de son corps et m'assurer qu'elle sache à quel point je l'aimais profondément.

Sa langue effleura mes lèvres et glissa dans ma bouche. J'enroulai ma langue autour de la sienne et gémis. Elle fondit dans mes bras, ses mains agrippant ma chemise comme si elle avait peur de lâcher prise.

Je glissai un bras autour de son dos et me rapprochai d'elle, nos corps pressés étroitement l'un contre l'autre des lèvres jusqu'aux genoux. Je durcissais contre son ventre, mais je n'étais pas pressé de faire avancer les choses. Je voulais l'embrasser. J'en avais besoin. Je brûlais de connaître l'inclinaison parfaite de nos têtes, le frôlement idéal de nos langues, le mordillement de ses lèvres qui la rendrait folle de désir.

Zoey soupira de bonheur et desserra son emprise sur le devant de ma chemise. Elle aplatit ses mains et les fit glisser sur ma poitrine pour les passer autour de mon cou. Ses doigts jouaient avec les cheveux courts de ma nuque, me faisant gémir de désir pour elle. Elle recommença, souriant contre mes lèvres quand elle obtint un nouveau gémissement.

Je remontai son t-shirt jusqu'à ce que mes doigts touchent sa peau nue, puis j'étalai ma main sur son dos. Elle gémit en réponse, notre baiser s'interrompant. Je traçai un chemin avec mes lèvres le long de sa gorge, léchant et suçant jusqu'à atteindre le col de son t-shirt. Elle s'accrochait à moi, me laissant la goûter autant que je le voulais.

Pour la première fois depuis des années, je cédai à chaque parcelle de désir que j'éprouvais pour la femme dans mes bras. Je me permis de croire qu'un avenir était possible pour nous. J'arrêtai de penser que cela pourrait finir et décidai de profiter de ce que nous avions. Si cela devait se terminer, j'y survivrais, mais cette fois, je ne comptais pas sur cette fin. Parce que cette fois était différente. Cette fois, j'allais lui faire confiance, l'aimer et ne jamais la laisser partir.

Je fis remonter mes lèvres le long de son cou jusqu'à ce que nos lèvres se rencontrent à nouveau. Je voulais me replonger dans notre baiser, mais d'abord, j'avais besoin de prononcer ces mots encore une fois.

— Je t'aime.

ZOEY

Entendre Sebastian prononcer ces mots me rendait faible des genoux. Il rendait tout en moi faible. Ces paroles m'avaient tellement manqué. Trois simples mots qui me disaient que tout allait bien se passer, et que si ce n'était pas le cas, il serait là avec moi pour arranger les choses.

—Je t'aime, lui dis-je, en espérant qu'il ressentait ne serait-ce que la moitié du réconfort que j'éprouvais en lui disant ces mots.

Il me serra plus fort, si étroitement que rien ne pouvait s'immiscer entre nous. Puis il commença à nous diriger vers son lit.

Nous avancions ensemble, nous arrêtant pour nous embrasser comme lorsque nous étions plus jeunes. Sa langue me taquinait, me rendant à la fois folle de désir et désespérément avide de faire durer cette nuit pour toujours. Chaque fois que notre respiration s'accélérait et que nos gestes se précipitaient, nous ralentissions, la décision prise sans mots ni réflexion. Nous voulions la même chose. Du temps.

Nous avons finalement atteint le lit, toujours entièrement habillés. Ses mains étaient sous l'arrière de mon t-shirt, mais il ne les avait pas aventurées plus loin. Nos lèvres restaient collées, aucun de nous ne voulant rompre notre baiser à nouveau.

Nous nous sommes allongés doucement sur le matelas, gardant nos corps en contact permanent. Sebastian s'installa sur le dos, m'attirant au-dessus de lui. J'ai chevauché ses hanches, me sentant à la fois timide et audacieuse en sentant l'épaisse rigidité de son érection entre mes cuisses. C'était comme si nous étions dans une bulle. Tout était en sécurité à l'intérieur, mais si nous essayions trop fort ou allions trop vite, elle éclaterait et tout serait fini.

Les mains de Sebastian glissèrent le long de mes côtes, emportant mon t-shirt avec elles. Je n'avais pas d'autre choix que de lever les bras et le laisser retirer mon haut. Son regard se fixa sur ma poitrine tandis qu'il jetait mon t-shirt au loin. Puis ses mains étaient de nouveau sur moi. Ses doigts effleuraient ma peau nue, faisant naître la chair de poule partout où il me touchait. Il traça le contour de mon soutien-gorge et encercla mon mamelon à travers le tissu, mais n'essaya pas de l'enlever. Je ne me souvenais pas de la dernière fois où j'avais été touchée avec tant de révérence, comme s'il était émerveillé que je sois là avec lui.

Je n'avais aucune idée de comment j'avais pu le quitter il y a toutes ces années. Je l'avais regretté à l'époque, mais assise sur lui, avec ce regard d'amour dans ses yeux, si intense qu'il m'en venait les larmes aux yeux, je savais que ne pas l'avoir épousé resterait à jamais la plus grande erreur de ma vie.

Une erreur que je n'avais pas l'intention de refaire. Même s'il ne me l'avait pas demandé, je n'allais pas le laisser partir cette fois.

—À quoi penses-tu ? demanda-t-il doucement, sa main caressant gentiment mon ventre.

—J'aurais aimé être revenue.

Il comprit ce que je voulais dire, et au lieu que son regard se durcisse et que le souvenir de la façon dont je l'avais blessé mette de la distance entre nous, il enroula son bras autour de ma taille et attira mon corps à plat sur le sien. —Moi aussi, j'aurais aimé ça, mais pour une raison quelconque, ce n'était pas notre moment. Nous devons l'accepter et arrêter de souhaiter que les choses aient été différentes. Tout ce que nous avons, c'est maintenant.

J'ai acquiescé contre sa poitrine, ses mots me blessant plus qu'ils ne le devraient. Je voulais plus que l'instant présent. Je voulais pour toujours. Je voulais un avenir. Je voulais tout avec lui. Mais il n'était encore prêt à me donner que le moment présent.

Aussi égoïste que cela puisse paraître, j'allais le prendre. Je prendrais tout ce qu'il me donnerait. Et si je finissais par retourner seule à Pittsburgh, j'emporterais le souvenir de notre temps ensemble et l'utiliserais pour guérir toute la douleur que je savais ressentir.

Mais je n'allais pas encore y penser. Pas quand nous avions toute la nuit. J'avais vu Piper en partant et lui avais dit que j'allais voir Sebastian. Elle m'avait promis qu'ils veilleraient sur les enfants et seraient là le matin au cas où je ne reviendrais pas. J'en avais ri sur le moment, mais maintenant j'étais plus que ravie qu'elle ait proposé. Parce que je n'avais pas l'intention de quitter le lit de Sebastian de sitôt.

Ses mains montaient et descendaient le long de mon dos d'une manière apaisante qui, au bout d'un moment, me faisait gigoter. J'ai tourné mes lèvres vers lui et léché sa gorge. Il a gémi et resserré son emprise sur moi. J'ai embrassé et mordillé sa mâchoire, frottant ma joue contre sa barbe. Il a défait mon soutien-gorge et m'a poussée vers le haut pour l'enlever. Pendant que je le faisais glisser le long de mes bras, il s'est redressé et a retiré son t-shirt d'un seul geste par-dessus sa tête. Puis il m'a ramenée sur lui, nos peaux nues se rejoignant.

—Je t'aime, Zoey, murmura-t-il dans mes cheveux.

—Je t'aime, Sebastian.

Il amena mes lèvres aux siennes et me dévora. Je sentais son désir comme s'il était en moi. Nous avions toujours eu une connexion, mais celle-ci était différente. Elle s'entrelaçait et s'enroulait, le passé et le présent se mêlant en moi, créant quelque chose qui ne lâcherait jamais prise.

Mes hanches bougeaient d'elles-mêmes, nos parties inférieures encore couvertes, mais je pouvais le sentir dur à travers son short. Ces restrictions me rappelaient la première fois que nous avions été ensemble. La première fois qu'il m'avait embrassée, touchée et fait jouir dans ses bras. Il avait toujours été un amant doux, passionné mais soucieux de me faire du bien.

Il nous fit rouler, mon dos heurtant le matelas avant même que je comprenne ce qu'il faisait. Il arracha ses lèvres des miennes et traça un chemin de baisers le long de ma gorge jusqu'à mes seins. Il prit un mamelon dans sa bouche, et je gémis en sentant sa langue le lécher. Il saisit mon autre sein et se l'offrit.

Je l'observais, le rose de sa langue sortant pour lécher le bout de mon mamelon. Les poils doux de sa barbe chatouillant le côté de mon sein. Ses yeux fermés de plaisir. Je ne pouvais pas me lasser de lui.

Il descendit, embrassant et léchant chaque centimètre de moi sur son passage. Il traça mes vergetures avec sa langue et déposa un baiser sur ma cicatrice d'appendicite. Il déboutonna mon short et lécha le bord de ma culotte avant d'y glisser ses doigts pour les faire descendre le long de mes jambes. Il écarta largement mes cuisses avec ses mains et me regarda simplement, exposée et vulnérable sur son lit.

—Tu m'as manqué, dit-il, en levant les yeux vers mon visage. Je n'aurais jamais cru t'avoir dans mon lit, Zoey. Et ça... Je t'aime.

J'ai avalé difficilement et j'ai hoché la tête. —Je t'aime. Je ne pouvais rien dire d'autre à travers l'émotion qui me serrait la gorge, mais l'ardeur dans ses yeux me disait qu'il comprenait tout. La douleur, les regrets et l'espoir que j'avais pour notre avenir.

Il a baissé la tête et s'est installé entre mes cuisses. Il a passé un doigt le long de mes plis, étalant mon humidité et me taquinant à chaque caresse. Lorsqu'il a finalement posé sa bouche sur moi, j'ai crié, un orgasme pulsant déjà en mon centre. L'anticipation de sa présence rendait tout contrôle impossible.

—Ne te retiens pas, Zoey, a-t-il dit, comme s'il pouvait lire dans mes pensées. —Donne-moi tout de toi.

J'ai gémi ma réponse, sans me soucier d'être discrète. Trevor n'aimait pas quand je faisais du bruit, mais avec Sebastian, ça me faisait du bien de me laisser aller. De lui dire avec mon corps et mes mots à quel point il me faisait du bien.

Il m'a léchée à nouveau, sa langue explorant mon corps, mais évitant soigneusement l'endroit où j'avais besoin de lui. Ses doigts taquinaient mon entrée sans jamais y pénétrer. Chaque mouvement me faisait retenir mon souffle et tendait mon corps. Je savais que lorsqu'il me donnerait enfin ce dont j'avais besoin, je perdrais la tête. Et j'avais hâte.

—Sebastian, ai-je gémi. Mon corps était tendu comme un arc, ma respiration s'échappant en halètements courts et saccadés. Je ne pouvais plus me retenir longtemps.

Il a grogné contre mon centre et m'a transpercée de sa langue. J'ai gémi, le plaisir me poussant au bord du gouffre sans tout à fait m'y faire basculer. Il a remonté en léchant jusqu'à sucer fort mon clitoris tout en enfonçant deux doigts profondément en moi. Et j'ai perdu pied.

J'ai crié, pleuré et arrêté de respirer. Je me suis agitée, j'ai tremblé et j'ai cru faire un peu pipi. Je ne pouvais rien contrôler. J'étais finie, une flaque inutile d'orgasme sur son lit.

Quand le brouillard dans mon cerveau s'est dissipé, son visage était juste là devant moi. Ses doigts caressaient doucement mes joues. Je sentais sa dureté entre mes cuisses, là où je tremblais encore des pulsations de l'orgasme qu'il m'avait offert.

—Tu es revenue parmi nous ? a-t-il demandé avec un sourire plein de satisfaction masculine et de fierté.

J'ai hoché la tête, les mots impossibles à prononcer sur le moment.

—Tu es prête ?

J'ai encore hoché la tête, écartant mes cuisses pour l'accueillir en moi. Il a poussé doucement, glissant dans mon corps humide avec facilité. Nous avons tous deux gémi et bougé ensemble pour l'amener plus profondément en moi.

—Tu es si bonne, Zoey.

—Toi aussi.

—Je t'aime.

—Je t'aime. Les larmes me piquaient les yeux alors qu'il me remplissait. Je me suis accrochée à lui, ayant besoin de cette connexion. L'amour dans ses yeux était comme rien que je n'avais jamais vu de ma vie. C'était lui pour moi. C'était ça pour moi. Si je mourais maintenant, je saurais que j'ai été aimée.

Il bougeait d'avant en arrière en coups courts et doux. C'était le genre de sexe dont nous n'avions jamais pu profiter auparavant. Lent, sans précipitation, magnifique. Je l'ai regardé dans les yeux tout du long, et il m'observait. Quand il s'est approché de la fin, j'ai vu le changement sur son visage et je me suis resserrée autour de lui.

—Putain, Zoey.

Je l'ai refait, accompagnant ses mouvements avec un peu plus de résistance. Il a gémi et accéléré, sans jamais briser la connexion que nous partagions. Quand il est venu, il m'a murmuré qu'il m'aimait et m'a embrassée.

Nous sommes restés ainsi pendant un long moment, nos corps et nos cœurs connectés. Je ne voulais pas que ce moment se termine, mais nous savions tous les deux que c'était inévitable. Sebastian s'est levé et s'est occupé du préservatif, puis est revenu dans son lit et s'est allongé avec moi. Il a embrassé mon cou et m'a serrée contre lui.

—Je sais que tu dois retourner à la maison, mais j'ai envie de rester ici avec toi encore un peu.

—En fait, je n'ai pas besoin de rentrer tout de suite. Piper a dit qu'elle s'occuperait des enfants s'ils avaient besoin de quelque chose. Et qu'elle serait là demain matin aussi.

—Rappelle-moi de leur offrir un très beau cadeau de mariage, d'accord ?

J'ai ri et hoché la tête. Je ferais la même chose.

UNE NUIT entière dans les bras de Sebastian était meilleure que tout ce que j'avais jamais osé imaginer. Nous avons tous deux dormi profondément toute la nuit, mais quand le matin est arrivé, nous avons profité de ce temps en tête-à-tête pour nous taquiner pendant un petit-déjeuner nu au lit et une douche partagée.

Au moment où je suis retournée à la maison pour me changer et mettre des vêtements propres pour la journée, je savais que je devais trouver un moyen de rester à L'anse MacKellar. Je n'étais simplement pas sûre de ce que j'allais faire pour gagner ma vie.

Je me suis changée rapidement dans la maison silencieuse et j'ai consulté les offres d'emploi à Pittsburgh avant de réaliser que je devais chercher des offres à L'anse MacKellar. Il y avait quelques endroits à moins de trente minutes qui cherchaient de nouveaux employés, mais ils mentionnaient tous « saisonnier » et étaient probablement déjà pourvus puisque l'été était presque terminé.

J'ai fermé mon ordinateur portable et me suis dépêchée d'aller à l'auberge pour retrouver mes enfants et voir Piper et Gavin. Et les remercier pour ma nuit.

—Je ne sais pas ce qu'on peut faire, ai-je entendu Piper dire quand je suis entrée dans l'auberge. Il n'y a pas d'option. Je craignais que ça arrive.

—Je sais, et j'aurais dû t'écouter, a dit Gavin. Viens là.

Je les ai trouvés étroitement enlacés dans le hall d'entrée. Piper avait l'air d'avoir pleuré, et Gavin semblait sur le point de faire pareil.

—Tout va bien ? ai-je demandé, détestant interrompre ce moment.

Piper s'est écartée de Gavin et a secoué la tête. Mon regard s'est tourné vers mon frère pour avoir une explication.

—Tante Gina avait dit qu'elle nous ferait un gâteau de mariage, mais avec l'auberge et toute la nourriture pour le mariage, maintenant elle n'est plus sûre de pouvoir le faire.

—D'accord. Où est le problème ? ai-je demandé.

—Nous n'avons pas de gâteau. Nous n'avons jamais fait de dégustations, et nous n'avons pas de plan B. Je ne sais pas quoi faire, a murmuré Piper.

J'ai jeté un coup d'œil vers la cuisine où Tante Gina devait être en train de travailler. Je me sentais mal pour eux tous. J'étais sûre que Tante Gina pensait pouvoir tout gérer, et elle ne voulait pas les décevoir, mais elle vieillissait et ça ne me surprenait pas qu'elle ne puisse pas tout faire. Mais Piper et Gavin méritaient un gâteau magnifique et délicieux. Quelque chose que je n'étais pas capable de fournir.

—Et la pâtisserie Cove ? ai-je suggéré.

—Je suis sûre qu'ils sont débordés, a dit Piper.

—C'est quoi la pâtisserie Cove ? a demandé Gavin.

—C'est une pâtisserie locale. J'ai goûté un de leurs gâteaux quand je suis allée chez Melody et Ramsey. C'était vraiment bon. Peut-être qu'ils peuvent le faire, ai-je suggéré.

La porte d'entrée s'est ouverte, et un couple est entré. Piper a affiché un sourire et est allée les accueillir.

Gavin m'a pris par le coude et m'a éloignée des invités et de Piper. Elle est en train de craquer, Zo. Je ne sais pas quoi faire.

—Pourquoi ne pas me laisser m'en occuper ? Je me suis beaucoup appuyée sur vous deux pendant notre séjour ici. Je comptais emmener les enfants en ville aujourd'hui pour flâner un peu. Je vais trouver la pâtisserie Cove et voir ce que je peux découvrir. Vous avez des préférences ?

—Non. Je veux dire, franchement, on prendra n'importe quoi en ce moment. On a juste besoin de quelque chose.

—Et s'ils ne peuvent faire que des cupcakes ? Ou quelque chose de peu traditionnel ?

Gavin a ricané. Tu nous connais ? Nous ne sommes pas très traditionnels.

J'ai souri. Bon point. Je vous ferai savoir ce que je découvre.

—Bien. Et quand tu le feras, tu pourras me parler de ta soirée.

Son sourire était curieux et ouvert, mais il y avait quelque chose dans ses yeux qui me laissait penser qu'il n'était pas aussi heureux pour moi que je l'aurais voulu.

—Tu es contrarié ?

—Contrarié ? Non. Inquiet pour toi ? Toujours.

—Sebastian ne me ferait jamais de mal.

—Pas volontairement.

—Pas du tout, Gavin. Il m'aime.

—Il te l'a dit ?

J'ai hoché la tête. Oui. Et je l'aime aussi.

—Qu'est-ce que ça signifie ?

J'ai secoué la tête. Je ne sais pas encore, mais j'aimerais que ça veuille dire que les choses vont s'arranger. Je te tiendrai au courant quand je saurai.

Gavin a souri et m'a attirée dans ses bras. Il a embrassé le sommet de ma tête et a dit : Tant que tu es heureuse, je serai heureux pour toi.

—Merci, Gavin.

Zoey parlait encore avec les invités, alors je suis sorti par l'arrière et j'ai trouvé les enfants. Ils étaient partants pour une balade en ville et un arrêt à une pâtisserie pour une gourmandise.

La pâtisserie Cove se trouvait à un peu plus d'un pâté de maisons du parc Catherine. Après avoir joué un peu, j'ai laissé la voiture près du parc et nous avons traversé la ville à pied. La boutique était adorable, avec son auvent à rayures roses et blanches et ses vitrines qui donnaient un aperçu de l'intérieur avant d'entrer.

L'odeur sucrée me fit saliver dès notre entrée dans la pâtisserie. Une femme qui semblait avoir l'âge de Tante Gina'se tenait derrière le comptoir, mettant en boîte des gourmandises pour la jeune maman et ses deux garçons devant nous. Elle leva les yeux et nous accueillit quand nous sommes entrés, puis se reconcentra sur les clients qu'elle servait.

Nous nous sommes approchés de la vitrine et avons contemplé les fudges, cupcakes, tartes, gâteaux et plus de friandises que nous ne pourrions manger en une vie entière.

—Je peux avoir un de chaque ? demanda Alexis, les yeux écarquillés. Elle se lécha les lèvres et pressa ses mains contre la vitre.

—Euh, non, mais que dirais-tu si chacun de nous choisissait quelque chose et qu'on partageait ? ai-je suggéré à la place.

—Je veux ce cupcake, dit Cameron. Il pointa du doigt un cupcake bleu avec une spirale de chocolat sur le dessus.

—Je veux le chocolat, dit Alexis, lorgnant un morceau de fudge.

—Ça me va. Je pense que je vais essayer un brookie. J'ai toujours voulu y goûter.

—C'est quoi un brookie ? demanda Alexis.

—C'est mi-cookie, mi-brownie, répondit la dame derrière le comptoir à ma place. C'est ma friandise préférée.

—Je veux y goûter, Maman. Je peux y goûter ?

—Bien sûr, ai-je dit à Alexis. J'ai dit qu'on allait tous partager. Pourquoi ne vous asseyez-vous pas à une table tous les deux, et je vous apporterai nos friandises dans une minute ?

Ils acquiescèrent et se précipitèrent pour choisir une table dans le café vide. C'était une belle journée dehors, et un jour de semaine, donc nous avions l'endroit pour nous. C'était mieux ainsi puisque j'avais une faveur à demander.

—Alors, un brookie, dit la femme. Quoi d'autre ?

—Le cupcake bleu, et un morceau de fudge double chocolat, lui ai-je dit.

—Oh, d'excellents choix. Vous savez choisir les bonnes choses. D'où venez-vous ?

—Pittsburgh, mais nous sommes ici pour l'été.

—C'est un beau voyage.

J'ai hoché la tête. —Oui. Mon frère vit ici, ainsi que ma tante. Gina Holbrook ? J'espérais qu'elle reconnaîtrait le nom et serait plus disposée à m'aider.

—Tu es la nièce de Gina ? Zoey ?

J'ai acquiescé et senti mon sourire s'élargir. —Oui, c'est moi.

—C'est tellement agréable de te rencontrer enfin. Je suis Harriett. Ta tante et moi sommes amies depuis des années.

—Tante Gina a le don de rassembler les gens et de faire en sorte que tout le monde se sente bienvenu. Tu es pareille.

—Tu es trop gentille. Comment va Gina ? Je ne l'ai pas beaucoup vue.

—Elle va bien. Elle ralentit un peu. C'est en fait une partie de la raison pour laquelle je suis venue aujourd'hui.

—Vraiment ? Elle va bien ?

J'ai rapidement hoché la tête, désolée d'avoir inquiété Harriett. —Oui, elle va bien. Oui. Mais elle devait faire le gâteau de mariage de mon frère, et elle leur a dit aujourd'hui qu'elle ne pense pas pouvoir le faire. Est-ce que tu pourrais le faire ?

—Quand est le mariage ?

J'ai grimacé. —Dans une semaine à partir de demain.

—Oh, mon dieu. Euh, attends. Valentina ! Tu peux venir ici, s'il te plaît ? Harriett fit glisser les assiettes avec nos gourmandises et trois bouteilles d'eau sur le comptoir. —Valentina est ma pâtissière. Je ralentis aussi beaucoup, et c'est elle qui gère vraiment cet endroit ces jours-ci. Voyons ce qu'elle en pense. Pourquoi n'apportes-tu pas ça aux enfants et nous pourrons discuter ?

J'ai acquiescé et porté les assiettes à table en demandant aux enfants de me garder quelques bouchées de chaque dessert pour que je les goûte, puis je suis retournée au comptoir. Une femme noire de petite taille avait rejoint Harriett et lui parlait.

—Valentina, voici Zoey, nous présenta Harriett. Gina Holbrook est sa tante. Gina devait faire le gâteau pour le mariage de son frère la semaine prochaine mais elle ne peut pas. As-tu du temps dans ton emploi du temps ?

Valentina prit une profonde inspiration et fixa le plafond. Elle grimaça mais soutint mon regard avec une expression calme et franche. —Combien de personnes ?

—Cinquante.

—C'est quand, le mariage ?

—Vendredi.

—Sont-ils difficiles ?

J'ai secoué la tête. —Non. Ils prendront n'importe quoi. Sérieusement, ils veulent juste trouver quelque chose à servir aux invités. Ça ne doit pas forcément être un gâteau.

Valentina réfléchit un instant, puis hocha la tête. —Je peux m'en occuper.

—Vraiment ?

—Oui. Ce sera peut-être plusieurs choses différentes, mais s'ils sont ouverts à ça, ce ne sera pas un problème.

—Non, ça leur conviendra parfaitement. Merci infiniment.

—De rien, dit Valentina. Elle jeta un coup d'œil derrière moi et gloussa. —Tu auras peut-être besoin de quelques serviettes.

J'ai regardé mes enfants couverts de chocolat et j'ai secoué la tête en riant. —Eh bien, c'est la preuve que tes créations sont délicieuses.

Elle m'a rendu mon sourire. —Je l'espère bien.

La semaine suivante fut un tourbillon d'activités. Sebastian et moi avons réussi à voler du temps ensemble le soir quand les enfants dormaient, mais ce n'était pas suffisant. Surtout parce que je n'avais pas encore trouvé d'emploi à L'anse MacKellar et je savais que mon temps s'écoulait rapidement. Je voulais rester, mais sans emploi, je ne pouvais pas me permettre de payer une caution et le premier mois de loyer pour un nouveau logement. Au moins à Pittsburgh, nous avions un toit. Ce n'était pas parfait, mais ça existait. Si cela signifiait que je devais y rester pendant un an et déménager après l'année scolaire, je le ferais, mais cette idée ne m'enchantait pas. Mais je n'aimais pas non plus l'idée de déménager les enfants en pleine année scolaire.

Mais rien de tout cela n'avait d'importance alors que le mariage de mon frère était prévu pour le lendemain. Nous étions tous très excités et impatients que ça se réalise. J'avais revu Valentina et goûté plus de ses délicieuses pâtisseries pendant la semaine. Piper m'a accompagnée un jour et a demandé à Valentina de venir au mariage. Je lui ai dit qu'elle pourrait être ma cavalière.

Elle a ri et a finalement accepté.

J'étais dans le salon de l'auberge, attendant l'arrivée de mes parents, quand Piper est entrée avec son ordinateur. —Te voilà.

—Salut. Quelque chose ne va pas ? ai-je demandé, en faisant un signe vers l'ordinateur portable. J'avais terminé toutes les mises à niveau du programme dont nous avions parlé et Piper était satisfaite des améliorations, mais je lui avais également assuré qu'elle pouvait m'appeler si elle avait des questions ou des problèmes.

—Non, rien ne va mal. Je voulais simplement te remercier encore pour tout le travail que tu as fait. Et je voulais te donner quelque chose.

Elle a sorti une enveloppe et me l'a tendue. Je l'ai ouverte et j'ai eu le souffle coupé. C'était un chèque. Un gros chèque. —Qu'est-ce que c'est ?

Piper a souri timidement. —Je sais que tu as dit que tu ne voulais pas que je te paie, mais je ne me sentais pas à l'aise avec ça. Tu as fait énormément de travail, un travail pour lequel nous avions l'intention d'embaucher quelqu'un. C'est normal que tu sois payée pour ça.

—Piper...

—Je sais. Je sais ce que tu as dit, mais tu avais tort. Nous t'avons invitée à rester ici parce que nous vous aimons. Tous les trois. Nous avons adoré vous avoir ici, et cela n'a rien à voir avec tout ce travail que tu as fait pour nous. Nous ne nous y attendions pas, et cela nous a fait gagner beaucoup de temps et nous a évité bien des frustrations. Et tu as mérité chaque centime de ce chèque.

Je regardais fixement le chèque. C'était un gros montant. Pas assez gros pour que je puisse en vivre éternellement, mais suffisant pour que je puisse verser une caution pour un nouveau logement et me permettre de rester à L'anse MacKellar pendant quelques mois tout en cherchant un emploi.

Mais je ne pouvais pas l'accepter.

—Je ne me sens pas à l'aise d'accepter cet argent.

—Alors tu ne vas vraiment pas vouloir accepter le poste que je veux t'offrir, a dit Piper.

—Quoi ? ai-je laissé échapper.

—J'y ai réfléchi, et je veux vraiment quelqu'un qui puisse gérer nos systèmes informatiques. Ce n'est peut-être pas un travail à plein temps, mais je pense qu'il y a suffisamment à faire pour qu'on puisse l'étendre à un temps plein. Cela signifierait déménager ici, mais j'espère que ça te convient. Gavin serait ravi de t'avoir ici, et Sebastian ne semble plus être une raison de ne pas venir maintenant. Alors, je veux que tu travailles pour nous. Ainsi, tu n'auras à t'inquiéter de rien.

Je la regardais bouche bée, incertaine si elle plaisantait ou non. Le sourire plein d'espoir sur son visage laissait penser qu'elle ne plaisantait pas, mais elle devait forcément plaisanter. Et si elle ne plaisantait pas, peu importait car je n'allais pas accepter une offre d'emploi par pitié. J'avais besoin de me tenir sur mes propres jambes. J'avais besoin de savoir que je pouvais subvenir aux besoins de ma famille. Je n'allais pas compter sur les autres pour prendre soin de moi comme je l'avais fait depuis toujours. C'est comme ça que je me suis retrouvée mariée au mauvais homme, puis divorcée avec deux enfants.

—Je-

—Bonjour ! a crié ma mère depuis la porte ouverte.

Piper et moi nous sommes retournées. Je n'avais même pas entendu mes parents arriver en voiture ou en descendre, mais ma mère était là. Elle a déposé ses sacs à ses pieds et a ouvert ses bras. Mon père n'était que quelques pas derrière elle, faisant de même.

—C'est tellement bon de vous rencontrer enfin, s'est exclamée Piper, se précipitant vers mes parents et les laissant tous deux l'envelopper dans de chaleureuses étreintes.

Le bruit à l'entrée a fait sortir les enfants, Gavin et Tante Gina pour dire bonjour également. Des câlins, des baisers et des sourires ont été échangés par tout le monde pendant que je restais en retrait à observer. J'étais engourdie. Figée. Blessée. Piper ne voulait pas me faire de mal, mais cela n'avait pas d'importance. Elle pensait que j'avais besoin d'aide. Elle pensait que je n'étais pas capable de prendre soin de moi-même et de ma famille. Elle avait créé un poste et était prête à l'étendre à un temps plein pour moi. On ne pouvait pas faire pire.

—Tu ne viens pas dire bonjour ? a demandé ma mère après quelques minutes.

J'ai forcé un sourire et je me suis approchée pour saluer mes parents. Ils avaient l'air bien tous les deux. Heureux. J'étais heureuse pour eux, mais ça me piquait. Tout le monde autour de moi était dans la béatitude, et moi je sombrais.

J'ai passé le reste de la journée un peu dans le brouillard. Mes parents ont passé du temps avec les enfants et moi, et ils ont aidé Piper et Gavin avec ce qu'ils pouvaient pour le mariage. Nous avons tous dîné ensemble à l'auberge avant une répétition rapide. Après la répétition, Gavin et Piper nous ont servi un dessert dans le jardin, et nous sommes tous restés assis à discuter jusqu'à ce que les enfants commencent à s'endormir sur leurs chaises.

Piper a proposé de rester avec eux, mais je l'ai écartée d'un geste et je les ai accompagnés à la maison. Une fois qu'ils étaient couchés, j'ai envoyé un message à Sebastian pour lui dire que je ne passerais pas puisque tout le monde était encore dehors à discuter. Il a dit qu'il comprenait et que je lui manquais.

J'ai essayé de lire un livre, mais les mots n'arrêtaient pas de tourner sur la page. Tout ce à quoi je pouvais penser était l'offre d'emploi de Piper. Et plus j'y pensais, plus cela me dérangeait.

Mon sommeil a été agité, et au matin j'étais encore plus grincheuse. J'ai essayé de plaquer un sourire toute la journée et j'ai limité mes conversations avec tout le monde, mais c'était difficile puisque j'étais le témoin de Gavin.

Piper se préparait à la maison avec Sofia, alors Gavin et moi sommes allés dans la chambre de nos parents à l'auberge pour nous habiller. J'étais dans la salle de bain en train de me changer quand je les ai entendus parler.

—Piper est adorable, Gavin. Je suis si heureuse que tu l'aies trouvée, a dit maman.

—Moi aussi, maman. Elle est incroyable.

—Vous avez l'air heureux tous les deux, a dit papa.

—Nous le sommes. Je n'aurais jamais pensé revenir ici après l'université, mais être avec Piper et être ici, c'est ce qu'il faut. Sa voix était plus basse quand il a continué. —Ne dites rien, mais nous essayons de convaincre Zoey de s'installer ici aussi.

—Vraiment ? a demandé maman. —Est-ce qu'elle le veut ?

—Je pense que oui, mais elle est pragmatique. Elle veut que tout soit parfait. Piper a créé un poste pour elle. Elles ont discuté hier avant votre arrivée, mais elle ne l'a pas encore accepté. Nous espérons qu'elle le fera bientôt pour pouvoir déménager ici avant que les enfants ne commencent l'école.

—Ce serait tellement bien. Je me suis inquiétée pour elle toute seule sans toi. Elle a besoin de quelqu'un, dit maman.

Je fixais la porte en essayant de ne pas pleurer. Toute ma famille pensait que je ne pouvais pas m'occuper de moi-même. Que j'avais besoin de quelqu'un et que créer un poste pour moi était la bonne solution. Pour qui me prenaient-ils ?

J'ai pris une respiration tremblante et fait ce que je faisais toujours. J'ai fait semblant que tout allait bien et je suis sortie.

Gavin et moi avons posé pour des photos pendant que nous attendions le début de la cérémonie. Chaque fois qu'il me disait quelque chose, je le distrayais avec les enfants ou les bateaux qui passaient ou en lui demandant si Piper arrivait. Je n'étais pas prête à lui parler du poste, du déménagement ou de tout ça. Pas si je voulais tenir jusqu'à la fin du mariage.

J'observais mes amis qui trouvaient des places et bavardaient. Gavin faisait le tour pour saluer les gens. Je gardais les yeux sur Alexis et Cameron, après les avoir menacés tous les deux de ne pas mettre une seule tache sur leurs vêtements. Quand la cérémonie était sur le point de commencer, j'ai installé les enfants sur des chaises au premier rang où mes parents et tante Gina s'assiéraient et les garderaient tranquilles. Je l'espérais.

Ma mère portait une robe beige ornée de fleurs éclatantes qui coulaient de sa taille jusqu'à l'ourlet. Elle était élégante et magnifique sur elle. Suffisamment décontractée pour ne pas être déplacée lors d'un mariage dans un jardin, mais assez formelle pour la mère du marié.

Les parents de Piper n'étaient pas venus au mariage, alors une fois que ma mère et tante Gina furent assises, Gavin prit place à côté de moi, et nous avons attendu que Sofia et Piper sortent.

J'ai jeté un coup d'œil à la foule et j'ai trouvé Sebastian qui me regardait. Son regard s'est verrouillé au mien et s'est réchauffé alors qu'il contemplait la robe bleu pâle que je portais. C'était une robe que j'avais depuis des années, mais que j'adorais. Sofia portait une couleur similaire pour sa robe, et Gavin avait une cravate assortie avec sa chemise blanche impeccable et son pantalon noir. Il avait choisi de ne pas porter de veste, un look qui lui allait bien.

Mon propre mariage était aussi différent de celui de Gavin qu'il pouvait l'être. J'avais une énorme robe blanche avec des bouffants, de grandes manches et une traîne interminable. Trevor portait un smoking complet avec un cummerbund et de nouvelles chaussures élégantes. Nous nous sommes mariés dans une église et avons invité près de quatre cents personnes, dont plus de la moitié sont venues. C'était grandiose et somptueux et pas du tout moi, mais c'était ce que Trevor voulait.

Tout tournait autour de ce que Trevor voulait pendant tout notre mariage. Il voulait se marier rapidement et en grande pompe, alors nous l'avons fait. Il voulait que je reste à la maison, alors je l'ai fait. Il voulait des enfants tout de suite et vivre dans un certain quartier et avoir certains amis, alors nous l'avons fait. Tout était selon les conditions de Trevor.

Et j'ai suivi parce que je sentais que je lui devais ça. Parce que j'ai choisi de l'épouser, même si j'étais toujours amoureuse de Sebastian. J'aimais Trevor, mais j'ai toujours su que Sebastian était fait pour moi. Mais j'ai fait mon choix et j'ai décidé de faire tout ce qu'il fallait pour le rendre heureux pour le reste de notre mariage.

Sauf qu'il n'était pas heureux non plus.

Le pasteur a dirigé la cérémonie pendant que je déconnectais. J'ai remis les alliances quand c'était le moment et j'ai souri quand Gavin a fait se pencher Piper et l'a embrassée passionnément, mais mon esprit était concentré sur tout ce qui se passait dans ma vie. J'étais heureuse pour mon frère, mais pour la première fois, peut-être de ma vie, je devais faire ce qui était bon pour moi. Et cela signifiait ne pas accepter le poste que Piper m'avait offert.

Les invités ont déambulé à travers les jardins et sont sortis sur la grande pelouse entre la maison et le jardin. Des tables et des chaises étaient installées pour que les gens puissent s'asseoir et dîner, avec une section sur le côté pour danser.

Gavin et Piper étaient si heureux. Je pouvais le voir clairement sur leurs visages. Je détestais devoir gâcher ce bonheur pour eux, et qu'ils essayaient seulement d'aider, mais il était temps pour moi de prendre des décisions qui étaient bonnes pour moi. Pas celles qui étaient bonnes pour tout le monde.

Sebastian s'est dirigé vers l'endroit où je me tenais à la périphérie de la zone de réception et a souri. —Ça va ?

J'ai hoché la tête. Je n'étais pas prête à tout lui dire non plus. —Oui.

—Tu es sûre ? Parce que tu as l'air contrariée ou préoccupée ou quelque chose comme ça.

J'ai secoué la tête. —Ce n'est rien dont je vais m'inquiéter ce soir.

—Donc il y a bien quelque chose.

J'ai hoché la tête. —Oui, mais...

—Danse avec moi. Ce n'était pas une demande. Je l'ai étudié, essayant de comprendre ce qu'il pensait, mais je ne pouvais pas le lire aussi bien qu'il pouvait évidemment me lire.

J'ai glissé ma main dans la sienne et l'ai laissé me conduire sur la piste de danse. Il a enroulé un bras autour de ma taille et a pris ma main avec la sienne. Il a entrelacé ses doigts aux miens et les a ramenés contre sa poitrine. Il était proche. Suffisamment proche pour que personne ne pense que nous étions simplement amis. Nos corps se frôlaient, nos petits pas nous maintenant en contact.

Sebastian n'a rien dit pendant que nous dansions, il m'a juste tenue. Des larmes se sont formées dans mes yeux, mais j'ai refusé de les laisser couler. Il m'aimait. Et il était là pour moi. Il ne savait pas pourquoi, mais cela n'avait pas d'importance pour lui. Il était là.

Alors que la musique passait de lente à rapide puis de nouveau à lente, nous continuions à danser. Sur le côté, à l'écart des personnes qui dansaient au rythme de la musique.

Nous nous tenions simplement l'un l'autre et nous balancions, sans parler ni nous soucier de rien d'autre que d'être dans les bras l'un de l'autre.

Le DJ a annoncé que le dîner serait bientôt servi et que la nourriture était en train d'être installée sur les tables du buffet. Il allait continuer à jouer de la musique pendant toute la réception pour que les gens puissent manger quand ils auraient faim. Piper et Gavin voulaient que ce soit comme passer la soirée chez O'Kelley's. De la musique, des rires et de la nourriture quand les gens le souhaitaient. C'était parfait pour eux.

—Viens avec moi, a dit Sebastian quand le DJ a eu fini de parler.

Nous étions déjà sur le côté, à moitié voilés par l'obscurité tandis que le soleil s'enfonçait plus profondément dans la rivière. Il a attendu que je hoche la tête, puis m'a entraînée autour de la maison. Il a continué jusqu'à ce que nous atteignions le porche avant. Il m'a conduite sur le porche et s'est assis sur une chaise, m'attirant sur ses genoux.

Il n'a rien dit, m'a juste regardée pendant un long moment. Je voulais lui parler de l'offre d'emploi de Piper, mais je craignais qu'il ne me pousse à l'accepter pour que je déménage. Je voulais déménager, mais je devais le faire à mes conditions. J'espérais que Sebastian comprendrait cela.

Il a incliné mon menton pour croiser mon regard et m'a souri tristement quand il l'a fait. J'ai essayé de lui rendre son sourire, mais trop de choses me préoccupaient pour que ce soit sincère.

Sebastian m'a lentement attirée à lui avec une main enroulée autour de ma nuque. J'y suis allée volontiers, lui donnant tout dans mon baiser. Je voulais qu'il sache que rien n'avait changé entre nous et que je trouverais un moyen de faire fonctionner les choses. J'avais besoin qu'il le sache.

Sa main sur mon genou a glissé sous ma jupe, tenant ma

cuisse sans aller plus loin. J'étais humide et prête pour lui, mais nous devions attendre. Piper et Gavin partaient en lune de miel donc je n'aurais personne à la maison qui pourrait garder les enfants pendant un moment. Ce qui signifiait que Sebastian et moi étions en attente. Alors que l'été touchait rapidement à sa fin.

Il a durci sous moi, me faisant gémir à cette sensation. J'étais prête à le traîner à l'intérieur et profiter de la maison vide quand j'ai entendu la voix de Cameron.

—Arrête de toucher ma maman ! Qu'est-ce que tu fais ?

Sebastian s'est immédiatement retiré, interrompant notre baiser et se tournant pour voir Cameron. J'ai suivi son regard, sautant des genoux de Sebastian et redressant ma jupe.

—Elle est toujours amoureuse de mon papa. Elle ne va pas t'épouser. Tu n'as pas le droit de l'embrasser ! a poursuivi Cameron.

—Cameron... a commencé Sebastian.

—Je te déteste ! Je déteste être ici. Pourquoi a-t-il fallu qu'on vienne ici ? J'aurais préféré ne jamais te rencontrer. Je veux rentrer à la maison. Je ne veux plus rester ici. Je veux voir Papa !

J'ai fait un pas vers lui, et mon talon s'est pris dans le plancher du porche. J'ai perdu l'équilibre, ce qui a incité Sebastian à tendre le bras vers moi à nouveau.

—Ne touche pas ma maman ! a crié Cameron. Il a monté les escaliers en courant et a repoussé la main de Sebastian loin de moi.

—Cameron ! l'ai-je réprimandé.

—Non, Zoey, ce n'est pas grave, a dit Sebastian. Je vais y aller.

Cameron m'a tiré sur le côté pour que Sebastian puisse partir. Il n'a pas regardé en arrière avant de contourner la maison et de disparaître. C'est seulement à ce moment que Cameron a repris la parole.

—Je déteste cet endroit. Je veux rentrer à la maison !

J'ai pris une respiration et l'ai laissée sortir lentement. Avant que je puisse lui dire quoi que ce soit, il s'est précipité dans la maison en larmes, me laissant avec l'impression d'être la pire mère du monde. Ce n'était clairement pas le bon moment pour lui dire que je voulais que L'anse MacKellar devienne notre nouveau foyer. Merde.

'ai poursuivi Cameron dans les escaliers.

— Je déteste cet endroit !

— Cameron, ne dis pas ça. Retournons au mariage.

— Non. Je ne veux pas. Il arracha sa chemise habillée et la jeta dans un coin de la pièce.

— Cameron !

Il m'ignora et lança ses chaussures par-dessus sa chemise, puis arracha le reste de ses vêtements.

— Qu'est-ce que tu fais ?

— Je veux rentrer à la maison.

Rentrer à la maison n'était pas le problème. — Cameron, je pensais que tu aimais bien Sebastian.

— Je le déteste. C'est à cause de lui que tu n'aimes plus Papa.

— Non, mon chéri, Sebastian n'a rien à voir là-dedans.

— Mais tu étais mariée avec Papa, et maintenant il t'embrasse. Il n'a pas le droit de t'embrasser.

J'ai poussé un profond soupir en essayant de trouver comment lui expliquer la situation. Il semblait toujours comprendre, mais comprendre et être témoin d'un changement étaient deux choses différentes. Très différentes.

— Papa et moi ne sommes plus mariés. Cela veut dire que nous avons le droit d'embrasser d'autres personnes.

— Qui d'autre as-tu embrassé ? me demanda-t-il d'un ton accusateur.

— Personne. Mais j'ai envie d'embrasser Sebastian encore.

— Non ! Il n'est pas mon père !

— Je n'ai jamais dit qu'il l'était, ni qu'il le serait. Mais je l'aime.

— Tu es censée aimer Papa. Mark Johnson dans ma classe a dit que ses parents s'aiment toujours. Ils ont divorcé mais après ils se sont remariés. Toi et Papa, vous étiez censés faire ça. Tu m'as dit que tu l'aimerais toujours.

J'ai soupiré et me suis approchée de Cameron. Je me suis agenouillée devant lui et j'ai levé les yeux vers mon fils. Il ressemblait de plus en plus à son père, mais ses yeux reflétaient tant de sagesse pour un enfant de huit ans seulement. Il avait toujours été le timide, l'enfant qui restait en retrait et réfléchissait. Sa sœur, elle, plongeait tête première, mais Cameron faisait confiance à son esprit et à son cœur. Il tenait ça de moi.

— J'aimerai toujours ton papa, Cameron. Toujours. C'est un homme merveilleux, et il m'a donné les meilleures choses au monde. Il m'a donné toi et ta sœur. Et ton papa m'a aimée, il a pris soin de nous, et je l'ai aimé et je l'aimerai toujours. Mais parfois, l'amour n'est pas la seule chose qui compte dans une relation. Parfois, on a besoin de plus que ça.

— Non.

— Non ?

— Non. Tu as dit que l'amour comptait. Tu as dit que tu aimais Papa. Tu ne peux pas épouser Sebastian.

— Sebastian et moi sommes encore loin de parler de mariage.

— Tu ne peux pas. Ce n'est pas juste. Je ne veux pas vivre ici. Je veux voir Papa ! Il éclata en sanglots et se jeta sur le lit. Mon cœur se brisa en sachant qu'il n'y avait rien que je puisse faire pour arranger les choses. Il allait devoir s'y faire un jour, si Sebastian était toujours prêt à essayer. Et si je trouvais un travail à L'anse MacKellar.

Je me suis assise au bord du lit et j'ai posé ma main sur le dos de Cameron. Il s'est écarté de moi en se tortillant et a crié dans son oreiller : — Je te déteste !

Ses larmes n'étaient rien comparées à ses paroles. Il ne m'avait jamais dit ça avant. Cameron n'était pas un enfant dramatique et ne l'avait jamais été, mais le divorce avait été plus dur pour lui que pour Alexis. Son père lui manquait. Même si Trevor n'avait pas été assez présent avant notre divorce, c'était pire après, et Cameron le ressentait.

Et maintenant, il m'en blâmait.

Je suis restée là, absorbant sa douleur et refusant de m'éloigner. Il était bouleversé, mais j'avais besoin qu'il sache que je serais toujours là pour lui, quoi qu'il arrive. Il pouvait dire n'importe quoi, je ne l'abandonnerais jamais.

Ses larmes ont ralenti puis finalement cessé, et les ronflements ont commencé presque immédiatement. Il s'était endormi en pleurant. Mon pauvre petit garçon. J'avais envie de prendre sa silhouette dégingandée dans mes bras, de le bercer et d'apaiser toutes ses peines comme je pouvais le faire quand il était bébé, mais ceci ne pouvait pas être apaisé par un câlin. C'était plus important que ça.

Je suis restée assise là quelques minutes de plus, puis je me suis levée doucement du lit. J'étais épuisée par ces deux derniers jours et je n'avais pas envie de retourner à la fête. J'ai enlevé ma robe pour enfiler un t-shirt et un pantalon de survêtement, puis je suis descendue à la cuisine pour me faire du thé.

Je me suis installée dans le canapé et j'ai écouté les bruits de la fête. Les gens s'amusaient. La musique jouait, les rires fusaient, et la vie était belle. C'était comme ça que les choses devaient être.

Je voulais ça. Je voulais me sentir comme si je faisais partie de quelque chose comme ça. J'étais tombée amoureuse de L'anse MacKellar, et Sebastian mis à part, je sentais que c'était le bon endroit pour continuer à élever mes enfants.

Avec le thé posé à côté de moi, j'ai allumé mon ordinateur. Je n'allais pas accepter le travail de Piper, mais ça m'a définitivement fait réfléchir à certaines options que je ne m'étais pas autorisée à envisager auparavant. J'ai fait quelques recherches et j'ai eu une idée.

La porte d'entrée de la maison s'est ouverte silencieusement, et mes parents sont entrés avec Alexis endormie dans les bras de mon père.

—Elle s'est endormie là, dans le fauteuil, a chuchoté mon père. Tu veux que je la monte au lit ?

J'ai hoché la tête et me suis levée, posant l'ordinateur sur le côté. —Ce serait super. Cameron dort déjà. Merci, papa.

Il a acquiescé et a commencé à monter les marches. Alexis a gémi, mais elle s'est rendormie pendant qu'il lui parlait pendant la montée.

—Est-ce que ça va, ma chérie ? a demandé maman quand papa était en haut des escaliers.

J'aurais voulu sourire et dire que j'allais bien, mais après la journée que j'avais eue, je ne pouvais pas mentir. —Non, en fait, ça ne va pas.

—Qu'est-ce qui se passe ?

J'ai pris une inspiration et j'ai réfléchi à ce que je voulais lui dire. J'étais proche de ma mère en grandissant. Nous allions faire du shopping et au cinéma. Elle me parlait des garçons, de la vie et de l'avenir. Mais quelque part en cours de route, beaucoup de cela s'est arrêté. Nous ne parlions plus comme avant, et j'ai réalisé qu'il y avait beaucoup de choses que je voulais lui dire, mais dont je n'étais pas sûre de pouvoir parler.

—Pourquoi ne pas s'asseoir ? a-t-elle suggéré, montrant l'endroit où j'étais sur le canapé.

J'ai repris ma place, et elle s'est installée en face de moi.

—Pourquoi as-tu quitté la réception ? a-t-elle demandé.

Autant me lancer. —Je suis partie avec Sebastian Parks.

—Le gardien du phare qui aide Gina ?

—Oui. Je suis amoureuse de lui. Je l'ai été depuis aussi longtemps que je m'en souvienne.

—Je sais. Je ne me rendais pas compte que tu l'étais toujours, cependant.

—Que veux-tu dire par « tu sais » ?

Maman a haussé les épaules. —Tu étais amoureuse de lui quand tu étais adolescente. Il était trop vieux pour toi, mais il semblait être un homme gentil. Je pensais qu'il trouverait quelqu'un de son âge et que ce serait la fin, mais apparemment ce n'est jamais arrivé. Puis tu as épousé Trevor. Je supposais que c'était parce que Sebastian était marié, mais Gina m'a dit qu'il ne l'a jamais été.

—Tu étais au courant pour Sebastian et moi ?

—Oui. Je n'aimais pas ça, alors je ne t'ai pas posé de questions à son sujet.

—C'est pour ça que tu essayais toujours de me faire sortir avec d'autres garçons au lycée ?

Elle a inspiré profondément et a hoché la tête. —C'est ça. Sebastian était un homme quand tu étais au lycée. Il travaillait ici, et c'était un adulte. Ç'aurait été illégal pour vous d'être ensemble—

—Nous n'avons jamais rien fait avant mes dix-huit ans, ai-je protesté. Il était très respectueux envers moi, et il a refusé. Il voulait que je sois sûre, et il ne voulait pas profiter de moi.

—En es-tu certaine ? Tu es rentrée un été toute bouleversée et refusant d'y retourner. J'ai demandé à Gina, mais nous n'avions aucun moyen de savoir si quelque chose s'était passé.

—Est-ce pour ça que tu m'as emmenée chez le gynécologue et que tu m'as mise sous contraception ? ai-je demandé. Des mensonges. Tellement de mensonges.

Elle a hoché la tête. —J'étais inquiète pour toi.

—Pourquoi ne pas simplement me l'avoir demandé ? Avant, on pouvait parler de tout.

—Tu n'as jamais mentionné Sebastian, alors j'ai supposé que tu savais que je ne l'approuverais pas. Tu l'as gardé secret. Mais maintenant tu es adulte, donc je ne peux pas t'empêcher de le voir.

—Mais tu le ferais ? Si tu pouvais m'empêcher de le voir, tu le ferais ?

—Ta mère n'a pas dit ça, a dit papa depuis le bas des escaliers. Nous nous inquiétons pour toi. Tu es toute seule à Pittsburgh maintenant. Gavin nous a dit que Piper t'a proposé un emploi, donc nous sommes contents de savoir que tu vas déménager ici, mais—

—Je ne prendrai pas le poste, interrompis-je.

Ils échangèrent un regard inquiet.

—Pourquoi ne prendrais-tu pas ce poste ? demanda maman. Sa voix trahissait une légère panique.

—Parce que j'ai fait trop de choix basés sur ce que les autres ont besoin ou veulent, et maintenant je vais vivre ma vie pour moi.

—Qu'est-ce que ça veut dire ? demanda maman.

—Ça veut dire que j'ai épousé Trevor uniquement parce que vous étiez inquiets de devoir déclarer faillite, lâchai-je.

Maman et papa se regardèrent, les yeux écarquillés de peur et de regret.

—Comment le sais-tu ? demanda papa doucement.

—Je vous ai entendus un soir. Vous parliez d'argent et du

fait que tu avais perdu ton travail, papa, et que le salaire de maman n'était pas suffisant pour tout payer. Mon université coûtait cher, et les prêts pour Gavin étaient encore pires, et vous ne saviez pas comment vous alliez gérer tout ça. Vous parliez de vendre la maison, des cartes de crédit et... J'ai rencontré Trevor la semaine suivante. Il avait de l'argent et n'hésitait pas à le dépenser pour moi. Je l'aimais, mais je serais revenue ici pour épouser Sebastian si je n'avais pas eu à assumer mes dettes d'études. Alors, j'ai épousé Trevor, et il a remboursé mes prêts. Nous avons essayé de faire fonctionner notre relation, mais je pense que nous savions tous les deux que ça ne marcherait pas. Je ne l'aimais pas comme j'aimais Sebastian.

—Oh, Zoey, je suis tellement désolée que tu l'aies découvert, dit maman. Nous n'avons jamais voulu que ton frère ou toi vous sentiez comme un fardeau.

—Mais nous l'étions, maman. Papa n'avait pas de travail, et nous n'avions aucune idée que les choses allaient si mal. Gavin aurait pu commencer à payer ses propres prêts bien plus tôt, et j'aurais pu travailler pendant mes études. Vous nous avez caché des choses que nous aurions dû savoir.

Maman hocha lentement la tête, le regard baissé. Elle ne me contredisait pas, continuait simplement à hocher la tête.

Papa s'assit à côté d'elle et lui prit la main. —Nous avons fait des erreurs, Zoey. Nous n'attendions jamais que tu en paies le prix. Nous avons fait de notre mieux.

—Je sais. Et je ne vous blâme pas pour mon choix d'épouser Trevor. Tout ce que je dis, c'est que je l'ai épousé pour qu'il prenne soin de moi. Je n'avais pas confiance en moi, ni en Sebastian, pour déménager ici ou me débrouiller seule. Je n'avais jamais eu de vrai emploi, et j'étais certaine d'échouer. Alors j'ai fait le choix facile et j'ai épousé Trevor quand il me l'a demandé. Mais maintenant... je ne vais plus faire ça. J'apprécie l'offre de Gavin et Piper, mais je ne peux pas l'accepter. Elle a créé ce poste pour moi. Ils ont besoin de tous leurs revenus pour aider à faire fonctionner l'auberge, faire des améliorations et la transformer selon leurs envies. Ils n'ont pas besoin de créer un emploi pour moi parce qu'ils ont pitié de moi qui suis seule.

—Mais tu es seule, dit maman.

Je soufflai et résistai à l'envie de grogner contre ma mère.

—Oui, mais je peux m'en sortir. Et je m'en sortirai. Je n'ai pas besoin que quelqu'un d'autre prenne soin de moi. J'ai besoin de prendre soin de mes enfants. J'ai besoin de me donner une chance d'être heureuse.

—Qu'est-ce qui te rendra heureuse ? demanda papa.

—Être avec Sebastian. Vivre ici.

—Alors pourquoi ne pas accepter l'offre d'emploi de Piper ?

—Parce que ce n'est pas ce que je veux faire.

—Quand la famille offre de l'aide, tu devrais l'accepter. Nous l'avons fait, dit maman.

—Que veux-tu dire ?

—Elle veut dire que Gina nous a aidés. C'est comme ça que nous avons réussi à ne pas déposer le bilan. Nous avons mis la maison en vente, mais nous avons pu tenir jusqu'à ce qu'elle se vende parce que Gina nous envoyait de l'argent chaque mois jusqu'à ce que je trouve un emploi, que nous vendions la maison et que nous nous remettions sur pied.

—Tante Gina ? Pourquoi ne le savais-je pas ?

—Probablement parce que nous ne savions pas que tu étais au courant de tout cela.

J'acquiesçai. Ils avaient raison. J'avais surpris leur conversation et pris mes propres décisions en fonction de ce que j'avais entendu. J'avais pris la meilleure décision à l'époque, mais cette nouvelle information n'aurait rien changé. Elle prouvait simplement mon point.

J'en avais fini d'accepter des aides et de compter sur les autres pour prendre soin de moi.

—Zoey, j'aimerais que les choses aient été différentes quand tu étais plus jeune. Ton père et moi avons fait de notre mieux. Nous vous aimons, Gavin et toi, et nous avons essayé, mais visiblement nous avons échoué à bien des égards. Nous avions peur, et tu penses peut-être que ce n'était pas bien d'accepter de l'argent de Gina, mais—

—Je pense que vous avez fait ce qu'il fallait faire.

—Tu refuses un emploi parce que tu penses que c'est de la charité. La charité, c'est ce que nous avons accepté. Tu penses que c'est mal.

— En fait, maman, non. Toi et papa, vous étiez dans une situation qui exigeait quelque chose de drastique. Vous n'aviez pas le choix. Papa était au chômage, vous aviez beaucoup de dettes, et vous ne saviez pas quoi faire. Je ne suis pas dans la même situation. Trevor me verse une pension alimentaire pour les enfants et pour moi. J'ai travaillé l'année dernière pour avoir un peu d'argent supplémentaire. Je veux continuer à travailler parce que tu m'as appris à être fière de ce que je fais et à travailler dur. Je n'ai fait ni l'un ni l'autre depuis quelques années. J'ai adoré être à la maison avec les enfants, mais ils sont à l'école maintenant. J'ai besoin de faire quelque chose de mes journées. Et je ne pense pas qu'il soit juste de demander à Trevor de me payer pour rester à la maison. J'ai toujours prévu de travailler quand Alexis entrerait à l'école. Mais occuper un emploi créé de toutes pièces par mon frère et sa femme, ce n'est pas la même chose.

— Nous sommes vraiment fiers de toi, Zoey, a dit papa.

— Merci.

— Nous le sommes tous les deux, a dit maman.

— Merci. Je veux que mes enfants soient fiers de moi aussi. Je veux être quelqu'un qu'ils peuvent admirer comme modèle. Comme je l'ai toujours fait avec vous deux.

Maman a essuyé ses cils, et papa a serré l'arrière de son cou. Ils m'ont tous les deux souri.

— Mais cela signifie que je ne peux pas accepter le travail de Piper.

— Alors, qu'est-ce que tu vas faire ?

— Je ne sais pas encore, mais en attendant de trouver, je retourne à Pittsburgh.

23

SEBASTIAN

Zoey m'avait dit avant le mariage qu'elle prévoyait de passer le week-end avec ses parents et les enfants. Quand je n'ai pas eu de nouvelles d'elle, je ne me suis pas posé de questions. Jusqu'à ce que je remarque lundi que sa voiture n'était plus là.

Je suis entré dans l'auberge pour déjeuner et j'ai trouvé Gina dans la cuisine. Elle fredonnait un air en préparant un buffet pour les clients présents.

—Tu as besoin d'aide ? ai-je demandé.

—Oh, oui, j'en ai besoin. Ça fait bien trop longtemps que je n'ai pas eu à faire tout ça toute seule.

—Ce n'est que temporaire. Pourquoi Zoey n'est pas là pour t'aider ? J'ai pris l'assiette tandis qu'elle s'essuyait les mains sur son tablier rose.

—Elle est partie, a simplement répondu Gina, comme si ce n'était pas une nouvelle.

Tout s'est figé en moi. J'ai failli lâcher l'assiette mais j'ai réussi à la retenir juste à temps. Je l'ai transférée à mon autre main et j'ai forcé les mots à sortir. —Partie ? Que veux-tu dire ?

—Elle est retournée à Pittsburgh ce matin. Je pensais qu'elle t'en avait parlé.

—Non, pas du tout. Je suis sorti de la cuisine à grands pas pendant que Gina m'appelait, mais je n'étais pas intéressé par les excuses qu'elle allait inventer pour Zoey. La vérité, c'est qu'elle m'avait quitté. Encore une fois. Après avoir su ce que je ressentais pour elle. Elle m'avait promis qu'elle ne me ferait pas tomber amoureux d'elle, mais c'est arrivé, et elle est partie.

J'ai posé l'assiette sur la table du buffet et je suis sorti directement. Je savais que Gina était trop occupée pour me suivre, et je savais que je me comportais comme un con, mais j'avais besoin de comprendre ce qui se passait.

Zoey m'avait quitté. La dernière fois que je l'avais vue, c'était quand Cameron nous avait interrompus sur le porche. Elle avait insisté sur le fait que tout irait bien, mais trois jours plus tard, et sans aucune nouvelle d'elle, elle était partie.

Il devait y avoir une explication, mais quelle explication pourrait-il y avoir qui ne nécessite pas un avertissement préalable ? Elle devait savoir que je le découvrirais. Et elle devait savoir que je m'attendrais au pire. Comment pourrais-je ne pas le faire ?

J'ai chassé Zoey de mon esprit et j'ai passé le reste de la journée en pilote automatique. J'avais beaucoup à faire puisque j'avais pris congé vendredi pour le mariage et fini par me détendre pendant le week-end. C'était une bonne chose parce que ça signifiait que je pouvais me concentrer sur le travail et non sur Zoey tout le temps.

Quand je suis rentré ce soir-là, j'ai fixé mon téléphone. Elle avait habité de l'autre côté du jardin pendant des mois, alors je n'avais jamais pris la peine d'obtenir son numéro. Je suis allé sur À la Recherche du Héros Littéraire Parfait pour lui envoyer un message, mais elle avait supprimé son profil. Elle avait simplement disparu. Encore une fois.

La dernière fois qu'elle m'avait quitté, j'avais passé la majeure partie d'un mois ivre. Je l'avais attendue, mais elle n'était jamais revenue, et quand Gina m'avait dit qu'elle s'était mariée, je n'avais pas pu le supporter.

Les souvenirs du temps que nous avions passé ensemble pendant l'été m'assaillaient. Elle était dans chaque centimètre de ma maison. Le lit, la cuisine, le canapé. Son parfum emplissait l'air, et son rire me narguait. Elle était censée être là avec moi. Nous étions censés avoir une semaine de plus.

L'envie de vider une bouteille de whisky était forte, mais je n'allais pas recommencer. Je ne pouvais pas. Elle m'avait quitté, mais j'allais devoir trouver un moyen d'avancer pour de bon cette fois. Elle ne m'avait jamais fait de promesses concernant son départ et n'avait jamais dit que ce que nous avions allait la retenir ici. Elle ne me devait rien. Un coup de téléphone aurait été agréable, mais je ne pouvais pas la changer.

J'ai pris mes clés, ne voulant pas être seul à la maison, et je me suis dirigé vers O'Kelley's. C'était calme dans le bar et facile pour moi de trouver une place sur le côté où je pouvais bouder en paix.

—Tu n'es pas souvent ici le lundi. Qu'est-ce qui se passe ? a demandé Hudson en posant une bière devant moi.

—Zoey est partie. Je ne voulais simplement pas être chez moi. Tout me rappelle elle, et je ne suis pas prêt à m'effondrer à nouveau.

—Elle est partie ? Comme ça, sans prévenir ? Sans un mot ?

J'ai secoué la tête. —Rien. J'allais lui demander de rester. Je voulais continuer à la voir. Bordel, j'envisageais même de déménager à Pittsburgh si c'était la seule option. Mais elle a clairement fait comprendre que ce n'est pas ce qu'elle veut.

—Tu n'en sais rien, a dit Hudson.

Je l'ai regardé. Il s'est adossé et a croisé les bras sur sa poitrine. Il me regardait comme si j'étais un enfant capricieux en pleine crise de colère.

—Elle est partie. Qu'est-ce que je suis censé penser ? Elle devait rester encore une semaine, et maintenant elle n'est plus là.

Hudson a haussé les épaules. —Est-ce que tu l'aimes ?

—Oui, ai-je grogné.

—Est-ce que tu veux passer le reste de ta vie avec elle ? Et ses enfants ?

—Oui.

—Alors arrête de faire le con et va lui parler.

—Pardon ?

—Écoute, tu peux rester assis là et te lamenter. Tu peux faire semblant qu'elle ne t'a pas brisé. Tu peux faire tout ce que tu veux, mais au final, tu n'as aucune idée de ce qui se passe dans sa tête en ce moment. Peut-être qu'elle a reçu une offre d'emploi et a dû retourner pour un entretien. Peut-être que son ex s'est blessé, et elle a dû emmener les enfants le voir avant qu'il ne meure. Peut-être qu'elle te déteste et ne savait pas comment te le dire. Mais tu n'en as aucune putain d'idée. Tu te fais une opinion sur elle au lieu d'aller chercher ta femme et de lui dire que tu veux faire partie de sa vie.

—Mais—

—Putain, non. Pas de mais. Soit tu la veux, soit tu ne la veux pas. Si c'est le cas, alors va la chercher. Son mariage s'est terminé il y a un an, plus longtemps que ça d'après ce qu'on entend. Elle ne retourne pas vers lui. Je vous ai vus tous les deux au mariage. Elle est amoureuse de toi. Pourquoi partirait-elle tout d'un coup ?

J'ai repensé au mariage et j'ai grimacé. Cameron.

—Qu'est-ce que tu as fait ? a demandé Hudson, d'une voix d'acier.

—Je n'ai rien fait. Nous nous embrassions sur le porche,

et Cameron nous a surpris. Il a dit qu'il me détestait, ainsi que L'anse MacKellar.

—Et alors ?

—Comment ça, et alors ? Ses enfants sont tout pour elle.

—Et tu penses qu'elle va renoncer à vivre sa propre vie parce que son fils a eu un moment d'émotion ?

J'ai soupiré et j'y ai réfléchi. Zoey ferait n'importe quoi pour ses enfants. Elle donnerait sa vie pour eux. Renonce-rait-elle à ce que nous avions ? Ouais, elle le ferait proba-blement.

—Si tu penses qu'elle le ferait, le ferait-elle aussi sans t'ex-pliquer ce qui se passe ? a demandé Hudson plus doucement.

J'ai pris une profonde inspiration et me suis avoué qu'il avait raison. Zoey n'était plus cette étudiante que j'aimais la dernière fois qu'elle n'est pas revenue. Elle était une adulte. Une mère. Une femme avec sa propre vision des choses. Elle avait changé. Et Hudson avait raison. Elle renoncerait à ce que nous avions, mais elle m'en aurait parlé.

Ce qui laissait très peu de place aux excuses. Alors pour-quoi diable était-elle partie ?

—Tu n'es pas très juste envers elle. Je comprends que tu aies des problèmes avec elle depuis la dernière fois où elle a promis de revenir et ne l'a jamais fait, mais tu lui dois d'écou-ter. Si tu ne lui as jamais dit que tu voulais qu'elle reste ou que tu pensais déménager, tu ne peux pas lui reprocher de ne pas le savoir. Ta situation est pourrie, mon vieux, mais ne l'aggrave pas en mettant des étiquettes sur ses actions sans avoir une conversation.

J'ai hoché la tête, acceptant ce qu'il disait. —Je suis un connard.

Hudson a haussé les épaules. —On a tous nos moments. Peut-être que c'est elle la connasse dans cette situation, mais peut-être pas. Découvre-le. Demande son numéro à Gina si tu ne l'as pas.

—Non, ce n'est pas le genre de chose dont je veux parler au téléphone. Ou quelque chose que je veux entendre de Gina. J'ai besoin de voir Zoey. J'ai besoin qu'elle me dise en face ce qui se passe.

—Tu vas à Pittsburgh ?

—Il semblerait.

LE TRAJET jusqu'à Pittsburgh a été long et ennuyeux. Je détestais attendre, mais je suis parti tôt le matin pour ne pas débarquer chez elle au milieu de la nuit. Gina a essayé de me parler quand j'ai demandé l'adresse de Zoey, mais je lui ai dit que peu importe ce qu'elle voulait me dire, j'avais besoin de l'entendre de la bouche de Zoey. Gina a laissé tomber après ça, mais je n'ai pas manqué de remarquer le sourire sur son visage.

Le temps que j'arrive chez Zoey, il était presque midi. Je me suis garé sur l'une des places visiteurs devant son immeuble gris défraîchi. Il n'avait pas l'air horrible, mais il était définitivement un peu miteux. Rien ne m'empêchait d'entrer dans le bâtiment et de monter directement jusqu'à la porte de Zoey sans m'annoncer, ce qui me faisait bouillir le sang. Son ex était un enfoiré encore plus gros que je ne le pensais s'il acceptait que ses enfants vivent dans un endroit qui n'était pas plus sécurisé.

J'ai entendu des voix dans son appartement avant de frapper. Ça ressemblait à celle de Zoey, mais la voix masculine était une surprise. Qui que ce soit, il allait devoir me dire en face ce qui se passait.

Zoey a ouvert la porte quelques secondes plus tard, et ses yeux se sont écarquillés quand elle m'a vu debout là. — Sebastian ?

Je me suis frayé un chemin à l'intérieur, ne la laissant pas m'arrêter. Un homme qui ressemblait trop à Cameron pour ne pas être le père du garçon se tenait près de la cuisine à droite. Il m'a adressé un sourire narquois.

—Qui êtes-vous ? ai-je exigé, bien que je le savais déjà.

—Trevor Wainwright. Et vous êtes ? Il était tiré à quatre épingles et aussi loin de moi qu'un autre homme pouvait l'être. Je n'aurais pas été surpris qu'il ait un rendez-vous hebdomadaire pour se faire faire les ongles vu son allure. Ses cheveux étaient coupés et coiffés avec soin, et son costume était impeccable. Je n'avais jamais eu l'air aussi parfait que lui de toute ma vie.

Si c'était le genre d'homme que Zoey voulait, elle ne le trouverait jamais avec moi.

—Sebastian Parks, ai-je grogné à mon concurrent. Je me suis retourné vers Zoey. Elle était toujours debout près de la porte, nous observant.

—Qu'est-ce que tu fais ici, Sebastian ?

—Tu as disparu sans un mot. J'ai besoin de savoir pourquoi.

—Peut-être qu'on pourra parler dans un petit moment. Trevor et moi étions au milieu de quelque chose.

Mon cœur s'est serré à ses mots. C'était lui la priorité, pas moi. L'homme qui la traitait comme si elle n'était pas importante et qui mettait tout le reste au-dessus d'elle et de leurs enfants. Mais lui pouvait rester tandis que je devais partir.

—Ça ne va pas marcher pour moi, lui ai-je dit.

—Pardon ? a dit Zoey tandis que Trevor ricanait.

—Nous devons parler. J'ai conduit jusqu'ici ce matin pour te voir, après que tu m'aies quitté. Je pense que je mérite une explication.

—C'est inestimable, a dit Trevor.

—Trevor, a averti Zoey.

—Quoi ? C'est trop bon.

J'ai fait un pas vers elle, bloquant sa vue de lui pour qu'elle n'ait d'autre choix que de me regarder au lieu de lui. —Je suis venu ici pour te dire que je ne te laisserai pas fuir loin de moi encore une fois. Je ne te laisserai pas te remettre avec lui, ou n'importe qui d'autre, et je ne te laisserai pas partir. Nous sommes faits l'un pour l'autre, et ce crétin prétentieux ne te convient pas du tout.

Trevor a ricané. Je lui ai lancé un regard noir par-dessus mon épaule, mais il n'a pas changé l'expression suffisante sur son visage.

Zoey a gardé son regard fixé sur le mien tandis qu'elle disait, —Je pense que tu devrais partir.

Mon monde s'est arrêté. Je ne sais pas pourquoi j'ai pensé que Zoey accepterait simplement que je la veuille de retour et viendrait volontiers, mais je ne pensais pas non plus qu'elle me mettrait à la porte.

—Tu es sérieuse ? ai-je demandé, d'un ton peu amical et plus qu'un peu énervé.

Zoey se pencha sur le côté et haussa un sourcil. —Trevor. Vous devez partir.

—Est-ce vraiment nécessaire ? C'est comme faire partie d'un public en studio, mais en vrai.

—Trevor, dit Zoey en riant.

Il gloussa. —D'accord, d'accord, je m'en vais. De toute façon, je dois retourner au bureau. On se voit ce soir ? Il fit une pause lorsqu'il arriva à ma hauteur pour lancer sa dernière réplique.

Je grognai, et cet enfoiré eut le culot de me regarder avec un sourire narquois.

—Oui, répondit Zoey d'une voix sensuelle et chuchotante. —Je te verrai ce soir.

Trevor leva un sourcil interrogateur dans ma direction. J'aurais adoré mettre ce fils de pute K.O., mais je me suis simplement écarté pour le laisser passer.

Il ferma la porte derrière lui, nous laissant Zoey et moi seuls.

—Où sont Cameron et Alexis ? demandai-je.

—Ils sont chez des amis pour la journée. J'ai demandé à Trevor de venir pour qu'on puisse discuter, et je ne voulais pas que les enfants soient là pendant cette conversation.

—Pour faire plus que discuter ? lâchai-je, mon côté jaloux et con prenant le dessus.

Zoey me regarda, choquée. —Non, mais merci de me faire savoir ce que tu penses de moi.

—Tu m'as putain de quitté, Zoey. Tu n'as pas le droit de jouer les vierges effarouchées aujourd'hui. Tu es partie. Tu ne m'as pas dit un seul mot. Tu as fermé ton profil en ligne sans jamais me donner ton numéro et tu as disparu. Et je viens ici pour comprendre ce qui se passe, et je le trouve chez toi. Que suis-je censé penser ?

Zoey ne dit rien pendant un long moment. Je détestais la douleur dans ses yeux, mais je n'étais pas prêt à céder. J'étais furieux. J'avais passé la moitié de la nuit à imaginer toutes sortes de scénarios qui l'auraient forcée à revenir une semaine plus tôt. Puis j'avais imaginé toutes sortes de choses qu'elle pouvait faire, avec Trevor en tête de liste.

—Pourquoi le vois-tu ce soir ? exigeai-je.

—Parce que nous avons des choses à discuter.

—Comme quoi ?

—Comme le fait qu'il soit un père plus présent pour nos enfants et que je déménage à L'anse MacKellar.

Mes sourcils se froncèrent à mesure que ses paroles s'imprégnaient. Je les ai rejouées encore et encore dans ma tête avant de finalement comprendre. —Tu déménages ?

Elle acquiesça. —Eh bien, c'était ce que je prévoyais. C'est pour ça que je suis revenue. Mon bail se termine dans une semaine, et au lieu d'en signer un nouveau, j'ai décidé de quitter cet endroit et de déménager.

—Tu comptais me le dire ?

—J'avais l'intention de le faire, mais je voulais te surprendre. Bien sûr, maintenant, je ne suis pas sûre que ce soit une bonne idée. Visiblement, tu ne veux pas de moi dans ta vie.

—Pourquoi déménages-tu, Zoey ?

—Tu me demandes vraiment ça ?

—J'ai besoin que tu le dises.

Elle s'approcha de moi. Elle s'arrêta avant de me toucher. Ses yeux se levèrent vers les miens, et elle murmura. —Je t'aime, Sebastian. Et je veux une vie avec toi. Je voulais une vie avec toi. J'adore L'anse MacKellar, j'adore ces gens fous, mais surtout, je t'aime.

—Mais plus maintenant ? demandai-je, mon cœur battant lentement dans ma poitrine. Je n'avais pas pu tout gâcher avec elle. Pas si vite.

Elle haussa les épaules. —Évidemment, je n'ai pas bien géré la situation. Je pensais que ce serait amusant de te surprendre, mais je vois maintenant que je n'aurais pas dû partir sans te le dire. Mais si ta première pensée est que je couche avec mon ex-mari, alors peut-être que nous ne sommes tout simplement pas sur la même longueur d'onde.

—Putain, bien sûr que si. Je suis un connard jaloux. Il t'a déjà prise à moi une fois. Et tu as disparu. Tu étais partie. Je n'avais aucun moyen de savoir ce qui se passait. Alors oui, j'ai tiré des conclusions hâtives. Et j'ai agi comme un con. Je ne peux pas te promettre que je ne serai pas jaloux quand tu le verras ou que tu lui parleras. Je n'ai jamais été un homme jaloux, mais je ne semble pas pouvoir me contrôler quand il s'agit de toi.

—Tu ne sembles pas avoir de problème à te contrôler en ce moment.

J'ai lentement secoué la tête. —Ce n'est pas vrai. Je meurs ici. Je veux tellement te tenir dans mes bras, mais je n'ai pas le droit de te toucher. Je n'aurais pas dû dire ce que j'ai dit et je suis désolé. Je n'aurais pas dû m'attendre au pire de ta part. Je suis désolé, Zoey, et j'espère que tu pourras me pardonner.

—Je te pardonne déjà, Sebastian, souffla-t-elle.

—Vraiment ? demandai-je.

Elle hocha la tête.

—D'accord, cool, à plus, dis-je. Je me suis retourné, j'ai fait un signe de la main et me suis dirigé vers la porte.

—Tu te moques de moi ? demanda-t-elle, incrédule.

J'ai souri et me suis retourné vers elle. —Bien sûr que oui. Penses-tu que je serais capable de m'éloigner de toi ? J'ai fait deux grands pas et je l'ai prise dans mes bras. Je l'ai respirée, comme si c'était la première vraie bouffée d'air que je prenais depuis des jours. —Je t'aime tellement putain, murmurai-je dans ses cheveux. —Ne me quitte plus jamais.

—Je ne le ferai pas. Et je suis désolée de ne pas te l'avoir dit. Tante Gina savait que je revenais, mais elle savait aussi que je voulais te surprendre. Je suppose qu'elle a empiré les choses.

—Ça n'a plus d'importance maintenant. Tout ce qui compte, c'est que tu es à moi.

— J'ai toujours été à toi.

— Oui, mais maintenant tout le monde le saura aussi. Tu sais que je vais t'épouser, n'est-ce pas ?

Elle hocha la tête. — J'espérais bien que tu le ferais.

— Bientôt.

Elle sourit et me serra plus fort. — La semaine prochaine, ça te va ?

— Parfait.

24

ZOEY

J'étais encore sous le choc de ma journée avec Sebastian quand Trevor a appelé pour proposer de récupérer les enfants et les emmener chez lui avant le dîner. Il voulait passer du temps avec eux après ne pas les avoir vus depuis des mois. C'était bien, pour eux tous, mais je ne pouvais m'empêcher d'être particulièrement reconnaissante après que Sebastian soit apparu à ma porte.

Nous avons passé l'après-midi au lit, à nous embrasser, à nous caresser et à nous faire des promesses sur notre avenir. Je lui ai tout raconté de la conversation que j'avais eue avec Trevor à propos de notre déménagement à L'anse MacKellar. Trevor avait été plus généreux que ce à quoi je m'attendais. Je me suis excusée de ne pas avoir été une meilleure épouse, et Trevor s'est excusé d'avoir sciemment fait obstacle entre moi et l'homme que j'aimais vraiment.

—Je t'ai aimé aussi, ai-je dit à Trevor.

—Je sais, a-t-il répondu. Et je t'ai aimée. Je voulais que ça marche entre nous, mais je voyais dans tes yeux que tu ne l'avais jamais oublié et que tu ne t'étais jamais pardonnée de l'avoir quitté. Même si je ne savais pas qui il était ni quelle était la situation, je savais qu'il y avait quelqu'un. Je veux que tu sois heureuse, Zoey.

Je l'ai enlacé. —Merci. J'espère que tu seras heureux, toi aussi.

Il a hoché la tête. —Je le serai. J'ai fait beaucoup d'erreurs avec toi et les enfants. Je veux être l'homme que j'ai toujours espéré être. Le père que je voulais être. Et cela commence par soutenir leur mère.

—Merci.

Il a ri doucement. —Notre mariage aurait peut-être survécu si nous avions été aussi honnêtes l'un envers l'autre depuis le début.

J'ai souri, mais nous connaissions tous les deux la vérité. Notre mariage n'aurait pas duré. Et j'avais droit à une nouvelle chance d'être heureuse.

Sebastian voulait sortir dîner avec moi, mais nous avions besoin d'un repas en famille. Trevor et moi allions parler aux enfants ensemble et leur expliquer nos projets. Vu la réaction de Cameron quand il avait surpris Sebastian et moi en train de nous embrasser, je savais qu'il valait mieux que Sebastian ne soit pas présent.

J'ai frappé à la porte de l'appartement de Trevor et j'ai attendu qu'il me fasse entrer. Des rires et des bavardages m'ont accueillie à l'intérieur.

—Salut, a dit Trevor, se penchant pour m'embrasser sur la joue.

—Salut.

—Tout s'est bien passé après mon départ ?

J'ai fait oui de la tête. —Très bien. Merci d'accepter tout ça.

—Comme je l'ai déjà dit, je veux que tu sois heureuse.

J'ai hoché la tête à nouveau et l'ai suivi dans l'appartement. Trevor est allé dans la cuisine où il finissait de préparer le dîner. Je me suis dirigée directement vers les enfants. Ils jouaient à un jeu sur la table de la cuisine et riaient.

—Qu'est-ce que vous faites ?

—On joue aux cartes, a dit Alexis. —Et je suis en train de gagner.

—Non, c'est pas vrai. C'est moi, a protesté Cameron.

—Vous vous amusez bien ? ai-je demandé, espérant désamorcer la tension entre eux.

—Ouais, ont-ils dit ensemble.

—Alors continuez à jouer sans vous soucier de qui gagne. Vous aurez toute votre vie pour être en compétition. Parfois, c'est agréable de simplement prendre plaisir au jeu.

Ils ont repris leur partie, et je suis allée aider Trevor dans la cuisine. Nous avons mis le dîner sur la table et nous nous sommes installés pour parler aux enfants.

—Alors, votre mère m'a dit que vous avez passé de super vacances. Vous avez aimé être à L'anse MacKellar ? a demandé Trevor.

—Oui. C'est le meilleur endroit au monde, dit Alexis. —Je me suis fait une nouvelle amie, on a eu un dessert, on a joué dehors, et on a même pu jouer dans la terre.

—Ça a l'air très amusant. Et toi, Cameron ? l'encouragea Trevor.

Cameron haussa les épaules. Trevor me jeta un coup d'œil. Nous nous attendions à cette réaction.

—J'ai entendu dire que tu as rencontré un bon ami de Maman. Sebastian ? dit Trevor.

Cameron haussa encore les épaules, mais Alexis intervint. —Sebastian est trop drôle. Il fait semblant de ne pas m'aimer, mais il veille toujours sur moi. Il partage son bacon avec moi, il me tient la main et il répond à toutes mes questions. Il a même dit qu'il me montrerait le phare un jour, mais seulement si toi et Maman êtes d'accord.

—Ça a l'air génial, dit Trevor. —Je parie qu'un phare, c'est super cool.

—Ouais. J'aime bien Sebastian. C'est mon préféré.

Trevor me sourit, avec une expression de véritable bonheur. Il approuvait, ce qui rendait tout cela tellement plus facile.

—Maman et Sebastian s'aiment beaucoup, dit Trevor, gardant un œil sur Cameron. —Vraiment beaucoup.

Cameron leva brusquement les yeux vers Trevor avec un regard étonné. —Tu sais ça ?

Trevor acquiesça. —Oui. Sebastian rend ta maman très heureuse. Il l'aime, et elle l'aime aussi.

—Est-ce qu'ils vont se marier ? demanda Alexis.

—Ça, c'est à ta maman et Sebastian d'en décider, mais j'espère qu'ils le feront, dit Trevor.

—Mais elle est censée se remarier avec toi, dit Cameron, sa voix tremblante d'émotion.

Trevor secoua la tête et tendit la main pour prendre celle de Cameron. —Non, mon grand, ce n'est pas le cas. Maman et moi nous aimerons toujours parce que nous avons partagé une vie ensemble. Nous vous avons tous les deux, et nous vous aimons. Nous tenons beaucoup l'un à l'autre, et c'est pour ça que je veux que ta maman soit heureuse. Et Sebastian la rend heureuse.

—Mais je veux que ce soit toi qui la rendes heureuse, gémit Cameron. Une larme roula sur sa joue et me brisa le cœur.

—Je n'étais pas très doué pour ça, dit Trevor. —Je voulais l'être, mais je ne l'étais pas. Parfois, des gens se marient et puis ils décident qu'ils ne devraient plus être mariés. Maman et moi avons été très heureux pendant un moment, mais maintenant n'est pas le moment pour nous d'être mariés. Maintenant, c'est le moment pour Maman d'être avec Sebastian. Et je veux que vous la souteniez tous les deux. Je veux que vous donniez une chance à Sebastian.

—Je le déteste, gémit Cameron.

—Je ne pense pas que ce soit vrai, dit doucement Trevor. — Mais je comprends, mon grand. Quand Mamie et Papi ont divorcé, j'étais vraiment malheureux. Je pensais qu'ils devaient arranger les choses. Quand Papi s'est marié avec Mamie, j'étais en colère. Je ne l'aimais pas du tout. Je lui ai dit que je la détestais et j'ai refusé de lui parler. Mais c'est une personne formidable. Elle était là pour moi plus de fois que je ne peux compter. Après un certain temps, j'ai vu à quel point elle rendait Papi heureux, et j'ai décidé de l'aimer aussi. Elle a été comme une mère supplémentaire pour moi. Et j'espère que tu donneras à Sebastian une chance d'être comme un père supplémentaire pour toi.

—Mais j'ai déjà un papa.

Trevor acquiesça. —C'est vrai, et je serai toujours là pour toi. Je vais faire mieux. Mais c'est une autre chose dont Maman et moi voulions vous parler. Maman déménage à L'anse MacKellar. Et vous allez avec elle.

—Quoi ? demanda Cameron.

—Youpi ! s'écria Alexis.

—Je vais vous manquer, mais je viendrai vous rendre visite tous les mois, et vous viendrez ici de temps en temps. Et nous serons tous ensemble pour les fêtes. Et nous trouverons des arrangements pour les étés et tout le reste. Mais Maman et moi pensons que ce sera bien pour vous deux d'être là-bas.

—Youpi ! répéta Alexis.

Cameron était suspicieusement silencieux. Je voulais lui demander ce qu'il ressentait, mais il ne me regardait pas vraiment. Trevor et moi avions convenu qu'il serait celui qui mènerait la conversation. C'était son idée pour que les enfants sachent qu'il approuvait. Mais c'était difficile pour moi de ne pas intervenir et d'essayer d'apaiser ce qui se passait dans l'esprit de Cameron.

—Cam ? À quoi penses-tu, mon grand ? demanda Trevor.

—Est-ce que j'ai le droit d'être heureux ?

J'ai failli pleurer de soulagement. Trevor s'est penché et a pris Cameron dans ses bras. —Bien sûr que tu en as le droit. Je veux que tu sois heureux. Maman m'a parlé de tout ce que vous avez fait et des amis que vous vous êtes faits. Je sais que tu seras heureux là-bas. Et même si tu es fâché contre Sebastian en ce moment, je sais que tu l'aimes bien aussi. Et c'est normal. Je veux que tu l'apprécies.

—Tu l'aimes bien, toi ?

—Je ne le connais pas vraiment, mais quelqu'un qui est si bon avec vous deux et qui rend ta maman heureuse est quelqu'un que je sais que j'apprécierai.

La réponse de Trevor n'était pas préparée. Nous n'avions pas évoqué la possibilité que Cameron pose cette question. Ce qui signifiait que Trevor était sincère. Les larmes que j'essayais de retenir ont coulé sur mes joues.

—Je l'aimais beaucoup avant de le voir embrasser Maman. J'ai le droit de l'aimer bien à nouveau ?

Trevor a hoché la tête. —Oui, mon grand. Absolument.

Les jours suivants sont passés en un éclair. Entre l'emballage des affaires de l'appartement, le transfert de tous les dossiers scolaires et les arrangements pour stocker nos affaires jusqu'à ce que nous trouvions un nouvel endroit, nous étions très occupés.

Je ne me rendais pas compte de la quantité d'affaires que nous avions entassées dans notre petit appartement. Sebastian a chargé son camion avec autant de cartons que possible. J'ai entassé ce que je pouvais dans le coffre de mon véhicule utilitaire sport. Trevor m'a laissé entreposer le reste chez lui jusqu'à ce que nous puissions revenir pour une visite.

J'étais étonnée de voir à quel point les choses s'arrangeaient. Ma relation avec mes parents et ma relation avec Trevor semblaient fragiles, mais toutes deux étaient meilleures qu'elles ne l'avaient jamais été. Trevor était mon partenaire d'une façon qu'il n'avait pas été lorsque nous étions mariés. Il est passé le matin de notre départ pour voir les enfants et nous souhaiter bonne chance, et il a appelé ce soir-là pour s'assurer que nous avions fait un bon voyage. Il parlait déjà de venir nous rendre visite dans quelques semaines. Une fois que les enfants seraient installés dans leur nouvelle école.

Je ne pensais pas que Sebastian me prendrait au sérieux concernant notre mariage dans une semaine, mais dès notre retour à L'anse MacKellar, il a commencé à planifier.

—J'ai attendu presque la moitié de ma vie pour t'épouser. Je ne vais pas attendre un jour de plus, a-t-il dit. Le jardin était déjà aménagé et parfait, et aucun de nous ne voulait quelque chose de grand ou tape-à-l'œil.

C'était un mardi après-midi quand nous nous sommes retrouvés dans le jardin. Mon frère et Piper se sont joints à nous, ainsi que mes enfants et Tante Gina. Nous avons invité Melody, Ramsey et Amber, ainsi que Derek et Jude pour que Cameron ait un ami. La cérémonie a été rapide mais parfaite. Sebastian et moi avons promis de nous aimer pour le reste de nos vies et d'être toujours honnêtes et fidèles l'un envers l'autre.

La meilleure partie pour moi a été quand Sebastian a fait venir les deux enfants à l'avant et leur a fait des vœux. J'étais incapable de retenir mes larmes.

—Je sais que je ne suis pas votre père, et je ne veux jamais le remplacer. Il fait partie de vous deux, une grande partie, et il est important pour moi à cause de cela. Mais même si je ne suis pas votre père, j'espère que vous saurez toujours que je suis là pour vous et que je vous aime. Je ferai de mon mieux pour vous soutenir, vous aimer et vous encourager. Je vous laisserai voler mon bacon et jouer dans la terre. Je vous aiderai pour vos devoirs et je vous aiderai à vous amuser. J'aimerai toujours votre mère, et je vous pousserai toujours à devenir de meilleures personnes. Autant que je promets aujourd'hui que j'épouse votre mère, je vous fais aussi ces mêmes vœux. Vous aimer, vous chérir et vous honorer tous les deux. Pour toujours.

—D'accord, a dit simplement Alexis, comme si ce n'était pas grand-chose.

Le petit groupe que nous avions rassemblé a ri de son acceptation facile de Sebastian. Puis nous avons attendu que Cameron parle.

—Mon papa a dit que tu es comme un papa bonus pour nous. Il a dit qu'il veut qu'on t'aime bien. Est-ce que ça te dérangerait si je t'appelais autrement que Sebastian ?

J'ai fermé les yeux pour contenir mes larmes et j'ai avalé difficilement. Quand j'ai rouvert les yeux, Sebastian était à genoux devant mon fils. —Tu peux m'appeler comme tu te sens à l'aise de m'appeler.

—Est-ce que je peux t'appeler PB ?

—PB ? ai-je demandé.

—Ouais. Papa Bonus, dit Cameron. J'ai déjà un papa, mais j'aime bien avoir un Papa Bonus. Mais c'est trop long, alors PB ça marche. Si ça te va.

Sebastian hocha lentement la tête, sa gorge travaillant sans relâche alors qu'il tendait les bras vers Cameron. Cam se dirigea vers lui et jeta ses bras autour du cou de Sebastian. Sebastian ferma les yeux tandis qu'une larme s'échappait. Je vis ses lèvres bouger quand il dit à mon fils qu'il l'aimait.

—Je t'aime aussi, PB, dit Cameron.

Sebastian le serra fort, puis le relâcha quand Cameron se débattit. Je souris, le cœur trop plein.

—Je peux t'appeler comme ça aussi ? demanda Alexis quand Sebastian lâcha Cameron.

—Bien sûr, lui dit Sebastian. J'adore.

—Tant mieux. Parce que Sebastian c'est un grand mot. PB, c'est mieux. Alexis hocha fermement la tête, la décision étant prise.

Le reste de la cérémonie fut rapide, et avant que je ne m'en rende compte, Sebastian scellait notre union avec un baiser qui contenait toutes les promesses d'un avenir ensemble.

Notre petit groupe se dirigea vers l'auberge pour le dîner. Tante Gina avait insisté pour organiser quelque chose pour nous, même si nous avions prévu une réception chez O'Kelley le week-end avec le reste de nos amis.

Tante Gina et Piper avaient organisé la salle à manger pour que tout le monde puisse s'asseoir ensemble pour le dîner. Ils avaient de la place pour les clients de l'auberge, mais pour le mariage, nous avions notre propre salle. Piper refusa de me laisser aider et poussa Sebastian et moi à parler avec tout le monde pendant que Piper et Gavin servaient le dîner.

—Comment te sens-tu ? demanda Melody.

J'ai ri. Comme si je vivais dans un rêve.

Elle sourit largement. C'est la réponse parfaite pour ton jour de mariage. C'était magnifique. Merci de nous avoir invités.

—Je suis tellement heureuse que vous ayez pu être là. Je n'ai jamais facilement noué des amitiés, mais tu m'as fait sentir que je pouvais être moi-même sans avoir à cacher les erreurs que j'ai faites.

—Nous avons tous fait des erreurs. Et nous allons tous en

faire d'autres. Si nous ne sommes pas prêts à l'accepter, nous passons à côté de toutes les bonnes choses de la vie.

J'ai hoché la tête, laissant ses paroles pénétrer. Elle avait raison. Si je n'avais pas été prête à admettre mes erreurs, je ne me serais pas donné la chance de faire mieux. Parler à mes parents et parler à Trevor m'a aidée à dépasser les choses que j'avais regrettées pendant des années. Cela m'a aidée à grandir, à changer et à épouser l'homme que j'ai aimé pendant la majeure partie de ma vie.

Sebastian glissa son bras autour de ma taille et embrassa ma gorge. De quoi parlez-vous ici ?

—De nos erreurs, dit Melody avec un sourire.

Les sourcils de Sebastian se levèrent rapidement. J'espère que tu ne penses pas que c'était une erreur.

J'ai secoué la tête et me suis tournée dans ses bras. Mes mains se sont posées à plat sur sa poitrine. L'erreur était de ne pas avoir fait ça il y a des années. Tu es ma récompense pour avoir assumé mes erreurs.

—Hmm. J'aime bien cette idée. Je suis prêt à être ta récompense pour toutes les erreurs que tu feras à l'avenir aussi.

J'ai souri à mon mari. Oh, mon Dieu, mon mari ! Sebastian était mon mari ! Je t'aime.

—Je t'aime. Et pour être clair, je ne pense pas que tu aies fait une erreur. Je pense que nous avons simplement dû attendre notre moment. Maintenant, nous nous apprécierons davantage l'un l'autre. Et nous apprécierons tout ce que nous avons ensemble.

J'ai acquiescé. Je vais certainement beaucoup t'apprécier ce soir.

Il sourit et combla lentement la distance entre nous. Je sentis son érection tressaillir. Il murmura : Cette appréciation sera mutuellement bénéfique. Puis il m'embrassa à nouveau. Mon mari.

Le tintement des verres nous sépara. Gavin se tenait à l'extrémité de la salle, tapotant une cuillère contre son verre. — J'aimerais porter le premier toast de la soirée. Pendant des années, j'ai vu ma sœur tomber amoureuse de Sebastian. J'ai vu comment il la protégeait et prenait soin d'elle, la laissant partir chaque automne pour qu'elle puisse vivre sa vie sans lui. Quand je suis revenu l'année dernière, j'ai eu du mal à concilier l'homme qu'il était devenu avec celui qu'il était autrefois. Mais cet été, cet homme est revenu. Celui qui est chaleureux et gentil et qui aime ma sœur de tout son être. Je ne pourrais pas être plus heureux pour vous deux. Pour l'amour que vous avez partagé tout ce temps et pour la façon dont il vous a réunis. Et pour les personnes que vous êtes devenus en chemin. Ce fut une longue route pour en arriver là, pas toujours facile, mais maintenant vous pouvez la parcourir ensemble. Toujours. Gavin fit une pause et leva son verre. — À Zoey et Sebastian.

— À Zoey et Sebastian, répéta tout le monde.

Gavin me fit un clin d'œil et but une gorgée de champagne. Je lui répondis d'un signe de tête et bus à mon tour.

—Il a raison, tu sais, dit Sebastian pour mes seules oreilles.

— À propos de quoi ?

— De tout. J'étais un misérable connard. Je ne pensais jamais pouvoir aimer à nouveau. Puis tu es revenue. Je ne voulais pas t'aimer, mais je n'ai pas pu m'en empêcher. Tu es tout pour moi, et je suis si heureux que nous ayons une autre chance de vivre ensemble.

— Moi aussi.

— J'ai quand même une question.

— Ah bon ? Laquelle ?

Sebastian jeta un coup d'œil à Alexis et Cameron. — As-tu déjà pensé à avoir plus d'enfants ?

J'enroulai mes bras autour de son cou et me penchai vers lui. — Je suis sûre que tu pourras me convaincre.

— C'est vrai ? demanda-t-il, les yeux pétillants.

J'acquiesçai. — Oui.

— Tu veux qu'on commence à essayer tout de suite ?

J'éclatai de rire. — Nous sommes à notre réception. Nous ne pouvons pas partir.

Sebastian se durcit contre mon ventre. — Personne ne remarquera notre absence.

Je ricanai. — Si, ils le remarqueront.

Il fit la moue. — D'accord. Mais ce soir, cette magnifique robe finira par terre. Et je ne te laisserai pas sortir du lit jusqu'à ce qu'on doive absolument partir.

— Je suis totalement d'accord avec cette idée.

— Parfait. Et demain, nous achetons une maison.

— Quoi ?

Il sourit. — J'ai prévu de t'acheter une maison depuis une décennie. Demain, nous allons le faire. Une avec beaucoup de chambres que nous pourrons remplir avec plein d'autres enfants. Et un bureau pour que tu puisses lancer ton entreprise de conseil en informatique.

— Je t'aime tellement.

— Le sentiment est réciproque, Madame.

Je souris. — C'est bon à entendre, Monsieur.

ÉPILOGUE

FINLEY

Je me suis adossée à mon siège et j'ai souri à mes amies. C'était une bonne journée. Un bon été, vraiment. C'était difficile de croire qu'il y a seulement deux ans, notre été s'était terminé par un voyage à Hawaï pour marier Mme Georgia et Eddie avant que le cancer ne nous enlève Mme Georgia. J'aurais aimé qu'elle soit là pour voir comment nous allions tous.

— À quoi penses-tu ? m'a demandé Blake doucement.

Voir Blake passer de ma meilleure amie à ma sœur était mon changement préféré. Nous avions toujours été proches, et quand elle et Ian se sont mis ensemble, ça semblait naturel, normal et parfait.

— Je pensais juste à Mme Georgia.

— Elle aurait adoré tout ça, a dit Blake. Elle aurait été en plein milieu de tout, offrant des conseils et nous disant à tous de profiter de la vie.

J'ai hoché la tête, souriant à cette pensée. Blake avait raison. Mme Georgia nous aurait absolument dit ça. Elle était convaincue qu'il ne fallait pas gaspiller le temps qu'on avait, même avant de découvrir que le sien était limité.

— J'ai l'impression que je dois suivre ce conseil, ai-je admis.

Blake a penché la tête et m'a regardée attentivement. — Tout va bien ?

J'ai souri, heureuse de pouvoir répondre honnêtement à la question. — Oui, tout va bien. J'ai consacré tellement de moi-même à Petits ami du Livre Illimité, et j'ai reporté toutes les autres choses que je voulais faire. C'était mon choix, et je suis contente de l'avoir fait, mais nous avons trente-trois ans. J'espère qu'il me reste encore beaucoup de temps, mais je ne veux pas en passer la totalité à me tuer au travail.

— Alors, qu'est-ce que tu vas faire ? a demandé Blake.

J'ai haussé les épaules. — Je ne sais pas encore. Une chose que je veux faire, c'est prendre des vacances cet hiver. Pendant que c'est calme ici, je veux m'évader. Et peut-être avoir une aventure. Rencontrer quelqu'un. Avoir du sexe.

Blake a gloussé, rejetant la tête en arrière et se penchant vers moi. — Ça a l'air d'un super plan.

J'ai acquiescé, appréciant de plus en plus mes projets encore flous. Ma boutique était assurée pour un moment, et j'avais parlé à Karissa de la conception d'une application qui me permettrait de vendre des ebooks, et j'appréciais à nouveau la vie. J'avais le temps de me détendre un peu. Pas que je puisse me relâcher complètement, mais je pouvais ralentir l'agitation un peu.

— Je veux ce que toi et Ian avez. Ce que Zoey et Sebastian ont. Pas que je sois jalouse, mais particulièrement en voyant Zoey et Sebastian lutter contre leur attirance tout l'été pour finir mariés, ça me donne l'espoir que peut-être je trouverai ça, moi aussi.

— Tu le trouveras, a dit Blake avec une certitude que je ne ressentais pas. Tu n'as pas été ouverte à ça depuis un moment, mais maintenant que tu l'es, ça arrivera.

— On verra. Pour l'instant, je vais juste me concentrer sur

le plaisir. Et je pense que je vais enfin réactiver mon compte À la Recherche du Héros Littéraire Parfait. J'en ai parlé tant de fois mais je me dégonfle toujours. Cette fois, je vais vraiment le faire.

— Bravo, a dit Blake.

— Qu'est-ce qui mérite un bravo ? a demandé Zoey. Elle s'est laissée tomber sur la chaise à côté de moi et a pris son eau.

— Finley va recommencer à sortir avec des gens, lui a dit Blake.

— C'est bien pour toi. Je n'ai pas l'impression d'avoir vraiment fait des rencontres, alors je ne peux pas t'aider, mais les films font que ça a l'air amusant, a dit Zoey.

J'ai ricané et secoué la tête. — Les rencontres, c'est nul. Comment ça se fait que tu n'aies jamais fait de rencontres avant ?

Zoey a haussé les épaules. — Je suis tombée amoureuse de Sebastian quand j'étais adolescente. Je n'avais aucun intérêt pour les garçons de l'école parce que je savais que Sebastian était ici, alors je n'ai jamais fait de rencontres au lycée. Une fois que j'ai eu dix-huit ans, lui et moi nous sommes mis ensemble, donc je n'ai jamais fréquenté personne à l'université. Pas que des garçons me suppliaient de sortir avec eux. Quand j'ai rencontré Trevor lors de mon dernier semestre, on a commencé à se voir un jour et puis on s'est mariés quelques mois plus tard, et après la fin de mon mariage, je n'ai fréquenté personne. Je me suis inscrite à l'application de Karissa et j'ai été jumelée avec Sebastian, et nous voilà. À ma réception de mariage.

— Je te déteste, a dit Blake.

Zoey a ri.

— Je suis d'accord avec elle, ai-je approuvé en pointant Blake du doigt. Tu crains.

Zoey secoua la tête et parut délicieusement heureuse. —Je

sais. Je me déteste un peu pour ça, mais je n'ai jamais couché avec un inconnu, ni eu d'aventure d'un soir, ni ressenti de papillons dans le ventre en me demandant si un homme allait m'embrasser sur mon porche, ni vécu tant d'autres choses. Et j'ai divorcé, donc clairement mon chemin n'est pas le meilleur qui soit.

Blake et moi avons ri avec Zoey. —Mais tu as réussi à tout arranger finalement, lui ai-je dit, en regardant Sebastian. Il fixait Zoey avec un regard brûlant. Je le connaissais depuis des années, mais il avait toujours été calme et réservé. Je lui avais à peine parlé avant l'année dernière, et maintenant je le considérais comme un ami. Et j'étais ravie de le voir si heureux.

—J'ai de la chance, dit Zoey d'un air rêveur en croisant le regard de son mari.

—Oui, effectivement, lui ai-je dit.

—Excusez-moi, les filles, dit Zoey une minute plus tard. Une rougeur envahit ses joues tandis qu'elle se levait et suivait du regard Sebastian qui disparaissait en direction des toilettes.

Blake et moi nous sommes regardées avec de grands yeux et des rires surpris. —Est-ce qu'ils vont...?

—Je crois bien que oui, lui ai-je dit.

—Mince. Tant mieux pour eux.

—Ouais. Tant mieux pour eux.

—Rissa est prête pour son opération ? demanda Blake.

J'ai pris une inspiration et hoché la tête. Karissa prévoyait une double mastectomie préventive depuis la mort de sa mère. Elle l'avait finalement programmée dans quelques semaines. Elle essayait de profiter de la vie avant ça, mais elle s'adaptait aussi à l'idée qu'elle ne pourrait peut-être jamais avoir ses propres enfants ou se marier. Elle oscillait réguliè-rement entre soulagement et dépression.

—Je pense que oui. Elle est anxieuse.

—Je le serais aussi. Est-ce qu'elle va partir en vacances avec toi ?

—C'est une bonne idée. Je vais lui en parler. Je n'ai pas fait de plans ou vraiment réfléchi à autre chose que d'aller quelque part de plus chaud qu'ici en plein hiver.

Blake a ri. —Ce ne sera pas difficile de trouver des endroits plus chauds en hiver.

J'ai souri. —C'est vrai. Je me demande si Rissa serait intéressée par un retour à Hawaii. Pour voir Kiana et Sawyer et tout le monde.

—Ce serait un voyage sympa. Dis donc, tu me donnes envie d'y aller.

J'ai ri. —On devrait peut-être en faire un voyage entre filles.

—Oui, mais tu as besoin de temps pour toi. Je ne vais pas envahir tes vacances.

—Tu n'envahirais jamais rien.

Blake s'est appuyée contre moi. —Je sais. Mais je te connais aussi. Je vois l'épuisement dans tes yeux. Je suis heureuse qu'il s'estompe et que la boutique marche bien ces jours-ci, mais je sais que tu as besoin d'un vrai temps mort. Une vraie pause.

J'ai hoché la tête. Je pensais mieux cacher la vérité que je ne le faisais, mais j'aurais dû savoir que Blake verrait clair en moi. Elle l'avait toujours fait. Je ne pouvais jamais rien lui cacher. Et je n'ai jamais vraiment voulu le faire. Elle était ma personne, ma meilleure amie et ma sœur, dans tous les sens du terme. Elle était la seule qui me comprenait vraiment, et j'avais la chance de l'avoir dans ma vie.

—Je suppose que tu en as besoin aussi, lui ai-je dit.

Blake a haussé les épaules. —C'est vrai, mais je n'ai pas eu la pression que tu as subie. Et j'ai l'impression d'avoir négligé notre amitié depuis qu'Ian et moi nous sommes mariés.

—Je te promets que ce n'est pas le cas.

Blake a souri. —Sache simplement que je suis toujours là pour toi. Si tu as besoin de quoi que ce soit, tu peux toujours venir me voir. Pour toujours.

J'ai ri et l'ai serrée dans mes bras. —Crois-moi, je n'en ai jamais douté une seconde.

—Bien. Je voulais justement te dire quelque chose, si tu es d'attaque.

Mes yeux se sont écarquillés alors qu'elle mordillait sa lèvre. —Oh, mon Dieu, tu es enceinte ?

Elle a rapidement secoué la tête. —Non, mais nous essayons. Nous venons juste de commencer, donc nous ne stressons pas ou quoi que ce soit, mais je voulais que tu le saches. Comme tu l'as dit, nous avons trente-trois ans.

—Oh, je suis tellement heureuse pour vous deux ! Vous allez être des parents formidables.

Blake sourit largement. —Merci. Je sais qu'on a toujours parlé d'avoir des enfants ensemble, mais—

—Mon Dieu, non. N'y pense même pas. Je ne suis pas du tout prête pour des enfants. Mais j'ai hâte d'être la meilleure tante de la ville.

—Sans aucun doute, dit Blake.

Merci d'avoir lu l'histoire de Zoey et Sebastian ! Certaines de mes histoires préférées sont les romances de la seconde chance. Des histoires où il y a de la douleur et des regrets, mais aussi tellement d'espoir et d'amour. J'espère que vous avez apprécié ces deux personnages et leur mariage surprise !

Le prochain livre de la série est celui de Finley et Trent. Finley veut s'amuser un peu et rencontre un homme sur À la Recherche du Héros Littéraire Parfait. Mais ce petit amusement lui laisse plus qu'elle n'avait prévu lorsque deux lignes roses apparaissent, et que le futur papa l'accuse d'essayer de le piéger. Si c'est ça s'amuser un peu. Commencez *Son Désir aux Courbes Généreuses* dès aujourd'hui !

VOUS VOULEZ en savoir plus sur Zoey et Sebastian ? Abonnez-vous à ma newsletter dès aujourd'hui et recevez gratuitement un épilogue exclusif sur leur premier Noël ensemble ! Disponible uniquement pour les abonnés !

À PROPOS DE L'AUTEUR

Auteure à succès classée au *USA TODAY*, Mary E Thompson a passé la majeure partie de son enfance à souhaiter avoir quelques courbes en moins. Elle se cachait dans les pages des livres parce que ses personnages préférés ne se souciaient jamais de sa taille de vêtements. Aujourd'hui, Mary non plus, et elle écrit des histoires qui célèbrent les femmes comme elle. Des femmes réelles qui ont des courbes, poursuivent leurs rêves et trouvent l'amour, parce que nous devrions tous être heureux, quelle que soit notre taille.

Mary passe son temps hors écriture avec son mari et ses deux enfants, à regarder trop de télévision, à encourager l'équipe de football de sa ville natale (Allez les Bills !) et à cacher du chocolat à sa famille.

Inscrivez-vous maintenant à la newsletter de Mary. Les abonnés reçoivent des ebooks gratuits et d'autres choses amusantes, comme du contenu exclusif réservé aux membres et des concours, et sont les premiers à connaître les nouvelles parutions et les promotions !

www.ingramcontent.com/pod-product-compliance
Lightning Source LLC
Chambersburg PA
CBHW020744310726
48969CB00002B/405